Erschienen in der
Kronach-Cranach-Edition
des Vereins 1000 Jahre Kronach e. V.
Band 8

Wolfgang Polifka

KILL CRANACH

EIN CRANACH KRIMI

© 2022, Wolfgang Polifka

Herausgeber: Verein 1000 Jahre Kronach e.V.
Gestaltung und Satz: Stefan Schirmer, www.createdwithlove.de
Herstellung und Verlag: BoD – Books on Demand, Norderstedt

ISBN: 9783756295685
1. Auflage, 2022

Bibliografische Information der Deutschen Nationalbibliothek
Die Deutsche Nationalbibliothek verzeichnet diese Publikation
in der Deutschen Nationalbibliografie; detaillierte bibliografische
Daten sind im Internet über dnb.d-nb.de abrufbar.

Über den Autor

Der gebürtige Kronacher Wolfgang Polifka, Jahrgang 1947, hat beruflich die ganze Welt gesehen – und ist doch immer von seiner Heimatstadt und ihrer Geschichte fasziniert geblieben. Polifka ist mit zahlreichen Beiträgen in Krimi- und SciFi-Anthologien, einem historischen Roman sowie, gemeinsam mit einer Co-Autorin unter dem Pseudonym Lea Wolf, mit mehreren erfolgreichen Krimis auffällig geworden.

Ein Krimi, auch für Leser, die normalerweise keine Krimis mögen. Spannung ja, aber wenn sie Angst vor Leichen haben, hier wird ihnen keine begegnen. Wenigstens keine menschliche.

Lucas Cranach der Ältere, neben Albrecht Dürer einer der herausragenden Renaissancemaler Deutschlands, wurde 1472 in Kronach geboren und ist 1553 in Wittenberg gestorben. Woran weiß man nicht. Doch bei einem Lebensalter von 81 Jahren kann man getrost eine „natürliche" Todesursache annehmen. Also erst mal nichts Geheimnisvolles.

Wer sich jedoch mit Lucas Cranach und seinen Arbeiten beschäftigt, dem fallen zwangsläufig Dinge auf, die nicht so ganz einfach zu erklären sind.

Kunsthistoriker, Maler, Sachverständige und andere Experten in Sachen Kunst haben mit ihrem durch Erfahrung, Kenntnis und Wissen geschärften oder eingeengten Blick eine andere Wahrnehmung vom Werk eines Künstlers als Götz Flößer.

Götz Flößer ist Oberkommissar an der Polizeiinspektion Kronach. Also dort, wo auch für Lucas Cranach alles begann, wenn auch ein paar Jahrhunderte früher.

Polizeibeamte sollten, so lautet zumindest ihr theoretischer Grundsatzauftrag, ohne vorgefasste Meinung ihre Ermittlungen durchführen. Das gilt auch für Lucas Cranach und sein Werk. Und natürlich auch für alle, die sich daran zu schaffen machen.

Handelnde Personen und Organisationen in der Folge ihres direkten oder indirekten Auftritts:

Götz Flößer Oberkommissar in Kronach.
Andreas Blöcher Polizeihauptmeister in Kronach.
Yildiz türkische Zollermittlerin in Abwesenheit.
Metzgerei Höring eine mögliche Quelle für Kronacher Leberkäse, Bratwürste und andere Leckereien.
Lucas Cranach d. Ä. dt. Maler und Kupferstecher, geb. 1472 in Kronach, gest. 1553 in Weimar.
Tiziano Vecellio ital. Maler, geb. 1477 (1490?) in Pieve di Cadore, gest. 1576 in Venedig.
Heidrun Hängerla Verwaltungsangestellte an der Polizeiinspektion Kronach.

Hans Kräutlein Hauptkommissar und Inspektionsleiter in Kronach.

Edwin Biermann Staatssekretär am bayerischen Innenministerium in München.

Technisches Hilfswerk Ortsverband Kronach.

Denise Petitechaperon FBI-Agentin aus Baton Rouge, USA.

Gert Saibling Bademeister im Kronacher Erlebnisbad Crana Mare.

Der „Bamberger Ausschuss" Sonderkommission der Polizei in Kronach anlässlich der Kunstausstellung L. C. d. Ä.

Dr. Anne Winterkorn Hauptkommissarin vom LKA München.

Magnus Keil Hauptkommissar und Führer einer Hundertschaft der Bereitschaftspolizei.

Juliane Sorbet Kommissarin bei der Bereitschaftspolizei.

Peter Habermehl Hauptkommissar vom Drogendezernat Bamberg.

Herbert Brod Hauptkommissar vom Drogendezernat Bamberg.

Hubert Lamm Vertreter der Mutual Art Versicherung.

Der Verein 1000 Jahre Kronach.

Natsuke Yohamoto Prof. emeritus für Materialkunde an der Universität Kyoto.

Ilka Möhring Metzgereifachverkäuferin beim Höring.

Hans Holbein d.J. dt. Maler und Zeichner, geb. 1497/98 in Augsburg, gest.1543 in London.

Heinrich VIII engl. König, geb. 1491 in Greenwich, gest. 1547 in Westminster, sechs Mal verheiratet.

Dr. Karin Bärlauch Gerichtsmedizinerin am Gerichtsmedizinischen Institut in Bayreuth.

Tonio Meisterschmied Wagnertenor.

Johann Wolfgang von Goethe dt. Dichter, geb. 1749 in Frankfurt/Main, gest. 1832 in Weimar.

Dr. Bosshammer Strafverteidiger aus Bayreuth.

Und andere.

»Fünf Gramm Farbe. Höchstens. Vielleicht auch nur vier«, murmelte Götz Flößer und prüfte mit dem Zeigefinger den Trocknungsgrad des Schriftzuges.

»Staubtrocken und abriebfest!«

Seine Fingerkuppe wies keinerlei Farbspuren auf.

»Ka Wunner, schließlich hods seid fünf Dach ned geregnd, un alles is saudroggn. Meina frisch gsedzdn Domadnpflanzen muss ich jeden Amnd gießen, obwohls noch so kald is. Wenn ich ned den Brunna im Gardn häd und wenn des Wedder so bleibd, dann wern des ganz schö deura Domadn des Jahr«, beschrieb Polizeihauptmeister Blöcher die aktuelle Kronacher Wetterlage und deren Auswirkungen auf die Garten- und Feldwirtschaft.

»Interessant!«

So wie es für Götz aussah, handelte es sich um eine Farbe auf leicht flüchtiger Lösungsmittelbasis. Der Farbton erinnerte eindeutig an Blut. Nicht hellrot wie sauerstoffreiches arterielles, das bekamen glücklicherweise die meisten Menschen nie zu Gesicht. Zumindest nicht freiwillig, wenn man von Suizidopfern absah, denen es wirklich gelang die Schlagadern am Handgelenk zu finden. Vielmehr erinnerte ihn die Farbe an angelaufenes Kupfer. Venöses Blut. Streng genommen erheblich gefährlicher. Transportierte es doch alle möglichen Abfallstoffe, die Schlaganfälle, Herzinfarkte und ähnliches mit potenziell tödlichem Ausgang bewirkten.

Dieser thrombosefarbige Stoff war offensichtlich nicht mit einem Pinsel aufgetragen worden. Dann hätten die Pinselhaare sichtbare Strichspuren hinterlassen, und gegen die Verwendung einer Farbrolle, von geschätzten eins Komma fünf Zentimetern Breite, sprach die mangelnde Anwenderfreundlichkeit. Zumindest in diesem Fall. Da hätte der Täter beide Hände benutzen müssen. Eine für die Rolle, die andere für das Gefäß mit der Farbe. Das dunkle Basaltpflaster zu Götz' Füßen wies keinerlei Tropfspuren auf. Das war zwar kein eindeutiger Beweis, aber ein zusätzliches

Indiz, das gegen die Rollentheorie sprach. Also blieben als wahrscheinliche Anwendungsformen entweder eine Farbspraydose oder ein Lackstift. Beide waren leicht in der Handhabung und schnell zu verstecken.

Wenn sie Glück hatten, dann war eine eher seltene Farbnuance verwendet worden, die nicht in jedem Baumarktregal stand und von einem Käufer anonym erworben worden war. Wenn sich der ganze Aufwand einer polizeilichen Ermittlung überhaupt lohnte.

Wahrscheinlich handelte es sich hier wohl eher um die Betätigung eines fehlgeleiteten Jugendlichen oder einer Person ähnlichen geistig-emotionalen Entwicklungsgrades. Und Polizeihauptmeister Blöcher hatte einfach ein wenig überreagiert. Überzogen, aber irgendwie verständlich, denn schließlich ging es hier um die Ankündigung eines Großereignisses, das Kronach weltberühmt machen würde. Mehr noch als das Kronacher Freischießen, meist einfach nur Schützenfest genannt, das zumindest in der Region das Münchner Oktoberfest locker in den Schatten stellte.

Der Mai war kühl und trocken. Der Juni würde heiß werden. Richtig heiß sogar.

Nicht unbedingt, was die Witterung anging. Da traute sich Götz trotz ausreichender Vergleichsstatistiken, die Temperaturen und Niederschlagsmengen der letzten dreißig Jahre genau widerspiegelten, keine Vorhersage zu. Sondern wegen dieses anstehenden Großereignisses, an dem fast jeder Kronacher irgendwie beteiligt war oder sein würde. Bei einigen lagen schon jetzt die Nerven blank.

»Vielleich nur ein Ausrutscher«, gab sich Götz hoffnungsvoll und löste vorsichtig das Papier von der Glasscheibe. Mit Fingerabdrücken war kaum zu rechnen, deshalb verzichtete er auf Handschuhe.

»Wos mana sa jedzd, Herr Oberkommissar? Wos is inderessand? Des Wedder, die Domadn oder des Blagad?«

»Am Wetter können wir beide nichts ändern, für Ihre Tomaten sind Sie zuständig, also kümmern wir uns jetzt einfach um das

Plakat.«

Götz hatte den Aushang in eine handliche Rolle verwandelt und wies damit auf den Streifenwagen.

»Schalten Sie erst einmal das Blaulicht aus. Wir müssen ja nicht unnötig für Aufruhr sorgen. Schließlich geht es nicht um einen Banküberfall, sondern um eine geringfügige Sachbeschädigung oder etwas in der Art.«

»Des glaub ich aber eher ned, Herr Oberkommissar«, widersprach Blöcher, langte widerstrebend durch das geöffnete Wagenfenster und brachte das flackernde Blaulicht zur Ruhe.

»Wieso?«

»Wall alla Blagade, die ich in der Amdsgerichdsstraß gsehn hab, so ausschaun.«

»Alle?«, fragte Götz ungläubig und spürte wie Unbehagen in ihm hochkroch.

»Alla, die ich gsehn hab«, schränkte Blöcher ein. Götz' Unbehagen verstärkte sich.

Eine verschandelte Ankündigung konnte man notfalls als Unsinn abtun, aber garantiert nicht wenn hier ein Serientäter am Werk gewesen war. Allein in der Stadt Kronach hingen Dutzende dieser großformatigen Poster herum. In anderen fränkischen Städten wahrscheinlich auch. Schließlich sollte die Ausstellung nicht nur Kronacher anlocken, sondern Publikum aus Franken, Deutschland und, wie Optimisten glaubten, sogar Besucher aus der ganzen Welt.

Kunstkenner und Liebhaber, die nebenher drei Wochen lang Beherbergungs- und Gastronomiebetrieben, Bäckereien, Metzgereien, Apotheken, Tankstellen und dem gesamten Einzelhandel in Kronach und der näheren Umgebung ein Umsatzplus bescheren würden.

Natürlich auch der Polizei.

Um den zwangsläufigen Zuwachs von Straftätern im Gefolge der erwarteten Besucherströme zu bewältigen, hatte Götz' Chef, Hans Kräutlein, Leiter der Kronacher Polizeiinspektion,

Verstärkung angefordert. Die war zugesagt, wenn auch in unbekannter Mann- beziehungsweise Frauenstärke, aber noch nicht eingetroffen. In der Vorbereitungsphase waren Oberkommissar Götz Flößer und Polizeihauptmeister Andreas Blöcher zwar von anderen Aufgaben entbunden, aber auf sich allein gestellt.

»Und wos mach mer jedzd, Herr Oberkommissar?«

»Ich fürchte, da kommt Arbeit auf uns zu.«

»Dafür sind mer doch schließlich da. Oder edwa ned?«

»Haben Sie eine Kamera dabei?«

»Selbsdredend. Brauchd mer ja auf Streife und bei jeden Unfall.«

»Hervorragend! Sie fahren jetzt durch die ganze Stadt. Von jedem Plakat machen Sie ein Foto. Außerdem notieren Sie die genauen Zeiten ihres jeweiligen Eintreffens, den Ort, wo das Plakat hängt und genau, wie es angebracht ist. Also innen oder außen, angenagelt oder angeleimt, oder mit Klebestreifen befestigt. Alles klar?«

»Selbsdverständlich. Des wird aber a weng dauern, wenn ich des allans machen muss.«

Götz zuckte die Achseln.

»Das lässt sich nicht ändern. Wir sind halt nur zu zweit. Aber erstens müssen wir den Schadensumfang klären und zweitens können wir anhand der Zeit, die Sie brauchen, eine relativ genaue Approximation darüber vornehmen, wie lange der Täter unterwegs war. Das Ganze ist ja offensichtlich heute Nacht passiert und je länger es gedauert hat, umso größer ist die Wahrscheinlichkeit, dass irgendjemand etwas Verdächtiges beobachtet hat.«

»A Abroximadsion?«

»Eine Schätzung.«

»Aha. Und wenns aber zwa oder mehr Däder worn, die zur gleichn Zeid underwegs gwesen sind?«

»Dann haben die halt nur die halbe oder ein Drittel der Zeit gebraucht. Aber auch dann ist der ungefähre Zeitrahmen bei der Zeugen- oder Tätersuche hilfreich.«

»Hörd sich logisch an.«

»Und Herr Blöcher, vergessen Sie die Festung nicht. Dort oben hängen garantiert auch Plakate.«

»Alles glar, Herr Oberkommissar. Aber die Zeidn, die brauch ich ned aufzuschreiben. Des machd die Kamera von allaa. Do wird audomadisch des Dadum und die Uhrzeid angeben. Sogar auf die Segunden genau. Und des langd doch bestimmt. Oder?«

»Perfekt«, antwortete Götz und sah auf die Armbanduhr.

»Wir treffen uns am besten in zwei Stunden beim Höring gegenüber dem Kaufhaus WEKA für eine Leberkässemmel oder ein Paar Bratwürste. Da haben wir einen ersten Überblick und danach schauen wir weiter.«

Blöcher grinste, tippte mit dem Finger gegen den Mützenschirm, stieg in den Streifenwagen und fuhr los. Mit Blaulicht, aber wenigstens ohne akustisches Warnsignal. Götz sah ihm mit gerunzelter Stirn nach.

Den Treffpunkt „Metzgerei Höring" hatte er nicht zufällig gewählt. Polizeihauptmeister Blöcher war mit einer dort beschäftigten Metzgereifachverkäuferin verlobt und würde deshalb garantiert pünktlich auftauchen. Und Blöchers Liaison war die Garantie für den frischesten Leberkäse. Nicht in der Mikrowelle erhitzt oder stundenlang warmgehalten, sondern direkt aus dem Backofen, selbst wenn er extra herbeigeholt werden musste.

Das Leben wird von Beziehungen gesteuert, dachte Götz. Das war in Kronach nicht anders wie überall auf der Welt. Auch wenn die meisten Deutschen immer glaubten, Vorteilnahme, Vetternwirtschaft, Korruption und ähnliche menschlich verständliche, aber nicht mit dem Strafgesetzbuch in Einklang stehende Handlungen, würden überall, bloß nicht in Deutschland begangen. Aber wenn schon in Deutschland, dann sicher nicht in Franken. Da war die Welt noch in Ordnung. Meistens jedenfalls.

Würde man die Kronacher zum Thema Korruption und Vetternwirtschaft befragen, würden sie garantiert zuerst Regionen wie den Balkan nennen. Selbstverständlich auch Griechenland, denn woher sonst sollte die dortige Krise kommen. Wahrscheinlich würde sogar München auf dieser Liste landen. Denn nicht nur alles Gute, sondern auch das Schlechte kam meist von Oben, und von den Regierenden in der Landeshauptstadt fühlten sich viele Oberfranken nur bedingt gut und gerecht behandelt. Und natürlich würde die Türkei in der Aufzählung der korruptionsverdächtigen Länder nicht fehlen. Die Kronacher verfolgten aufmerksam die internationale Politik. Auch die Verhandlungen der Türkei über einen EU-Beitritt und der hätte garantiert Auswirkungen auf Oberfranken. Das löste Befürchtungen aus. Allgemeine und sehr spezielle.

»Wecher dem Islam hald.«

Oder:

»Könna Sie sich a Moschee in Kronach vorstellen? Vielleichd diregd neber der Kaiserhofbrauerei? Oder an oriendalischen Basar in der Oberen Stadt? Do was mer doch nie, ob mer ned übers Ohr ghaun wird bei die Breise. Am End grieg mer vielleichd sogar an dürgischen Bürchermasder, den mer schmiern muss, wenn mer wos von na will.«

Solche oder ähnliche Vorbehalte kamen spätesten nach dem dritten Bier auf den Tisch.

Das sah Götz anders. Und bei der Türkei schweiften seine Gedanken zwangsläufig ab.

Nach Istanbul. Götz' zweiter Auslandsaufenthalt vor etwa zwei Monaten. Noch dazu als Gast der türkischen Regierung. Das türkisfarbene Wasser des Bosporus. Eine Farbe, von der er bisher geglaubt hatte, die gäbe es nur im Crana Mare am Kreuzberg. Ausgelöst durch den passenden Anstrich und die Kacheln im Becken. Am Bosporus war das Natur.

Dann die Pressekonferenzen in der türkischen Metropole. Da hatte man ihn fast als einen Kulturretter des osmanischen Reiches und dessen Rechtsnachfolger, die moderne Türkei, hochstilisiert. Völlig überzogen. Allein das Werk einer gekonnten Inszenierung von Yildiz' Vater. Götz war in der Millionenstadt Istanbul für ein

14

paar Tage richtig berühmt gewesen. Leute sprachen ihn auf der Straße an. Einheimische, keine Touristen, denn in jeder Tageszeitung war sein Konterfei abgebildet.

Optisch unterschieden sich die Zeitungsfotos zwar kaum von denen eines durchschnittlichen türkischen Bankräubers oder eines anderen gesuchten Straftäters, aber das lag einfach an der Druckqualität oder weil ihm das stetige Lächeln misslungen war, das man von ihm erwartet hatte.

In Kronach kannte ihn zwar fast jeder, aber als Berühmtheit sah sich Götz nicht.

Yildiz hatte sich bei diesen Presseinterviews immer im Hintergrund gehalten und nur die Fragen der Journalisten für ihn übersetzt.

»Aus beruflichen Gründen«, rechtfertigte sie ihre Zurückhaltung gegenüber der Presse.

»Wenn mein Foto ständig in den Zeitungen erschiene, dann könnte ich meinen Beruf gleich an den Nagel hängen.«

Diese Aussage überzeugte und beindruckte Götz ob ihrer Logik, der Bescheidenheit, die sie damit verbarg und der grammatikalischen Korrektheit, die er und die meisten Deutschen kaum so gepflegt hätten.

Im Hause ihres Vaters, direkt am Ufer des Bosporus, war Yildiz keineswegs so zurückhaltend. Dort gab sie den Ton an. Aber Götz fand das ebenso bequem wie Yildiz' Eltern. Die hatten sich anscheinend, entgegen dem, was er als türkische Mentalität unterstellte, mit ihrer selbstbewussten Tochter abgefunden. Deshalb musste er sich auch nie Gedanken darüber machen, was zu unternehmen sei. Auch dann nicht, wenn ausnahmsweise schlechtes Wetter in Istanbul herrschte. Yildiz hatte immer Ideen. Und mit ihr war das Wetter auch dann schön, wenn tiefhängende Regenwolken und stürmischer Wind die sonst blaue Oberfläche des Marmarameeres in graues, kochendes Blei verwandelten.

Er seufzte. Yildiz wüsste jetzt genau, was zu tun wäre. Mit einer Mischung aus null Komma eins Prozent Fakten und neunundneunzig Komma neun Prozent weiblich-türkischer Intuition würde sie feststellen, was sich hier anbahnte.

Ein übler Scherz oder eine mittlere bis riesengroße Katastrophe?

Was konnte er tun? In zwei Stunden, bis er sich mit Polizeihauptmeister Blöcher zu einem zweiten Frühstück traf? Solange Blöchers Recherche dauerte, hatte es keinen Sinn bei den Kollegen in Bamberg, Coburg, Bayreuth, Kulmbach, Mitwitz und wer weiß noch wo anzurufen, um festzustellen, ob auch die dortigen Aushänge von dem Anschlag betroffen waren. Und wenn sich im Falle einer Großschadenslage Hilfe von außen als nötig erweisen sollte, dann hatte sein Chef Hans Kräutlein die besten Verbindungen. Nach Oben. Nach München zum Beispiel. Ins Innenministerium. Obwohl solche Kontakte immer mit unwägbaren Risiken verbunden waren. Die Bayern waren keine Franken und tickten irgendwie anders.

Vielleicht sollte er sein Glück zuerst in einem Autohaus versuchen.

Audi, BMW, Citroen, Fiat, Mercedes, Opel, Renault oder Volkswagen, überlegte er. Eigentlich war das egal. Es ging ja nicht um ein spezielles Fabrikat oder Modell, sondern um Freundlichkeit, Hilfsbereitschaft und Sachkenntnis. Und natürlich um Farbe. Da waren Autoverkäufer wahrscheinlich besser ausgebildet als das Personal eines Baumarktes.

Schließlich war die Farbe eines Autos nicht einfach nur bunter Lack, sondern sie gab jede Menge Informationen über den Käufer preis. Ähnlich den Erkenntnissen in der Kriminalistik. Und Autoverkäufer waren wegen dieser verräterischen Informationen in der Farbenlehre bestens geschult. Besser vielleicht als Maler, Anstreicher oder sonstige Berufe, die traditionell mit Farbe zu tun hatten.

Die Farbauswahl, die ein Kunde bei einem PKW traf, so hatte Götz einmal gelesen, verriet Vorlieben und Hintergründe über die Person, die scheinbar gar nichts mit Farbe zu tun hatten. Das war schon fast ein eigenständiges Fachgebiet der Psychologie.

Die gewählte Farbe bei einem Auto gab zum Beispiel Aufschluss über das Alter des potentiellen Käufers. Falls man den nicht persönlich kannte, was in Kronach eher unwahrscheinlich war. Ziemlich eindeutig war die Wahl der Farbe geschlechtsspezifisch. Insbesondere was das Verfolgen aktueller Modetrends anging. Wie so oft waren da Frauen die Vorreiter. Lange war Silber trendy gewesen. Jetzt war es Schwarz. Aber nicht einfach nur Schwarz, sondern Farbkreationen wie Cool Black, Nouveau Noir, Black Velvet, Dark Element oder Chocolat Brazil waren angesagt. Für Götz sahen sie alle gleich aus, aber er hielt sich nicht für den Maßstab in Modefragen. Auch nicht bei Autos.

Aber es ließ sich noch viel mehr aus der Farbwahl herauslesen. Zum Beispiel die potentielle Risikobereitschaft des Kunden und darauf aufbauend, was für Zubehörpakete dieser annahm oder eher ablehnte. Besonders bei den sogenannten Assistenzsystemen. Da gab es welche, die konnten ein Fahrzeug ohne Zutun des Fahrers in eine Parklücke manövrieren.

Die Einsatzfahrzeuge der Polizei hatten solche Features nicht. Die mussten von Hand in die engsten Zwischenräume gekurbelt werden.

All diese Erkenntnisse zum Thema Farbe wurden durch eindeutige statistische Grundlagen untermauert, die in noch eindeutigeren Prozentsätzen mündeten und zu einfachen „Ja oder Nein"-Entscheidungen führten. Die Farbwissenschaftler des Automobilmarketings irrten angeblich selten und ein Verkäufer, der ihren Lehren folgte, konnte fast nichts verkehrt machen. Das imponierte Götz, falls es so stimmte.

Ganz anders sah es bei den Profilern der Polizei aus. Obwohl denen meist mehr Informationen als nur eine Farbe zur Verfügung standen, lag ihre Irrtumsquote bei fünfzig Prozent oder mehr. Vielleicht aber nur deshalb, weil sie schlechter bezahlt wurden, oder weil sie die Erkenntnisse der Statistik zu oft ignorierten.

»Eindeutig Tizianrot, Herr Flößer, und ich würde auf einen Lackstift tippen. Bei einer Spraydose wären die Ränder nicht so scharf abgegrenzt. Die RAL Nummer von Tizianrot müsste ich nachschauen«, sagte der Verkaufsleiter der Kronacher VW-Niederlassung nach einer kurzen Untersuchung des Plakates.

Den Volkswagenhändler hatte Götz gewählt, weil der für ihn am schnellsten erreichbar war.

»Tizianrot wurde bei uns nie als Serienfarbe angeboten. Zumindest nicht in den letzten fünfzehn Jahren. Solange bin ich schon im Autogeschäft. Soweit mir bekannt auch von keinem anderen großen Automobilhersteller in Europa. Bei Haaren mag das ja immer ein schöner Farbton sein, auch heute noch, aber bei Autos hat sich der Geschmack stark verändert.«

Er überlegte kurz.

»Bei einem Oldtimer könnte ich mir die Farbe vielleicht vorstellen. Da gibt's ja die verrücktesten Ideen. Wir führen diese Farbe ganz sicher nicht, aber im Versandhandel ist das wahrscheinlich kein Problem.«

Die gemeinsame Recherche im Internet unter dem Begriff „Tizianrot" bestätigte die Annahmen des Volkswagenmannes. Götz machte sich mit der Erkenntnis auf den Weg zur Metzgerei Höring, dass die Welt der Farben doch komplexer und vielfältiger war, als er bisher angenommen hatte. Zumindest war sie nicht so einfach und eindeutig, wie sie von den Farbpsychologen der Autoindustrie hingestellt wurde. Das konnte man auch als Ehrenrettung der Polizeiprofiler auslegen.

Unterwegs überlegte er, ob zwischen Tizian und Lucas Cranach irgendein Zusammenhang bestehen könnte. Beide waren sie Maler gewesen. Beide sehr erfolgreich und berühmt und sogar zur gleichen Zeit. Räumlich gab es keine ihm bekannten Berührungspunkte. Soweit er wusste, war Lucas Cranach nie in Italien gewesen und Tizian hatte die Alpen von der anderen Seite auch nicht überquert. Aber inhaltlich glaubte er Parallelen zu erkennen. Beiden war eine sichtbare Vorliebe für die Darstellung entblößter Frauenkörper zu Eigen. Das war jedoch auch schon alles, was sie auf den ersten Blick miteinander verband.

Aber für „naggerde Weiber" interessierten sich die meisten Männer. Gleich, ob sie bildende Künstler oder nur reine Betrachter waren. Und ob das eine weiterführende Erkenntnis im kriminalistischen Sinne war, bezweifelte Götz.

2.

»Der naggerde Waahnsinn.«
Der hysterische Tonfall machte deutlich, dass sich Frau Hängerla ausnahmsweise wirklich dem Wahnsinn nahe fühlte. Und, dass Wahnsinn offensichtlich auch unbekleidet auftrat. Zumindest bei Frau Hängerla.

Üblicherweise hatte das gern von ihr benutze Satzende „des is ja a Waahnsinn" lediglich die Funktion einer Unterstreichung oder mehrerer Ausrufezeichen hinter dem vorher Gesagten. Signalrot, wenn man es in die Farbensprache übersetzte. Jetzt war es eine echte Alarmfarbe.

»Mehr als dreißich delefonischa Anzeichen in zwa Stunden. Alla wechen die Blagade von der Ausschdellung. Sowos homer noch nie ghobt. Des machd an ja richdich Angsd. Do müssen sa soford agdiv wern, Herr Flößer.«

Götz unterdrückte ein Grinsen. Es gab also noch Dinge zwischen dem Himmel und Neuses, die Frau Hängerla so etwas Ähnliches wie Angst einjagten. Auch wenn sie sich das nicht anmerken ließ, sondern stattdessen in die Offensive ging.

»Des is ka harmloser Unfuch, des is a Gadastrof für Gronach. A eindeudicha Morddrohung. Die Ankündigung von an Addendad. Vielleichd sogar ans mid an derrorisdischn Hindergrund.«

Frau Hängerlas Unterstellung vom Attentat mit den unzähligen fränkischen "d"s schwebte wie eine bedrohliche Wolke im Besprechungsraum der Kronacher Polizeiinspektion. Polizeihauptmeister Blöcher und Inspektionsleiter Hans Kräutlein, die neben Frau Hängerla und Götz Flößer die Mitglieder der kurzfristig einberufenen Krisensitzung bildeten, sahen erschreckt von dem Plakat auf.

»Naja …«, äußerte Götz vorsichtig seinen Zweifel.

»Wos hasd do naja. Sie könna doch so gud Englisch, Herr Flößer. Des is doch gans glar. Des verschdeh ja sogar ich und ich hob nie a fremda Sproch glernd.« Dabei pochte Frau Hängerla mit der Faust auf das entrollte Plakat.

Hans Kräutlein hatte bisher noch kein Wort gesagt, sondern nur mit angestrengt gerunzelter Stirn auf den Schriftzug gestarrt. Andreas Blöcher vertiefte sich nach einer kurzen Schrecksekunde wieder in seine Aufzeichnungen. Die Ermittlungsergebnisse seiner Rundfahrt durch Kronach.

»Also, als Morddrohung däd ich des ned unbedingd sehn«, begann Hans Kräutlein.

»Abber des schdehd doch ganz eindeudich so da«, unterbrach ihn seine rechte Hand, als die sich Frau Hängerla immer bezeichnete.

»Schwarz auf weiß«, ergänzte sie noch.

»Rod auf bund«, mischte sich Andreas Blöcher ein.

»Wos soll denn jedzd die Erbsenzählerei, Herr Blöcher. Sie wissen genau, wos ich mahn. Die Farb von die Blagade und der Schmiererei is doch völlich egal. Des wos doschdehd, des is des Endscheidende«, fauchte sie und brachte ihn zum Schweigen.

Sich mit Frau Hängerla anzulegen, traute sich fast keiner. Nicht einmal der Inspektionsleiter. Auch Götz schien das nicht der geeignete Moment, um seine Erkenntnisse über die Farbe Tizianrot preiszugeben. Die stellten wahrscheinlich sowieso eine klassische Ermittlungssackgasse dar.

Tizianrot war keine genormte RAL Farbe, sondern eher ein von der Mode geprägter Begriff. Jeder der Lust hatte, konnte sich dieses Namens bedienen, solange die ungefähre Ausrichtung stimmte. Firmen, die Farblackstifte mit dieser Bezeichnung anboten, gab es Dutzende. Keine davon lag im Landkreis Kronach. Aber was wollte das im Zeichen des Internethandels schon heißen? Die Kraftfahrzeugzulassungsstelle hatte nach einer kurzen Überprüfung abgewinkt. Kein Treffer im Landkreis Kronach. Was aber ebenfalls nichts zu bedeuten hatte, denn ein Auto konnte jederzeit neu lackiert werden. Und obendrein musste man gar kein Auto besitzen, um sich einen solchen Lackstift zu besorgen. Dass der Italiener Tizian, entgegen Götz' erster Annahme, doch einmal die Alpen überquert hatte und in Augsburg sogar mit Lucas Cranach zusammengetroffen war, veränderte die aktuelle Sachlage auch nicht. Zumindest nicht nach kriminalistischen Gesichtspunkten.

Das Ergebnis „nichts" war zwar auch eine Erkenntnis, nämlich ein Ausschlusskriterium, brachte sie jedoch keinen Schritt weiter. Aber so war es oft bei der Polizeiarbeit.

»Also ich ruf jedzd in München an und froch wie mer dodermid umgehen solln«, fügte sich Hans Kräutlein in Frau Hängerlas dringende Empfehlung nach Aktivität.

»Genau richdich Schef. Wenichsdens aner, der die Sach so ernsd nimmd wie sa is.«

»Aber wissen die in München denn, dass der Lugas Granach scho lang dod is?«

Hans Kräutlein warf Polizeihauptmeister Blöcher einen strafenden Blick zu.

»Des kommd nadürlich ganz drauf on, wen mer dord frochd. Aber mei Freund, der Staadssegredär Edwin Biermann vom Innenminisderium, des is a Mann mid Bildung und Kuldur. Der waas Bescheid und had bestimd aach a Idee, wos mer dun solln.«

Entschlossen griff Hans Kräutlein zum Telefon und wurde nach überraschend kurzer Wartezeit zu seinem gewünschten Gesprächspartner durchgestellt. Die Freundschaft zwischen Kräutlein und Biermann, der Kronacher Polizeiinspektion und dem bayerischen Innenministerium, war zuverlässig und barrierefrei.

In kurzen Worten informierte Hans Kräutlein den Staatssekretär über den Sachverhalt und beantwortete dessen Fragen.

Götz konnte der Unterhaltung mühelos folgen, obwohl er lediglich die Kronacher Hälfte der Kommunikation hören konnte.

»Ja, a Großdeil der Plagade sind von dem Addendad bedroffen … Immer dieselbe Schmiererei … Wos draufstehd?«

Hans Kräutlein stand auf, um seiner Stimme das nötige Volumen zu verleihen, das dem Ernst der Situation angemessen war.

»KILLCRANACH. Alles in Großbuchschdam.«

Es gelang ihm eine unnachahmliche Mischung aus schaurigem Flüstern bei höchstmöglicher Lautstärke zu produzieren.

»Ja, mir nema die Sach ernsd. Sehr ernsd sogar. Deswechen ruf ich ja an … Wie des aufgedragn is? … Wahrscheinlich mid an Laggschdift wie mer na für Audorebaradurn verwended … Dunglrod, genau wie Blud … Naa, bloß die Blagade die außen ghängt hom, also a Außendäder … Sichd fasd alles gleich aus … Wieviel insgesamd? … Sechsadreißich Blagade homer bisher ermiddld … Ja, bloß in Gronach, ob aach noch anera Orde bedroffn sind, darüber hammer noch ka Rügmeldung … Wann des bassierd is? … Lezda Nochd … Die Uhrzeid? … Zwischen vierazwanzich Uhr und sechs in der Früh wahrscheinlich … Glar is des „KILLCRANACH" symbolisch zu sehn, denn wenn der Lugas Granach bersönlich gemeind wär, dann wär des ja a weng späd für a Morddrohung.«

Die letzte Klarstellung löste offensichtlich einen längerdauernden Denkprozess und eine Pause am anderen Ende der Leitung aus.

»Bis da noch dran Edwin? … Ja, des könd mer so sagn. Der Name Lugas Granach, des war sowas wie a Bseudonym …

Wie der richdich gheißen had? … Na, genauso wie sei Vadder hald … Wie der gheißen had?«

»Wahrscheinlich Maler. Wobei unterschiedliche Schreibweisen überliefert sind. Der Vater war übrigens Italiener«, flüsterte Götz.

»Moler wie sei Beruf … Wann der Lugas Granach gstorben is?«

Hans Kräutlein warf einen hilfesuchenden Blick in Götz' Richtung.

»1553«, soufflierte der, denn gemeinsam mit Yildiz hatte er sich umfassend mit dem in Kronach geborenen Künstler beschäftigt.

»Fuchzahunnerd und a baar zerquedschde«, gab Kräutlein die Information weiter.

»Also der Ältere … Ja, du hosd rechd, es gibd do ach noch an jüngeren Granach, des is der Sohn von dem Älderen, abber der is sicher aach ned gemeind und is ebenfalls scho lang dod.«

Wieder entstand eine Pause.

»Ob der Lugas Granach Jud wor?«

Erneut ein fragender Blick zu Götz. Der schüttelte energisch den Kopf.

»Na, der Lugas Granach wor ka Jud. A neonazisdischer oder rechdsexdremer Hindergrund is bei derer Sach eher unwahrscheinlich. Hunderdbrozendich könna mer des nadürlich ned ausschließen, wall der Vadder aus Idalien gschdammd hod. Abber wie mer am Noma sichd, had der sich schnell in Gronach indegrierd. Viel schneller als die meisdn Reigschlaafden heudzudach … Grabschändung? … Na, der Lugas Granach is ja gor ned in Gronach beerdicht … Wo? … Des was ich jedzd ned so ganz genau. Ich glab abber, dass des im ehemalichen Osden is.«

»Weimar«, half Götz weiter.

»Na, ned in Bayern, sondern in Weimar … Glar, des wär dann ned unser Zuschdändichkeidsbereich und mir könnden die ganze Sach vergessen, abber es gehd ja ned um des Grab von dem Lugas Granach, sondern um die Ausschdellungsblagade in Gronach, und des, däd ich sogn, is a ziemlich eindeudicha Sachlach.«

»Wos die Bilder in der Ausschdellung werd sind? Ka Ahnung. Ich bin doch ka Kunsdexberde.«

»A Milliarden! Des hod wenigsdens in der Zeidung gstanden. Fuchzich oder hunderd Bilder von unsern Lugas Granach, die dädn a Milliardn kosdn. Des muss mer sich amol vorstelln. Des sind dausend Millionen. Su an Haufen Geld hom alla Bangn und Schbarkassn in Gronach oder sogar in ganz Frangen zamgrechnded ned in ihra Dresore«, trompetete Frau Hängerla dazwischen.

Jetzt wirkte Hans Kräutlein auf das Höchste alarmiert. Aber

auch Götz war überrascht.

Dass Kunst teuer sein konnte, war ihm nicht neu. Aber mit dieser Größenordnung hatte selbst er nicht gerechnet. Dabei erschien ihm die Zahl bei näherer Betrachtung durchaus gerechtfertigt. Schließlich zählte Lucas Cranach zu den herausragendsten Künstlern der Renaissance. Nicht nur in Deutschland, sondern in ganz Europa. Sicher, der Wert seiner Gemälde war eigentlich fiktiv, denn noch nie hatte Götz davon gehört oder gelesen, dass eines seiner Bilder zum Kauf angeboten worden war. Von einem Lucas Cranach trennte man sich nicht. Zumindest nicht freiwillig. Deshalb nickte er zur Bestätigung von Frau Hängerlas Aussage.

Die lautstark geäußerte Milliarde war wohl auch in München angekommen. Direkt. Denn plötzlich flog der Stift in Hans Kräutleins Hand nur so über das Papier. Geld, vor allem große Summen, lösten anscheinend im Innenministerium schnelle und große Entschlüsse aus und mündeten in Anweisungen, die bereits eine halbe Seite füllten.

Wahrscheinlich sollten dann Götz und Andreas Blöcher die ministeriellen Anordnungen in Wirklichkeit umsetzen. Ganz gleich, ob sie hirnrissig oder praktikabel waren. Das wusste er aus Erfahrung. Da nahm niemand Rücksicht darauf, dass er und Blöcher bis jetzt die ersten und einzigen Mitglieder der Taskforce „Sicherheit der Lucas Cranach-Ausstellung" in Kronach waren.

Hans Kräutlein wischte sich den Schweiß von der Stirn, nachdem er den Hörer aufgelegt hatte.

»Jedzd hammer den Sallad«, knurrte er und starrte auf den Notizblock, bedeckt mit seinen persönlichen Hieroglyphen. Unleserlich für Außenstehende, wie Götz wusste. Mit einer Ausnahme. Frau Hängerla besaß die beinahe wissenschaftliche Fähigkeit, Hans Kräutleins babylonisch anmutende Schriftzeichen in fehlerfreies Fränkisch zu übersetzen.

»Erschdens«, begann der Inspektionsleiter.

»Für die Ausschdellung schiggn sa uns aus München an umfangreichen bersonellen Sicherheidsbuffer. Doderfür wird a Hun-

24

nerdschaft Bereidschafdsbolizei nach Gronach verlechd und Herrn Oberkommissar Flößer undersrtelld.«

Er verzog das Gesicht zu einem Lächeln.

»Ihra Auflösung von dem Fall mid die Bergamende von der Fesdung Rosenberg had dem Herrn Staadssegredär sehr imboniert. Vor allem ihra Flexibilidäd im Umgang mid ausländischa Behörden und Bresseorgane und desderwechen häld er sie für den geeichneden Mann. Des soll ich ihna noch amol ausdrügglich souch.«

Götz war so überrascht, dass er außer einem Kopfnicken nichts zustande brachte. Wobei er sich noch nicht im Klaren war, ob diese Überraschung durch die angekündigten hundert Bereitschaftspolizisten ausgelöst wurde oder durch das persönliche Lob des Staatssekretärs.

Den hatte er gar nicht in allerbester Erinnerung. Die gegenseitige Wertschätzung war also einseitig. Wo man allerdings hundert Mann in Kronach unterbringen sollte, war ihm schleierhaft.

Schon seit Wochen waren alle Hotels, Pensionen, Ferienwohnungen und eilig requirierte Privatquartiere vollständig ausgebucht. Die Beherbergungsbetriebe im Landkreis Kronach agierten wie Fluglinien im Streikfall. Die Flut übernachtungswilliger Gäste wurde mit Redewendungen wie »Wir setzen sie auf unsere Warteliste« oder »Sie sind jetzt bei uns stand by« kanalisiert. Diese Versprechen weckten zwar Hoffnung bei den Anrufern, klangen auch tröstlich, die Einlösung der Zusagen war jedoch bei den vorhandenen Übernachtungskapazitäten völlig unrealistisch.

Aber das war noch nicht alles, was der Anruf in München bewirkt hatte.

»Zweidens, mir griechen Underschdüdzung aus Bamberch. Drei, vielleichd sogar vier Gollechen aus verschiedena Dezernade.«

Wieder fuhr sich Hans Kräutlein über die Stirn.

Götz grinste.

»Ein Bamberger Ausschuss sozusagen. Seit dem Dreißigjährigen Krieg eine erprobte Maßnahme der Hilfestellung für Kronach.

Manchmal sogar mit Erfolg.«

»Also Herr Flößer, sooo unfähich sin die Gollechen aus Bamberch ach widder ned, dass sa die als Ausschuss bezeichna müssen. Und ausserdem müssmer mid jeder Hilfe zufriedn sein, die mer grign könna. Aach wenn die Bambercher kanna solchn Überfliecher sind wie sie, die sogar in die Dürgei eingeladn wern«, ereiferte sich Frau Hängerla.

Götz verzichtete darauf Frau Hängerla zu erklären, dass im Dreißigjährigen Krieg, das Wort „Ausschuss" kein abwertender Begriff im Sinne von Müll gewesen war, sondern die Bezeichnung für eine personelle Verstärkung der Kronacher Verteidiger gegen die Belagerungsarmeen der Schweden. Bei der heutigen Wortbedeutung, die sich weitgehend auf Bundes- und Landtagsausschüsse bezog, neigte er allerdings ebenfalls zu Frau Hängerlas einseitiger Auslegung. Denn selten wurde dort etwas Verwertbares produziert. Oft noch nicht einmal Erkenntnisse, geschweige denn Ergebnisse. Und seine Einladung in die Türkei war ein politischer Akt gewesen. Von München und Hans Kräutlein abgesegnet, sogar gewünscht, also nichts, was er sich vorwerfen lassen musste. Aber Frau Hängerla fand immer etwas zu meckern.

»Die Gollechen aus Bamberch sind zwar mir understelld ...«, fuhr der Inspektionsleiter konzentriert, aber auch sichtlich irritiert fort, »... abber zusädzlich, kummd noch a Gommissarin vom Landesgriminalamd aus München, die mich als Goordinadorin a weng endlasden soll, und die werd diregd an den Edwin, also den Herrn Schdaadssegredär berichdn.«

Er atmete tief ein.

»Des werd a ganz schöns Durcheinanner. Zum Schluss was kanner mer, wer wem was zu sogn hod, und jeder machd, wos er will.«

Er runzelte die Stirn. Besorgnis zeichnete sich auf seinem Gesicht ab.

»Wo mer die drei oder vier Gollechen aus Bamberch und die Fra aus München underbringa solln, des had sich abber im Minisderium kaaner überlechd.«

Bei den hundert Bereitschaftspolizisten auch nicht, dachte Götz, schwieg aber aus kollegialer Rücksichtnahme gegenüber seinem Vorgesetzten.

»No, da hammer jedzd aber einiches zu dun. Ich maan zusädzlich zu der Aufglärung von die Addendade auf die Blagade«, meldete sich Andreas Blöcher zu Wort und wollte schon aufstehen.

»Ich binn noch ned ferdich«, hielt ihn Hans Kräutlein zurück.

»Do is noch was. Der Edwin Biermann will do alles vom Besden und vom Feinsden hom. Wie sich des für Frangen hald so ghörd. Sozusagn Sicherheid hoch drei. Ihr könnd amol radn, was mer zusädzlich noch als Verschdärgung griegn?«

»Jemanden aus dem Bundeskriminalamt«, riet Götz, denn mehr gab es nicht, was Deutschland an polizeilicher Unterstützung aufbieten konnte.

Hans Kräutlein schüttelte den Kopf.

»Dann vielleichd die Bundeswehr. Mid aner Dornadoschdaffel und Wärmebildgameras zur Lufdüberwachung von der Fesdung«, schlug Andreas Blöcher vor.

Wider eine verneinende Geste.

»Do kommd ihr nie drauf«, grinste der Inspektionsleiter.

»An Agenden grieg mer noch. An mid indernadionaler Erfahrung als Sicherheids- und Kunsdexperde. Und zwor vom FBI. Zumindest will des der Herr Biermann brobiern. Anscheinend hod der überall seina Gondagde. Abber dcs wismcr ja scho von früher.«

»EF BI EI?« Mehr brachte Frau Hängerla nicht heraus und auch Götz gelang nur ein wortloses Kopfnicken. Zum dritten Mal, wie er feststellte.

»Diregd aus Ameriga?«, fragte Andreas Blöcher.

»Aner der bloß ameriganisch sprichd?«

»Ja, an echdn Ameriganer«, bestätigte der Inspektionsleiter und griff nach dem vor ihm liegenden Gebäckstück.

Rund, hergestellt aus Rührteig, die eine Hälfte mit Zuckerguss überzogen, die andere mit Schokoladenkuvertüre.

3.

Die Richtung der Ermittlungsarbeiten hatte sich durch die Münchner Anordnungen eindeutig verschoben, wie Götz schnell feststellte. Nicht mehr die mit dem Schriftzug KILLCRANACH verunstalteten Plakate standen im Mittelpunkt, nicht die Frage der lokalen Begrenzung auf Kronach, auch nicht die des oder der Täter, dessen oder deren genaue Vorgehensweise, mögliche Motive und kriminellen Pläne, sondern beinahe alle polizeilichen Aktivitäten konzentrierten sich nun auf die Quartierbeschaffung für die angesagte Verstärkung. Zumindest seine. Die einfachen Standardermittlungen in der Sache „Attentate auf die Werbeplakate zur Lucas Cranach-Ausstellung in Kronach" führte jetzt Andreas Blöcher alleine. Götz hingegen widmete sich der schwierigen logistischen Aufgabe, hundertundeinen Mann und/oder Frau, in Kronach unterzubringen. Da war Fantasie gefragt.

Wo konnten einhundert Polizisten gemischten Geschlechts nachts den dringend notwendigen Schlaf finden? Wer sollte sie verköstigen? Zwei Wochen ohne Körperpflege waren undenkbar und aufs Klo mussten sie auch gehen. Die notwendige Kommunikations- und Sicherheitsausrüstung würden die Kollegen selbst mitbringen. Darum musste er sich also nicht kümmern.

Bereitschaftspolizisten waren seiner Meinung nach flexibel, hart im Nehmen und wenn es sein musste auch anspruchslos. Schließlich stellten sie die Speerspitze des Gewaltmonopols der Bundesrepublik Deutschland dar. Und die musste im Notfall etwas aushalten.

Eine Turnhalle als Basiscamp fiel ihm als Erstes ein. Das war die Standardlösung bei Evakuierungen im Katastrophenfall und würde sich auch für den jetzigen Zweck eignen. Das aber würde für zwei Wochen den Schulbetrieb beeinträchtigen. Und Schulsport war in Götz' Augen ein ebenso wichtiges Unterrichtsfach wie jedes andere. Also strich er die Turnhalle von seiner Liste, die nur aus diesem einzigen Wort bestanden hatte.

Doch dann hatte er einen anderen Gedanken. Kronach war zwar nicht Afrika oder eine sonst wie unterentwickelte Region, aber was dort ging, müsste auch hier möglich sein. Und ein regionaler oder zumindest lokaler Notstand lag in seinen Augen eindeutig vor. Auch wenn der vom Gesetzgeber anders definiert war.

*

»Hunnerd Mann? In vier Dooch? Für drei Wochen? Während der Granachausschdellung?«, fragte sein Gesprächspartner am Telefon.

Götz erwartete ein höhnisches Kichern oder einen vergleichbaren verbalen Kommentar und wappnete sich für einen Appell in Richtung Notstandsgesetzgebung, Heimattreue und Nachbarschaftshilfe. Alles Begriffe, die auf das Ehrgefühl des Angesprochenen und dessen Verantwortungsbewusstsein abzielten. Dem konnte sich in der jetzigen Situation kein Kronacher entziehen. Auch wenn vier Tage ein extrem kurzer Zeitraum waren, um eine Hundertschaft junger Leute beiderlei Geschlechtes einzuquartieren.

Seine Bedenken und eigenen Vorbehalte waren völlig unnötig, wie er gleich feststellte.

»Des is für uns überhabsd ka Problem. Des könna mer und des mach mer ach. Kumma sa einfach vorbei und mir beschbrechen die Einzelheiden.«

Götz schwieg verblüfft.

»Hallo Herr Flößer, sind Sie noch dran?«

»Äh, ja natürlich, wann würde es denn bei ihnen passen?«

»Sag mer um Zwölf. Bei uns am Schdandord. Ich häd mein Zuchführer gern dabei. Der muss dann hald amol des Midachessen ausfallen lassen.«

Das war in einer knappen Stunde. Mit so viel Entgegenkommen und Geschwindigkeit hatte Götz nicht gerechnet.

»A geniala Idee«, sagte Hans Kräutlein, als er ihm von seiner

Verabredung berichtete.

Sichtlich verzweifelt brütete der über einer Liste von Hotels und Pensionen, in denen er bisher vergeblich versucht hatte den „Bamberger Ausschuss" unterzubringen.

»Ich hab mein Ermiddlungsradius scho bis Schdeinberch ausgedehnt«, stöhnte er.

»Nix. Absolud nix mer frei. In kaan Hodel, kaaner Bension und aach ned bei Brivadleud.«

Hoffnungsvoll sah er Götz an.

»Vielleicht is des, wos sie do plana, ach a Möglichkeid, um die Gollechen aus Bamberch und München einzuquardiern?«

»Kommt darauf an, was für Ansprüche die stellen. Luxuriös wird das wahrscheinlich nicht.«

Dabei dachte Götz allerdings weniger an die Ansprüche der Bamberger Kommissare und die der Münchner Koordinatorin vom LKA, sondern eher an den Gast aus Amerika, für dessen Unterbringung er ebenfalls zuständig war.

Das Stadthotel wäre für einen ausländischen Besucher genau richtig gewesen. Im Zentrum der Kronacher Altstadt gelegen, die Festung Rosenberg und damit der Ausstellungsort ganz in der Nähe, und Lokale für jeden Geschmack in Fußgängerentfernung. Aber das Stadthotel und die angeschlossenen Betriebe waren zuerst ausgebucht gewesen. Dort hatten sich alle VIPs und solche, die sich dafür hielten, einquartiert.

Er machte sich auf den Weg ins Eichicht.

»Des is ach a Form von Kadasdrophenschudz und des ghörd zu unsera Kernaufgaben«, sagte der Ortsbeauftragte des Technischen Hilfswerks mit einem Grinsen und zeigte auf eine grobe Skizze in der Götz unschwer die Umrisse des Kronacher Schützenplatzes erkannte.

»Mir …«, er wies auf einen Mann in Götz' Alter, den er als den Zugführer des technischen Zuges des THW Kronach vorgestellt hatte, »… ham uns scho a baar Gedangen über die Durchführung gemacht. Im Brinzib wäre des a Kämb in Schdandardausführung, wie mer des aach bei an möglichen Einsadz für uns anlechen dädn.«

Mit wenigen Strichen zauberte er auf dem Festplatz eine kleine Zeltstadt aus dem Nichts. Pro Zelt ein Rechteck, in unterschiedlichen Größen.

»Also, zwa Großraumzelde mit Isoladionsboden und Feldbedden als Schlafquardier.«

»Wieso zwei?«, fragte Götz.

»Naja, vielleicht isses besser, wenn sich die männlichen und weiblichen Gollechen von der Bereidschafdsbolizei ned zuuu noh kumma. Nachds zumindesd. Dagsüber muss das ja vielleichd sein. Aber do is des Risigo geringer«, sagte der Zugführer, ohne dabei das Gesicht zu verziehen.

Götz schmunzelte. Der Mann hatte offensichtlich Erfahrung mit den potentiellen Risiken, die durch allzu große menschliche Nähe ausgelöst werden konnten. Und die Polizei durfte davon keinesfalls ausgenommen werden. Zumindest nicht die Altersklasse, die bei der Bereitschaftspolizei vorherrschte.

»Aber wenn ihna des lieber is, könna ihra Gollechen die Zelde auch anders belegen. Von mir aus a Zeld für die Schnarcher und ans für die annern. Wasser, Schdrom und Beleuchdung sind nadürlich selbsdverschdändlich und heizen müss mer in der Jahreszeid ned. Außerdem brauch mer zwa großa Hygienezelde mit Duschen und Doiletten und a Feldküchn. Die Köch stelln mir, aber die Bcddn müsscn cura Bolizisdn sclbcr machcn. Bcddnmachn ghörd ned zum Kadasdrofenschudz, Essen kochn scho.«

Auch jetzt blieb sein Gesicht unbewegt, während er eine Liste mit Häkchen versah.

»An genauen Speiseblan fürs Frühschdüg, Middachessen und Abendbrod für drei Wochen stelln mer ihna noch zamm, Herr Flößer. A weng schwierich werds bloß, wenn bei dena Bolizisten Vechedarier, Wechaner oder annera Diädspezialisden sind. Für sowos is unser Feldküchen mid wenich Bersonal nadürlich ned eingerichded.«

»Und wer trägt die Kosten für diesen Einsatz und das notwendige Material?«, fragte Götz, dem bei diesem so selbstbewusst vorgetragenen „All Inclusive Angebot" beinahe ein wenig schummerig wurde.

»Mir sind a Bundesorganisadion, Herr Flößer. Mir finden garandierd an Wech, der die Stadt Gronach finanziell ned übermäßig belasded.«

Er dachte kurz nach.

»Im schlimmsden Fall gibd's ja dann immer noch des bayrische Innenminisderium. Die schicken die Leute, wie sie gesachd hom, also könna sa ach wos dafür zahlen. Kümmern sa sich ned drum. Des machen mir. Spädesdens an Dooch bevor die anrücken, sind mer ferdich. Schließlich ist des ka Kämb in Afrika. Abber selbsd des däd mer noch hingriechen. Wär bloß a wenig unbragdisch. Ich man wechen der Endfernung vo Afriga nach Gronach jeden Dooch.«

Zum Ersten Mal verzog der Zugführer die Mundwinkel.

Noch nicht einmal die Stellplätze für die Einsatzfahrzeuge der Bereitschaftspolizei stellten nach Meinung der THW-Experten ein Problem dar. Und das, obwohl Parkraum in Kronach als extreme Mangelware gehandelt wurde. Der Schützenplatz bot reichliche Möglichkeiten.

Götz verließ den THW-Standort im Eichicht mit dem seltenen Gefühl der Beruhigung. So wie sich das angehört hatte, würden sich die Blaujacken vom THW um die hundert Kollegen von der Bereitschaftspolizei kümmern und er konnte sich der Person Einhunderteins, dem amerikanischen Special Agent vom FBI, widmen.

Da war ihm Frau Hängerla zuvorgekommen. Teilweise zumindest.

»Unser Dennis hod sich scho gemeldet. Der kummd in zwa Dooch.«

»Unser Dennis? Wer ist denn unser Dennis?«

»No, unser neuer Gollech aus Ameriga. Der vom FBI.«

»Und woher wissen sie das?«

»Wall ich na a E-Mail gschriebn und gfrochd hob, wann er kummd und ob er irgendwelcha schbezielln Wünsche hod.«

»Seit wann können Sie denn Englisch?«

Frau Hängerla lächelte.

»Der Dennis ko Deutsch. Des is a echder Olraundmän. Des mergd mer gleich. Ich hob alla Mails an Sie weidergeleided, wall Sie ja in der Haubdsach mid na zamarbeiden wern.«

»Sehr schön«, lobte Götz.

»Dann ist ja alles geklärt.«

»Alles, bis auf a Gleinichgeid. Do müssdn sa sich noch drum kümmern.«

»Was für eine Kleinigkeit«, fragte Götz. Das scheinheilige Lächeln von Frau Hängerla ließ ihn nichts Gutes ahnen.

»Der Dennis will unbedingd a Zimmer in an Hodel mid an Buuhl. Alles annere is na wurschd.«

»A Hodel mid Buuhl?«, fragte Hans Kräutlein, ohne ganz bei der Sache zu sein als ihm Götz den Wunsch des amerikanischen Kollegen vortrug. Dieser Forderung fühlte er sich nicht gewachsen.

»Am besten wäre es, Sie würden ihrem Freund dem Herrn Staatssekretär Biermann mitteilen, er soll seinen FBI-Agenten zu Hause lassen. Denn wo sollen wir hier in Kronach ein Hotel mit Pool hernehmen?«

»Des gehd ned. Des mid dem FBI war ja sei ausdrüglicher Wunsch. Wie der ghörd hod, wos für an Werd die Lugas Granach-Bilder hom, do is der richdich exblodierd. Also vor Ideen, maan ich. Wahrscheinlich ach wechen der Versicherung von die Exbonade. Des is irchend su a ameriganische Gsellschafd, und die wolln unbedingd an Ameriganer als Berader derbei ham. Su sind sa hald die Ammis, subalds um an Haufn Geld gehd, sind sa do. Und außerdem ham mer ja a Schwimmbad. Des Crana Mare. Bei der Eröffnung war der Herr Biermann sogar bersönlich dabei. Also müss mer do irgend a annera Lösung findn.«

Sein auf die Hotelliste gerichteter Blick, inzwischen hatte er den Radius – immer noch erfolglos – auf hundert Kilometer rund um

Kronach ausgedehnt, machte deutlich, dass das fränkische „mer" für wir, in diesem Fall als Singular gemeint war. Eindeutig an Götz Flößer adressiert. Da war die Hierarchie an der Kronacher Polizeiinspektion eindeutig. Wenn Frau Hängerla als rechte Hand etwas vorschlug und Hans Kräutlein das bestätigte, gab es nur eins: Ausführen! Diskutieren half da wenig!

Ein klitzekleiner Trost war lediglich die E-Mail Adresse von „Dennis" aus Baton Rouge im amerikanischen Bundestaat Louisiana. Die entlockte Götz ein schadenfrohes Grinsen. Frau Hängerla würde sich wundern, wenn sie „ihrem Dennis" zum ersten Mal begegnete. Seine Aufgabe der Unterbringung wurde dadurch allerdings nicht leichter.

Anscheinend alles ziemlich flach, dachte Götz, als er sich eine Karte der Vereinigten Staaten ansah, um die geographische Lage von Baton Rouge zu bestimmen. Hintergrundinformationen über Kollegen, mit denen man zusammenarbeiten musste, waren manchmal sehr hilfreich.

Er hatte bisher weder gewusst, wo Baton Rouge lag, noch dass es die Hauptstadt des amerikanischen Bundesstaates Louisiana war und eine Viertelmillion Einwohner hatte. Nicht etwa ein kleines Nest, wie er anhand des Namens ursprünglich vermutet hatte. Hinter „Roter Stab" oder „Roter Balken " erwartete man schließlich nicht unbedingt eine Stadt, die fast halb so groß wie Nürnberg war. Einwohnermäßig. In der Fläche übertraf Baton Rouge Nürnberg bei weitem.

Auf der Karte wurde das Mündungsdelta des Mississippi, das Hinterland von New Orleans und die Gegend um die Stadt Baton Rouge, in Grün mit kleinen schwarzen Querstrichen dargestellt. Sumpfiges Tiefland. Teilweise sogar knapp unter dem Meeresspiegel gelegen, wie ihm die Kartenlegende verriet. Vielleicht hatte dort wegen der Tieflage jedes Haus einen Pool oder direkten Zugang zum Wasser und das wurde dann als selbstverständlich für den Rest der Welt betrachtet, überlegte Götz.

Warum allerdings ein bayerischer Staatssekretär ausgerechnet aus dieser amerikanischen Sumpflandschaft, einen Kunst- und Sicherheitsexperten, angeblich sogar mit Kenntnissen über Lucas Cranach, angeheuert hatte, blieb ihm schleierhaft. Ungewöhnlich war außerdem der Familienname des amerikanischen FBI-Agenten.

Der war eindeutig französischen Ursprungs.

Aber warum nicht? Schließlich hatten die Amerikaner der zweiten Generation, die Siedler und Begründer der Nord- und Südstaaten und später der heutigen USA, überwiegend europäische Wurzeln. Die erste Generation, die Indianer, die seit etwa zwölftausend Jahren den Kontinent bewohnten, hatte man weder gefragt, noch an der Staatengründung beteiligt. Das hatten anfänglich Angehörige zweier europäischer Nationen unter sich ausgemacht. Die Engländer und Franzosen im Norden, ungestört von den Spaniern und Portugiesen, die sich überwiegend auf dem südlichen Kontinent tummelten und dort dem Gold nachjagten. In Louisiana verlief die Grenze zwischen den französischen und spanischen Interessengebieten.

Im heutigen Kanada und Nordamerika hatten sich Franzosen und Engländer lange und erbittert bekämpft. Ursprünglich waren es die reichen Kabeljaubestände im Norden, das „Gold der Ozeane", um das sie sich stritten. Später fanden sie noch weitere Beweggründe. Englische und französische Leutnants, denen man zu Hause kaum das Kommando über eine kleine Garnison anvertraut hätte, regierten, verwalteten, eroberten oder verteidigten auf dem neuen Kontinent Gebiete, deren Ausdehnung fast die Größe ihres gesamten Heimatlandes erreichte. Die Generäle, die vielleicht eher für solche Aufgaben geeignet gewesen wären, wurden anscheinend zu Hause gebraucht.

Und irgendwo zwischen den Franzosen und Engländern wurden Teile der „First Nation" oder „Natives of America" aufgerieben. So wurden die ehemaligen Rothäute inzwischen offiziell genannt. Political correctness, aber erst im Nachhinein. Damals beim „Aufreiben" waren die Engländer wesentlich effektiver und erfolgreicher vorgegangen als die Franzosen.

Aber auch die gerieten auf dem nordamerikanischen Kontinent unter die Räder. Die der Engländer. In Kanada versuchten diese das Land komplett, wenn auch nicht erfolgreich, von den Franzosen zu befreien. Nicht im Sinne der unterworfenen Ureinwohner, die spielten keine Rolle, sondern für ihren König und ihr Vaterland. Behaupteten sie jedenfalls. Schiffsladungsweise wurden die Akadier, so wurden die französischstämmigen Siedler genannt, von den siegreichen Engländern abtransportiert. Die Frage war nur: »Wohin mit ihnen?«

Keiner wollte sie haben. Auch nicht ihr Mutterland. In Europa war man zu der Zeit gerade anderweitig beschäftigt. Mit wichtigerem. Dem Dreißigjährigen Krieg. Da hatten alle mitgemischt, auch wenn die militärischen Auseinandersetzungen fast ausschließlich auf deutschem Boden ausgetragen wurden.

Ein kleiner Teil dieser kanadischen Akadier fand in den undurchdringlichen Sümpfen Louisianas bei den dortigen Frankoamerikanern Unterschlupf. Und eine Minderheit dieser „Mischung" aus Frühamerikanern und Ehemalskanadiern sprach auch heute noch ein altertümliches Französisch.

Warum also sollte „Dennis" aus Baton Rouge in Louisiana keinen französischen Familiennamen tragen. Schließlich war der ganze Bundestaat nach einem französischen König benannt. Dem vierzehnten Louis. Auch nicht gerade typisch für das Gebiet einer Nation, die sich für die Erfinderin der modernen Demokratie hielt, weil sie die französische Geschichte ignorierte. Aber selbst dafür fand Götz während seiner Recherche eine Erklärung. Der heutige Bundestaat Louisiana war noch gar nicht so lange im Besitz der Amerikaner. Erst im Jahr 1803 hatte der damalige Präsident Thomas Jefferson dieses Gebiet gekauft. Von Napoleon. Der fand offensichtlich Gebietserweiterungen nur in Europa interessant. Und bei dem Namen Louisiana war es einfach geblieben.

So war Geschichte halt. Schließlich hatte auch ein russischer Zar sein Interesse am amerikanischen Kontinent verloren und deswegen Alaska verscherbelt.

Und was Eigennamen anging, die von den üblichen Erwartungen abwichen, hatte Götz schon ganz spezielle und persönliche Erfahrungen gemacht. Yildiz und ihre Familie waren das beste Beispiel.

Eher ungewöhnlich war die Tatsache, dass „Dennis" des Deutschen mächtig war, denn mit Fremdsprachenkenntnissen glänzten Amerikaner nach Götz' Erfahrung üblicherweise nicht.

»Petitechaperon!« ließ sich Götz den exotisch klingenden Familiennamen des FBI-Agenten auf der Zunge zergehen, den Frau Hängerla als „unsern Dennis" vereinnahmt hatte. Wenn ihn die Reste seines Schulfranzösisch nicht täuschten, war Petitechaperon, also kleine Mütze oder kleiner Hut, etwas Ähnliches wie die französische Variante von Rotkäppchen.

Passte irgendwie zu Baton Rouge, zumindest farblich, und versprach eine spannende Zusammenarbeit.

Mit diesem Hintergrundwissen fühlte sich Götz ausreichend auf dieses bilaterale deutsch-amerikanische Abkommen vorbereitet.

Er musste lächeln. Falls sie am Ende der Riesenaktion auf einen gemeinsamen Erfolg anstoßen wollten, wäre die namentlich passende Sektmarke relativ leicht und kostengünstig zu beschaffen.

Blieb also nur die Frage nach der Unterkunft mit Schwimmbad.

*

»Also, an mir solls ja ned liegn, aber ich allans kann dcs ncd endscheiden. Völlich unmöglich. Noch ned amal für dich.«

Götz hatte auf eine Lösung auf dem kleinen Dienstweg gehofft. Schließlich hatte er seit Ewigkeiten eine Jahreskarte für das Crana Mare, in dem er bisher einen Großteil seines Urlaubs verbracht hatte. Er war also ein zuverlässiger Stammkunde, der mit einem gewissen Entgegenkommen rechnen durfte. So würde man das auf jeden Fall in der Türkei handhaben. Außerdem war das keine Privatanfrage, sondern eine offizielle Polizeiaktion.

Den Bademeister Gert Saibling kannte er seit Jahren, war mit ihm per Du, aber nicht direkt befreundet. Allerdings hatte der ihm schon öfters von seinen ausgedehnten Urlaubsreisen erzählt und von einer teuren Neuanschaffung, die er vor wenigen Wochen getätigt hatte. Einem Luxusliner.

»Is noch ned zugelassen. Wecher der Versicherung und stehd bei mir daham im Gardn.«

In Zeiten wie diesen eine Verschwendung, fand Götz.

»Wer ist denn dein Vorgesetzter bei der Stadt? Soll ich mit dem sprechen?«

»Willst da mich jedzd in die Bfanna haun oder wos soll die Froch?«

»Quatsch. Ich will eine ganz einfache Sondergenehmigung und dass du uns und der Stadt Kronach eine Gefallen tust. Sonst nichts.«

»Und des is werglich für an amerikanischen FBI-Agenden? Su aaner wie der Dscherri Codden aus Nu Jorg mid sein Jaguar?«

»Genau so«, sagte Götz, auch wenn das nicht ganz der Wahrheit entsprach.

»Und des mid der Feuerwehr glärsda ach?«

Götz nickte. Inzwischen schien es ihm fast normal, dass sich die einfachsten Dinge in einen Brei verwandelten in dem die unterschiedlichsten Behörden und Organisationen, nationale wie internationale, herumrührten. Streng genommen auch er. Seine jetzige Aktion gehörte in das Arbeitsgebiet eines Touristikmanagers. Falls es so einen in Kronach überhaupt gab.

4.

„Oh! What a beauty."

Der Motor der am Straßenrand geparkten Harley Davidson blubberte im Leerlauf vor sich hin.

Nur von hier, in einer engen Kurve der Straße, die von Ziegelerden hinunter nach Kronach führte, hatte man diesen Ausblick.

Fast wie bei einer Luftbildaufnahme lagen die Stadt Kronach und die Festung Rosenberg zu Füßen des Betrachters. Die ziegelroten und schieferschwarzen Dächer der Altstadt wie an Schnüren aufgereiht, eingefasst von den Silberbändern der Flüsse Haßlach, Kronach und Rodach. Gekrönt wurde das Ganze von einem fünfzackigen Stern aus gedunkeltem Sandstein. Der Festung Rosenberg. In deren Mitte, beinahe ein Rund, die alte Befestigungsanlage.

Eine winzige Stadt. Fast nur ein Spielzeugstädtchen, das auf Kinderhände wartete, um in Bewegung gesetzt zu werden.

Keine hochragenden Metalltürme. Die Cracker der Raffinerien, deren Ausstoß, ein süßlich-öliger Geruch, allgegenwärtig war. Kein Dunstschleier, der schon am Morgen alles in gelboranges Sonnenuntergangslicht tauchte.

Hier war Grün die vorherrschende Farbe. Und es roch nach Wald. Nur die Auspuffgase der Harley erinnerten an Baton Rouge.

»Den kleinen Umweg über Ziegelerden solltest du unbedingt machen«, hatte Granddad gesagt.

»Unbedingt!«

Und er hatte Recht gehabt, auch wenn der „kleine Umweg" weit über eine Stunde gedauert hatte. Für enge und kurvenreiche Straßen wie hier war die Harley nicht konzipiert und eine mehrstündige Verspätung in Kronach war vorprogrammiert.

Bei dem Anblick war es kein Wunder, dass Granddad diese Stadt gemocht hatte. Auch wenn er hier zu den zwar privilegierten, aber nicht von allen geliebten, amerikanischen Besatzern gehört hatte.

Und Granny? Unter welchem der Dächer mochte sie wohl aufgewachsen sein? Jetzt wurde verständlich, dass sie manchmal vom Heimweh überwältigt, die romantischen Cobblestonestraßen ihrer Geburtsstadt beschrieb. Es gab nichts Vergleichbares in Baton Rouge. Keine alten Häuser mit Fachwerk und Stuckfassaden, die auf massiven Sandsteinsockeln ruhten. Gebäude, hinter deren dicken Grundmauern sich ausgedehnte Kellergewölbe verbargen. Noch dazu mit geheimnisvollen unterirdischen Gängen, die angeblich bis hinauf zur Burg führten. Und dann das German Beer, das unnachahmliche Bread und die Bratwurst vom Grill. Das alles vermisste Grandma in Baton Rouge. Verblüffenderweise entsprach die kitschige, romantisierte Beschreibung ihrer Geburtsstadt der sichtbaren Realität. Zumindest beinahe. Und das, obwohl Realitätssinn wahrlich nicht zu Grannys Stärken zählte. Nicht über das Heute und schon gar nicht über das, was die Vergangenheit anging.

In ihren Fantasiegemälden der Stadt Kronach kamen zum Beispiel niemals Nazis vor. Entweder war Grandma damals auf diesem speziellen Auge und Ohr blind und taub gewesen, oder für sie war eine imaginäre Grenze des dritten Reichs zwischen Nürnberg und Kronach verlaufen. Folgerichtig hatte in ihrer Wahrnehmung auch der Zweite Weltkrieg nie richtig stattgefunden. Wenn man sie hörte, konnte man glauben, der habe um diesen Teil Oberfrankens einen Bogen geschlagen. Vielleicht aber geschah das nur aus Rücksichtname auf Granddad. Der war schließlich Angehöriger einer der Nationen, deren Bomberflotten ziemlich erfolgreich die Zivilbevölkerung demoralisiert hatten.

Als »Razurstrategy« hatte Granddad diese Vorgehensweise der damaligen Alliierten beschrieben. »Hinter der Front alles wegrasieren«, solange, bis sich Hitlers Wehrmachtsangehörige mehr Sorgen um ihre Familien machten, als um den Feind und sich selbst. Wahrscheinlich auch in Kronach. Aber anscheinend nicht für Grandma.

Ganz anders erzählte sie vom Dreißigjährigen Krieg. Da bekam man den Eindruck, den habe sie persönlich erlebt und durchlitten. Möglicherweise hatte sie den Zweiten deshalb nicht so recht wahrgenommen, weil er kürzer war.

Granddads Rolle in Grandmas Erzählungen war gleichsam die eines amerikanischen Touristen. Ein Besucher, der ganz zufällig nach Kronach gekommen war. Der ebenso zufällig die Uniform eines amerikanischen Leutnants trug. Allerdings war er nicht in einem Straßenkreuzer durch halb Europa kutschiert, sondern in einem Shermanpanzer. Am Ende seiner vom amerikanischen Staat subventionierten Studienreise hatte er sich in eine Kronacherin verliebt. Sozusagen als krönenden Höhepunkt seines Europatrips. Letzteres stimmte sogar und irgendwann tauchte dann auch ein echtes amerikanisches Cabriolet auf. Ein Cadillac.

Im Gegensatz zu dem tarngrünen Shermanpanzer war das pinkfarbene Cabriolet sogar fotografisch belegt. Granddad am Steuer und Granny auf dem Beifahrersitz. Beide unglaublich jung. Zwei halberwachsene Teens, die einem unbekannten Fotografen zuwinkten. Dessen Kamera hatte einen glücklichen Augenblick im Jahre 1947 auf ein kleinformatiges Schwarzweißbild gebannt. Deshalb war die Wagenfarbe Pink auch nur mündlich überliefert. Noch heute senkte Granddad verschämt grinsend das Haupt, wenn Granny begeistert die ungewöhnliche Lackierung beschrieb. Pink und Chrom, das war anscheinend ihr Ding gewesen.

Im Hintergrund des Fotos sah man einen Platz mit einer Säule auf der zwei Männer einen Wappenschild hielten.

Ein gruseliges Detail: Das, was die Männer über dem Arm trugen, waren keine Mäntel, sondern ihre eigene Haut. Die hatte man ihnen angeblich bei lebendigem Leibe abgezogen. Als Strafe für den Versuch, die feindlichen Kanonen unbrauchbar zu machen. Natürlich nicht die der Amerikaner, sondern die der Schweden, vor ein paar hundert Jahren. Aber die Gräueltaten des Zweiten Weltkrieges standen denen des Dreißigjährigen Krieges nicht nach. Außer in Kronach natürlich und bei Granny.

Granddad nickte zu Grandmas Erzählungen immer schweigend, aber zustimmend lächelnd. Er segnete sie damit ab und erklärte sie für wahr.

Für einen aktiven Laienprediger und pensionierten Abteilungsleiter einer großen internationalen Versicherungsgesellschaft hatte er eine ungewöhnliche Einstellung.

»Zuhören ist wichtiger als reden und predigen«, sagte er immer und tätschelte dabei liebevoll Grannys Hand.

*

»Wieso können wir noch nicht anfangen?«, fragte die Blondine und runzelte dabei die Stirn.

»Wall unser Dennis aus Ameriga noch fehld. Ohna den machds ja kann Sinn ozufanga. Der muss aber jeden Momend kumma«, informierte Frau Hängerla die Hauptkommissarin des Landeskriminalamtes München.

Für die Koordination aller Kronacher Sicherheitsaktivitäten war die Münchnerin bestens gerüstet.

Vor ihr auf dem Tisch des Besprechungszimmers der Polizeiinspektion lagen drei Handys.

Entweder, überlegte Götz, sammelt sie Mobiltelefone, so wie andere Leute Briefmarken oder Münzen horteten, oder sie rechnet wirklich damit von drei Leuten gleichzeitig angerufen zu werden. Bei nur zwei Ohren wäre das ein Problem.

Jetzt klingelte nur eines. Wobei „klingeln" nicht die richtige Bezeichnung war. Die Töne, die das silberne Smartphone von sich gab, erinnerten Götz an das Trompetensignal einer Kavallerieabteilung beim Angriff mit gezücktem Säbel oder eingelegter Lanze. Gepanzerte Dragoner oder Kürassiere vielleicht. Welche akustischen Überraschungen mochten dann das schwarze und das leuchtend rote Telefon beherbergen, die den Silberling einrahmten. Ein Trauermarsch würde gut zu Schwarz passen. Und zu Rot? Gab es eine Erkennungsmelodie mit der ein Stierkampf eröffnet wurde? In Carmen von Georges Bizet gab es so etwas, wenn er sich nicht täuschte.

Hauptkommissarin Dr. Winterkorn sah auf das Display des silbernen Smartphones, zog die Augenbrauen hoch und brachte das Angriffssignal zum Schweigen, ohne das Gespräch anzunehmen. Für Götz hörte sich der letzte, ersterbende Trompetenstoß so an, als sei der Bläser mitten im Angriff vom Pferd gefallen.

Die Tonqualität des kleinen Gerätes war hervorragend. Selbst das Trappeln der Hufe hatte Stereoqualität besessen. Wie würde sich da erst ein Stierkampf anhören?

»Äh, wo waren wir gerade stehen geblieben?«, fragte Frau Dr. Winterkorn und sah die Mitglieder des „Bamberger Ausschusses" an.

So hatte Götz die neugegründete Sonderkommission getauft, obwohl nur zwei, anstatt der drei oder vier zugesagten Hauptkommissare aus Bamberg eingetroffen waren. Beide aus dem Dezernat für Drogendelikte.

Die hatten vielleicht im Sommer weniger zu tun. Denn eigentlich könne man überhaupt niemanden entbehren, hatte die Bamberger Polizeidirektion behauptet. Schließlich sei bald Ferienzeit und die Personaldecke ohnehin viel zu knapp. An diesem Argument hatte sich selbst das bayerische Innenministerium, ebenfalls bereits durch die Vorferienzeit personell ausgedünnt, die Zähne ausgebissen.

Ohne viel Federlesen hatte Hauptkommissarin Dr. Winterkorn aus München das Kommando in Kronach übernommen. Wahrscheinlich befähigte sie ihre Herkunft aus der Landeshauptstadt dazu. Eventuell auch ihr bei der Polizei eher seltener akademischer Grad. Oder die anstehende Beförderung zu Höherem, wie Staatssekretär Biermann angedeutet hatte. Dass sie vor vielleicht zehn Jahren, nach Götz' Meinung, ebenso die Karriere eines Models, anstelle des Polizeidienstes hätte wählen können.

Hans Kräutlein hatte sich schicksalsergeben zurückgelehnt. Soviel geballtem weiblichem Führungsanspruch war er nicht gewachsen. Vielleicht war es ihm auch ganz recht. Wer nicht nach Verantwortung strebte, der trug auch keine Schuld, wenn etwas daneben ging.

Magnus Keil, Einsatzleiter der Hundertschaft Bereitschaftspolizei und ein erfahrener Haudegen in Sachen jeglicher Art von Menschenansammlungen, war offenbar der Kommandostand eines Wasserwerfers lieber als ein Platz am Schreibtisch. Noch dazu bei einer solch verwaschenen Aufgabenstellung wie der hier in Kronach. Prävention war vielleicht nicht seine Stärke. Darauf deutete der militärisch anmutende, grauschwarze Einsatzanzug hin, auf dessen Rücken POLIZEI stand. Die Pistole im Gürtelholster war mit einem flexiblen Kabel gegen die raubgierigen Hände aufmüpfiger Demonstranten gesichert. Das Sprechfunkgerät an der rechten Brustseite krächzte hin und wieder leise, verhielt sich jedoch insgesamt diszipliniert. Sein Koppel war mit glänzenden Karabinerhaken bestückt und einer ganzen Batterie kleiner Taschen mit unbekanntem oder ohne Inhalt.

Hoffentlich, dachte Götz, wurden diese Taschen während des Kronach-Einsatzes nicht mit Nebel-, Blend- oder Tränengasgranaten gefüllt. Schließlich war es nicht das Ziel Besucher von der Ausstellung fernzuhalten, wie Hooligans von einem Fußballspiel, sondern lediglich ein hohes Maß an Sicherheit für die Lucas Cranach-Exponate zu gewährleisten.

Magnus Keil rutschte unruhig auf seinem Stuhl hin und her und sah im Dreißig-Sekunden-Takt auf ein schwarzes Chronometer mit riesigen Leuchtziffern. Er musste ein gutes Zeitgefühl haben, denn jedes Mal, wenn der rote Sekundenzeiger die Zwölf oder die Sechs erreichte, hob er das Handgelenk, starrte auf das Zifferblatt und ließ den Arm wieder fallen. Wer kontrollierte da eigentlich wen? Musste der Leiter der Polizeihundertschaft die Ganggenauigkeit seiner Uhr prüfen oder wollte er ganz einfach feststellen, ob er auf der Basis jahrelangen Trainings auch ohne Zeitmessgerät einen Zugriffsbefehl sekundengenau erteilen konnte?

Kronach fand er, nach eigener Aussage, ein wenig bieder. Während seiner Dienstzeit hatte hier noch nie eine Demo oder ein ähnliches Großereignis stattgefunden. Nie war sein Einsatz und der seiner Jungs, einschließlich Wasserwerfer, benötigt worden. Tiefe Provinz halt, in der nichts los war.

Nur das Camp des THW auf dem Schützenplatz bezeichnete er als „super". Und die Erbsensuppe aus der Feldküche des THW am gestrigen Abend, dem Tag ihrer Ankunft, »sei ein Gedicht gewesen«.

Das hatte jeden möglichen Widerspruch von Frau Dr. Winterkorn und den beiden Bamberger Kollegen über die spartanische Unterkunft und Verpflegung im Keim erstickt. Für die hatte das Kronacher THW in einer Blitzaktion noch zwei Extrazelte aufgebaut. Natürlich geschlechtermäßig getrennt und mit einem gewissen Sonderkomfort in Form eines privaten Dixiklos direkt hinter jedem Zelt.

»Meine Jungs ...«, sagte Magnus Keil jetzt zu Frau Dr. Winterkorn.

»... und mit den Jungs, da meine ich auch meine Mädels in Uniform, die stehen bereit. Die Videokameras mit Überwachungsmonitoren, die Personenscanner und die Untersuchungskabinen für den Eingangsbereich der Ausstellung sind aufgebaut ...«

Er machte eine kurze Pause, starrte den roten Sekundenzeiger an, als wolle er ihn Kraft seiner Gedanken weiterlaufen lassen oder anhalten, und fuhr dann fort:

»... und natürlich getestet. Die Jungs sind in die Details des Personenmonitorings genau eingewiesen. Auch des intimen.«

Wieder ein Blick auf die Uhr.

»Wos bedeuded denn do indim?«, fragte Frau Hängerla.

»Bei möglicherweise notwendigen Leibesvisitationen ist ganz klar, dass männliche Besucher nur von den Jungs kontrolliert werden und weibliche nur von den Mädels.«

Uhrenkontrolle.

»Die sind immer in Doppelschichten eingeteilt. Schließlich geht es ja nicht, dass die Jungs an der Unterwäsche weiblicher Besucher rumfummeln und umgekehrt natürlich auch nicht«, belehrte Magnus Keil die Runde. Parallel dazu vergewisserte er sich, ob sein Chronometer immer noch funktionstüchtig war.

»Hasd des, dass sich jeder Besucher ausziehn muss, der in die Ausschdellung will? Aach Einheimischa, wie ich zum Beischbiel?«

Frau Hängerlas Frage, ihre weit aufgerissenen Augen und geröteten Wangen deuteten darauf hin, dass sie entweder überlegte, welche Unterwäsche für den Besuch der Lucas Cranach-Ausstellung am besten geeignet sei, oder ob sie aus Gründen des Schutzes ihrer Intimsphäre lieber ganz auf eine Besichtigung verzichten sollte.

»Quatsch!«, mischte sich Hauptkommissar Peter Habermehl ein. Eine der Leihgaben des Bamberger Drogendezernates.

»Eine Leibesvisitation wird nur dann durchgeführt, wenn der Nacktscanner irgendeine Auffälligkeit zeigt, sich die entsprechende Person verdächtig verhält oder abnormale Ausbuchtungen unter der Kleidung zu erkennen sind.«

»Nagdscanner? Und wos mana sa denn mid abnormala Ausbuchdunga?«

»Büstenhalter zum Beispiel sind ein sehr beliebtes Versteck für Drogen jeglicher Art. Je nach Körbchengröße fassen die zwischen einhundertzwanzig und dreihundertfünfzig Gramm Kokain oder Heroin. Und mit den Nacktscannern der zweiten Generation hat man am Flughafen in München bisher sehr gute Erfahrungen gemacht«, teilte Hauptkommissar Herbert Brod, der zweite Bamberger, mit.

»Also meine Herren, das sind doch völlig unerhebliche Details. Die gehören in das Anweisungsschema der Sicherheitskräfte auf der operativen Ebene. Die sind doch nur für die Mannschaften von Herrn Hauptkommissar Keil interessant. Das müssen wir aber nicht hier im „strategischen Führungskreis" besprechen«, sagte Frau Dr. Winterkorn mit streng gerunzelter Stirn. Alle senkten beschämt die Köpfe. Bis auf Andreas Blöcher.

»Also, ganz so unwichdich is des vielleid doch ned. Wenn mer von der Möglichkeid von an Anschlach auf ans von die Granach-Werge ausgehd, dann sind körbernahe Verstegge a rellevander Bungd. Und des muss vor allem uns inderressieren, denn mir dragen die Verandwordung und ned die Gollechen von der Bereidschafdsbolizei. Bei Handdaschen werd ja, je nach Größe, der Inhald kondrollierd oder sie müssen am Eingang abgeben werden. Bei Büsdnhaldern is des abber ned so.«

»Ganz genau«, bestätigten die beiden Bamberger Drogenspezialisten wie aus einem Mund.

Frau Dr. Winterkorn lief rot an.

»Wollen Sie hier vielleicht einen Generalverdacht gegen alle weiblichen Besucher aussprechen? Das ist ja eindeutig sexistisch, meine Herren. Und Sie, Herr Blöcher, Sie tragen für die Zeit ihres Einsatzes im „strategischen Führungskreis" keine Uniform sondern Zivil, wie sich das für die Angehörigen der Leitungsebene gehört. Haben wir uns verstanden?«

Magnus Keil, neben Andreas Blöcher der Einzige in Uniform, machte ein Gesicht, als habe er auf eine Zitrone gebissen, schwieg aber und beschäftigte sich mit dem unaufhaltsamen Fortschreiten der Zeit an seinem Handgelenk.

»Des is mir sehr rechd, Frau Dogder Winderkorn. Abber mid Sexismuss had des, was ich gsacht hab, nix zu dun. Des is einfach Logig. Schließlich isses a Dadsach, dass Männer fasd nie an Büsdenhalder anham. Sie ham also deudlich wenicher Verstegmöglichkeiden wie a Fra. Oder sehn sie des anners?«

In dem einsetzenden Stimmengewirr ging das Klopfen an der Tür unter. Es klopfte erneut. Diesmal lauter und energischer.

»Des is jedzd bestimmd unser Dennis aus Ameriga«, sagte Frau Hängerla in die plötzlich eingetretene Stille, sprang auf und eilte zur Tür.

5.

»A geila Braud, unser Kollechin aus Ameriga. Ned wor? Die schaud aus wie die Hale Berry, wie sa noch ganz jung wor. Finden sa ned, Herr Flößer?«

»Absolut«, antwortete Götz und warf einen Blick in den Außenspiegel des Streifenwagens. Die Silhouette der schwarzen Harley mit der ebenfalls schwarzgekleideten Fahrerin folgte ihnen in stetigem Abstand von zwanzig Metern während sie in Richtung des Crana Mare fuhren.

Das amerikanische Kultmotorrad hatte beinahe für ebenso viel

Überraschung gesorgt wie das Äußere der amerikanischen Agentin. Aber nur beinahe.

Unauffällig war Denise Petitechaperon wahrlich nicht. Nicht im Allgemeinen und schon gar nicht nach Kronacher Maßstäben.

Doch am meisten hatte Götz Frau Hängerlas Geistesgegenwart überrascht. Zu seiner großen Enttäuschung war der von ihm erwartete Überraschungseffekt vollkommen verpufft.

Nichts, aber auch gar nichts hatte sich Frau Hängerla anmerken lassen, als ihr ganz unvermutet anstelle von „ihrm Dennis" eine junge Frau in hauteng anliegender, schwarzer Ledermontur gegenüberstand. Mit einer Haut, deren Farbe an Milchkaffee erinnerte, und einer lockigen Kurzhaarfrisur, der auch der Integralhelm nichts hatte anhaben können. Und dann die Begrüßung.

»Sie müssen Miss Hängerla sein, die großartige Organisatorin, die alles so perfekt für mich arrangiert hat.«

Ein Küsschen links, ein Küsschen rechts. Dabei hatte die Amerikanerin Frau Hängerla etwas ins Ohr geraunt.

Und wie hatte die auf diese so vollkommen unfränkische Begrüßung reagiert?

Mit verblüffender Selbstverständlichkeit hatte Frau Hängerla mit ebensolchen Luftküsschen geantwortet. Hatte Denise nach einer fast innigen Umarmung ganz weltfraulich den freigehaltenen Stuhl neben sich angeboten und sich dann an die verblüfft dreinschauenden Mitglieder des strategischen Führungskreises gewandt.

»Des is unser EF BI EI Äidschend Deniiiies aus Ameriga. Jedzd sin mer vollzählich und könna ofanga.«

Selbst Frau Dr. Winterkorn war ob dieser souveränen und doch so kurzen und bündigen Vorstellung einen Moment überrascht und arrangierte ihre drei Smartphones in anderer Reihenfolge. Das silberne, mit dem sie die Dragoner kommandierte, lag jetzt rechts außen.

Götz musste zugeben, dass ihn Frau Hängerlas Reaktion beeindruckt hatte.

Er hingegen hatte wie Andreas Blöcher beim Anblick der amerikanischen Kollegin beinahe den Unterkiefer fallen lassen. Die Ähnlichkeit mit dem Bondgirl war unbestreitbar.

Die nachfolgende Besprechung war kurz gewesen. Die FBI-Agentin hatte nicht nur alle geplanten Sicherheitsmaßnahmen abgenickt, sondern sogar in den höchsten Tönen gelobt.

»Absolutely perfect and professional.«

Diesen amerikanisch formulierten Kommentar hatte auch Frau Hängerla verstanden und er trug Denise erkennbar die Sympathie all ihrer deutschen Kollegen ein. Sogar die von Frau Dr. Winterkorn, die durch den Auftritt der Amerikanerin aus dem Mittelpunkt gerückt war.

Und dann machte Denise noch einen Vorschlag, den alle mit Zustimmung, fast schon Begeisterung, aufnahmen.

»Morgen, an den Tag vor die Eröffnung, machen wir eine Test von alle unsere Sicherheitsvorkehrungen.«

Sie sagte „unsere Sicherheitsvorkehrungen". Das war Götz aufgefallen. Damit signalisierte sie, dass sie sich als Teil des Teams, also des Bamberger Ausschusses verstand, und jede damit verbundene, gemeinsame Verantwortung übernahm.

»A guda Idee. Und wie soll des in der Bragsis aussehn?«, hatte Andreas Blöcher gefragt.

»Ich würde vorschlagen, etwa ein Viertel von eure Cops in Uniform machen normalen Sicherheitsdienst wie später vorgesehen. Und wir und der Rest spielen die Besucher. Natürlich alle in Zivil. Um es ein wenig spannend zu machen, könnten einige von uns versuchen, etwas in die Ausstellung zu schmuggeln. Dann merken wir, ob alles funktioniert oder ob wir etwas im Ablauf ändern müssen.«

*

»Des wor doch a richdich greadiva Idee von der Denies, des mir als Polizisdn ach amol brobiern derfen, ob mer genug griminelle Energie ham. Schließlich muss mer ja als Ermiddler in der Lache sein, sich in an Däder neizuversedzen. Hom sa denn scho

49

a Idee, wos sa morgen neischmuggeln wolln und wie, Herr Oberkommissar?«, erkundigte sich Andreas Blöcher und parkte den Streifenwagen vor dem Eingang des Crana Mare.

Götz schüttelte den Kopf. Er würde Yildiz fragen. Die hatte mehr Erfahrung auf diesem Gebiet. Schließlich hatte sie des Öfteren mit Schmugglern zu tun.

Es war zwanzig Uhr dreißig. Die letzten Besucher hatten das Crana Mare verlassen. Die Kasse war nicht mehr besetzt.

Götz zog die drei Chipkarten aus der Hosentasche. Sonderanfertigungen wie sie sonst nur das Personal des Schwimmbades erhielt. Eine davon reichte er Denise, die andere Andreas Blöcher, und machte eine einladende Bewegung in Richtung des Drehkreuzes.

»Wir mussten ein wenig improvisieren um etwas passendes für dich zu finden.«

»Das sieht nach eine Überraschung aus«, Denise grinste, steckte die Chipkarte entschlossen in den Kontrollschlitz und betrat das Freibad. Götz und Andreas folgten ihr.

»Dein Hotelzimmer mit Pool«, sagte Götz und wies mit dem Finger auf den Luxusliner und das Schwimmbecken.

»Wow!«

Denise ließ den Blick schweifen.

Gert Saibling, der Bademeister, hatte nicht übertrieben. Der Dreamliner IV, so hieß das fahrbare Luxusappartement, verdiente seinen Namen. Ein kompaktes, aber, wie sich Götz überzeugt hatte, durchaus komfortables Wohnmobil bot im Extremfall einer vierköpfigen Familie Platz und stand jetzt am Ende der Feuerwehrzufahrt. Natürlich mit einer offiziellen Sondergenehmigung der Brandschutzbehörde. Die lag vorschriftsgemäß von außen sichtbar in einer Plastikhülle hinter der Windschutzscheibe. Von der Tür des Wohnmobils waren es nur wenige Meter zum Schwimmbecken. Die Aussicht auf die Stadt Kronach und die Festung war großartig. Fast so wie vom Balkon meiner Wohnung, dachte Götz.

»Alles für mich allein?«

Denise strahlte über das ganze Gesicht.

»So was Dolles habe ich noch nie erlebt.«

Noch ehe sich Götz und Andreas versahen, hatte sie beiden einen Kuss auf die Wange gedrückt.

»Ihr Jungs seid einfach, äh great.«

Der Polizeihauptmeister grinste wie ein Honigkuchenpferd.

»Zumindesd am Morgn und am Amd, hosda des alles für dich allans. Sogar den Buuhl mid Olympiamaß. Dagsüber, bei schönem Wedder, isses nadürlich scho a weng voll und laud, aber do bisd ja ned do, sondern in der Inschbegsion oder in der Ausschdellung auf der Festung. Abber darf ich dich amol was Bersönliches fragen?«

»Sure.«

»Warum brauchsd da denn unbedingd an Buuhl? Für zwa oder drei Wochen wär des doch ach so ganga.«

»Ja schon. Aber ich bin mitten im Training für die American Policeschwimmmeisterschaften. Und die sind in sechs Wochen. Da kann ich mir keine Unterbrechung leisten.«

Andreas Blöcher riss die Augen weit auf.

»Wos? Ich a. Abber für die Deutschen Meisderschafden nadürlich.«

»Oh, dann können wir ja jeden Morgen oder Abend zusammen trainieren. Hundred Meter Butterfly, das ist meine Special Disziplin.«

»Meina aach.«

Götz beobachte das Ganze verwundert und, wie er feststellte, mit einem spürbar nagenden Gefühl. Und zum ersten Mal wurde ihm bewusst, warum der Inspektionsleiter Hans Kräutlein seinen Polizeihauptmeister Blöcher so sehr schätzte.

Der war unbestreitbar das, was man einen feinen Kerl nannte. Nicht nur charakterlich, sondern auch optisch. Mit seinen eins und paar neunzig, der sportlichen Figur, jetzt wusste Götz, wo die herkam, war er ein richtiger Vorzeigepolizist. Und der kam natürlich bei einer gleichaltrigen FBI-Agentin gut an.

Vielleicht sollte er Yildiz' vorsichtig angebrachten Ratschlag, etwas mehr Sport zu treiben, doch beherzigen. Sein gemütliches Herumpaddeln im Schwimmbecken reichte auf keinen Fall aus, um überflüssige Pfunde loszuwerden. Polizeihauptmeister Blöcher hatte dieses Pfundsproblem nicht, obwohl er nur wenige Jahre jünger war als Götz.

Aber Andreas besaß noch eine Gabe, um die ihn Götz zwar nicht beneidete, aber insgeheim bewunderte. Die Selbstverleugnung. Er war, oder vielmehr er spielte so etwas ähnliches wie den braven Soldaten Schwejk. Nur halt in Polizeiuniform und in Franken. Und deshalb wurde er von den meisten, bisher auch von Götz, unterschätzt. Er gab sich zwar naiv, war es aber offensichtlich nicht. Und mit dieser Tarnung brachte er die Leute zum Reden. Vor allem diejenigen, die sich zeitweilig oder dauerhaft auf der anderen Seite der Grenze niedergelassen hatten, die das Gesetz darstellte.

Im Kollegenkreis, gleich ob uniformiert oder zivil, wurde Andreas Blöcher wegen seiner Zuverlässigkeit und Kameradschaft allgemeine Hochachtung entgegengebracht. Meist sogar von Frau Hängerla.

Da hatten sich offensichtlich zwei auf Anhieb gefunden. So wie die sich ansahen. Denise hatte anscheinend auch keinerlei Probleme Andreas Blöchers oberfränkischen Dialekt zu verstehen. Und wenn Götz nicht alles täuschte, dann hatte ihr amerikanisch gefärbtes Deutsch sogar einen klitzekleinen, aber wahrnehmbaren fränkischen Einschlag. Woher auch immer. Aber warum sollte die Globalisierung immer nur in eine Richtung laufen.

Er sah auf die Uhr. Er musste sich sputen. Bald war Skypezeit.

»Ich gehe von hier aus zu Fuß nach Hause. Wir sehen uns dann morgen. Punkt acht oben am Festungstor. Sie holen Denise hier ab, Herr Blöcher.«

»Alles glar«, antworteten Andreas und Denise wie aus einem Mund.

Götz nickte und ließ die beiden allein.

»Abends musst du allerdings ein wenig aufpassen«, hörte er

Andreas Blöcher noch sagen. Jetzt seltsamerweise in völlig korrektem Hochdeutsch.

»Warum? Ist es hier gefährlich?«

»Gefährlich nicht, aber möglicherweise unangenehm. Dieses Jahr gibt's schon jetzt ungewöhnlich viele Stechmücken. Richtige Riesenbrummer. Wegen des Hochwassers im vorigen Herbst.«

Denise lachte.

»Die gibt's bei uns das ganze Jahr. Und unsere American Brummer sind bestimmt größer und bissiger als eure German Brummer. So groß etwa.«

Jetzt lachten beide.

6.

Götz sah auf die Uhr. Es war zehn Minuten vor acht und in wenigen Minuten sollte der von Denise vorgeschlagene Testlauf beginnen. Sicher eine gute und pragmatische Sache und ganz im Sinne der Sicherheit. Aber eine Kleinigkeit vermisste er. Kein Mensch, so war sein Eindruck, interessierte sich für den Attentäter, der mit seiner Drohbotschaft alles ins Rollen gebracht hatte. Bisher hatten sie nicht einmal eine Idee, wer oder was dahinter stecken könnte, geschweige denn eine konkrete Spur.

Der Verein 1000JahreKronach hatte ganze Arbeit geleistet und in einer Freiwilligenaktion, alle überpinselten Plakate in der Stadt ausgetauscht. Und mit dem Verschwinden der Plakate in der Asservatenkammer der Polizeiinspektion schien auch das Interesse an dem oder den Tätern völlig verschwunden zu sein. Stattdessen hatte sich ein abstraktes Sicherheitsdenken entwickelt, dessen praktische Umsetzung heute erprobt werden sollte.

Aber vielleicht war das der notwendige Pragmatismus nach der Devise „The show must go on". Die Münchner hatten eine gewaltige Sicherheitsmaschinerie in Bewegung gesetzt, die seiner Meinung nach zwar gerechtfertigt war, aber bei der Tätersuche keineswegs helfen würde.

Die Gestaltung des Eingangsbereiches am Festungstor war pünktlich fertig geworden. Überpünktlich sogar, denn offizieller Ausstellungsbeginn war erst morgen. Rechts und links begrenzten Werbebanner die Festungsstraße. Das Tor der Festung Rosenberg war ebenfalls mit Stoff verhüllt. Bedrucktem Stoff, der wie ein Gemälde wirkte. Gleich wohin man sah, überall blickte den Besuchern das Portrait des Altmeisters entgegen.

Das Originalportrait, bei dem umstritten war, ob es vom Vater oder Sohn Cranach stammte, hing in den Uffizien in Florenz. Dort jedoch deutlich kleiner als hier in Kronach. Überlebensgroß hieß der Maler die Kunstinteressenten in seiner Geburtsstadt willkommen. Durch einen kleinen Trick, die Veränderung der Augenstellung, gewann man den Eindruck, Lucas Cranach blicke jedem Einzelnen, der durch das Tor trat, direkt ins Gesicht. Diese Konzeption war, wie Götz wusste, nicht das Werk einer großen internationalen Werbeagentur, sondern eines kleinen in Kronach ansässigen Gestaltungsbetriebes, dessen Eigentümer, wie konnte es anders sein, ebenfalls Mitglied des Vereins 1000JahreKronach war.

Götz persönlich war dieser wirksame Effekt beinahe ein wenig unheimlich, denn ständig fühlte er sich beobachtet. Was ja auch zutraf, wenn auch in anderer Form. Selbst im Eingangsbereich übertrugen mehrere Videokameras ihre Beobachtungen auf Monitore. Vor jedem der Bildschirme saßen Jungs oder Mädels von Magnus Keil, und die standen in ständigem Funkkontakt mit ihren Kollegen in den Ausstellungsräumen. Außerdem wurden alle Videoaufzeichnungen archiviert. Nichts war dem Zufall überlassen. Sogar die Standorte der Uniformierten vor und im Ausstellungsbereich waren genau festgelegt. Die wirkten auf Götz ein wenig martialisch, denn alle trugen Schusswaffen. Das war aber hoffentlich wirkungsvoll zur Abschreckung eines möglichen Attentäters. Ein garantiert einmaliges Sicherheitskonzept, denn üblicherweise übernahmen private Schutzdienste solche Aufgaben und die waren natürlich waffentechnisch nicht so hochgerüstet. Frau Hängerlas

Milliardenaussage hatte Wunder gewirkt.

»Diese Positionierung unserer Jungs nennen wir `strategische Zufallsverteilung`. Die ermöglicht einen möglichst schnellen Zugriff im Verdachtsfall«, hatte Magnus Keil die ungleichmäßige Aufstellung seiner Beamten erläutert und dabei den Sekundenzeiger seines Chronometers beobachtet.

»Noch fünf Minuten und dreißig Sekunden, dann können Sie das Startzeichen geben, Herr Flößer.«

Beim Sprechen bewegte Magnus Keil kaum die Lippen. Vielleicht gehörte eine Ausbildung als Bauchredner zu diesem Job. So blieben selbst Demonstranten mit der Fähigkeit des Lippenlesens über die angeordneten Polizeiaktionen im Unklaren und mussten mit Überraschungen rechnen, dachte Götz.

Frau Hängerla konnte er zwar zwischen den etwa achtzig großgewachsenen Bereitschaftspolizisten und Polizistinnen in Zivil nicht ausmachen, aber ihre Stimme übertönte mühelos deren gedämpftes Gemurmel.

»Sie sollden sich a weng verdeilen«, ordnete sie an.

Damit meinte sie wahrscheinlich eine Gruppe Mitglieder von 1000JahreKronach, die sie entweder für den Sicherheitstest zwangsrekrutiert hatte oder die wirklich freiwillig mitmachen wollten. Beides war möglich, beides passte in das Testkonzept. Erkennen konnte man die Vereinsmitglieder leicht. Auch wenn sie einem persönlich nicht bekannt waren. Sie hoben sich ungewollt aber naturbedingt altersmäßig von den anderen Besucherimitaten ab. Heute lag das Durchschnittsalter nach Götz' Schätzung deutlich unter dreißig.

Auch die anderen Testpersonen waren auf ihrem Posten. Nur zwei Mitglieder des „Bamberger Ausschusses" oder des „strategischen Führungskreises", wie ihn Frau Dr. Winterkorn nannte, fehlten.

Denise Petitechaperon, die Initiatorin des Ganzen, und Andreas Blöcher.

Verdammt, wo steckten die beiden bloß? Erneut sah Götz auf

die Armbanduhr und dachte, wenn das so weitergeht, dann reagiere ich bald wie Hauptkommissar Keil, dessen Welt sich anscheinend im Sekundentakt bewegte.

»Herr Flößer?«

Unwillig dreht er sich um. Vor ihm stand ein Unbekannter. Eleganter, dunkelblauer Anzug mit feinen Nadelstreifen. Weißes Hemd, dezent dunkelblau weiß gestreifte Krawatte. Die Haare ergraut. Goldrandbrille. Achtundfünfzig Jahre alt und zweiundneunzig Kilo schwer. Götz war sicher, dass er mit seiner Schätzung ungünstigstenfalls fünf Prozent daneben lag. Am kleinen Finger der rechten Hand, die der Mann Götz entgegenstreckte, erkannte er einen auffälligen Goldring mit Gravur. Wahrscheinlich ein Monogramm. Das war allerdings eine Vermutung. Landläufige Einschätzung des Mannes: Die Vertrauenswürdigkeit und Seriosität in Person.

»Ich bin Hubert Lamm, Deutschlandvertreter der Mutual Art Versicherung.«

Er drückte Götz eine Visitenkarte in die Hand und wies mit dem Daumen über die Schulter.

»Viele, wahrscheinlich sogar die meisten der Ausstellungsobjekte da drin, sind bei uns versichert.«

»Schön für sie«, sagte Götz irritiert, denn mit einem Versicherungsvertreter hatte er nicht gerechnet. Zumindest nicht heute und schon gar nicht hier. Versicherungsfragen zählte er nicht zum Kompetenzbereich polizeilicher Aufgaben. Das war Sache des Veranstalters, aber noch lange kein Grund unhöflich zu sein.

»Und was kann ich für Sie tun?«

»Also, wenn Sie nichts dagegen haben, würde ich mich gern persönlich von dem Sicherheitskonzept der Ausstellung überzeugen. Ich kenne es bisher nur aus dem Pflichtenheft des Veranstalters und Sie wissen ja: Vertrauen ist gut, aber Kontrolle ist besser.«

»Von mir aus«, sagte Götz in Ermangelung eines sichtbaren Vorgesetzten, an den er diese Entscheidung hätte abgeben können, denn Frau Dr. Winterkorn hatte sich im Publikum unsichtbar gemacht.

»Mischen Sie sich doch einfach unter die Besucher. Dann erleben Sie live, wie es funktionieren wird. Undercover sozusagen. Meiner Meinung nach die aussagekräftigste Form der Beurteilung unserer Sicherheitsmaßnahmen.«

Herr Lamm lächelte.

»Eine hervorragende Idee, Herr Flößer. Sie sind sehr entgegenkommend.«

Er drehte sich um, ging an das Ende der Warteschlange und reihte sich dort ein.

»So wie du aussiehst, werden dich die Jungs und Mädels ganz besonders unter die Lupe nehmen«, murmelte Götz zufrieden mit seiner Entscheidung. Alle fiktiven Besucher, sogar Frau Dr. Winterkorn, trugen legere Freizeitkleidung. Eine Person im Anzug musste heute einfach auffallen. Und je strenger die Kontrolle ausfiel, desto beruhigender und überzeugender sollte das auf den Vertreter der Versicherung wirken.

»Alles klar. Over«, kam die geflüsterte Antwort von Magnus Keil aus dem Ohrstöpsel seines Headsets. Götz hatte vergessen, dass er wie die diensttuenden Bereitschaftspolizisten kommunikativ verkabelt war und jedes Wort von ihm mitgehört wurde.

Die ungewohnte Dienstwaffe an der Hüfte hingegen konnte er nicht vergessen. Die brachte sich ständig durch einen unangenehmen Druck auf den Hüftknochen in Erinnerung. Die heute zu tragen, war Yildiz' Idee gewesen.

Skype war eine wunderbare Erfindung. Vor allem dann, wenn man jeden Abend fast eine Stunde telefonierte. Und die Videokamera in seinem und Yildiz' Laptop verlieh diesen Telefonaten etwas Persönliches. Trotz hin und wieder ruckelnder Bilder. Manchmal glaubte er sogar Yildiz' exotisches Parfum riechen zu können, wenn sie ihn mit „Merhaba, mein Geliebter" begrüßte und einen Kuss auf den Bildschirm hauchte. Ein Duft, der Bilder und Gerüche aus dem ägyptischen Basar in Istanbul wachrief. Berge

von Gewürzen, leuchtende Farben und die Wärme von Yildiz'
Hand in der seinen. In Istanbul durfte man in der Öffentlichkeit
Händchenhalten ohne aufzufallen oder gar wegen unzüchtigem
Verhalten vor Gericht gestellt zu werden, wie das in streng islami-
schen Ländern der Fall war.

Natürlich hatte Götz Yildiz in alle Kronacher Geschehnisse ein-
geweiht. Auch die geplante Schmuggelaktion.

»Das beste Versteck ist das offensichtliche. Das was deutlich
sichtbar ist und nicht im Verborgenen blüht, wird oft gar nicht
wahrgenommen.«

Eine von Yildiz' typischen kryptischen Äußerungen, denen
Götz grundsätzlich und immer zustimmte, weil es da nichts zu
deuten gab. Vorsicht war eher angebracht, wenn Yildiz konkret
wurde.

»Du hast doch eine Dienstwaffe?«

»Ja natürlich.«

»Und die müsstest du eigentlich im Dienst immer tragen. Nicht
wahr?«

»Ja.«

Mehr gab es dazu nicht zu sagen, denn mit dem „eigentlich"
hatte Yildiz schon alles zum Ausdruck gebracht. Seine ständige
Dienstverletzung. Denn entgegen der Vorschrift trug Götz die
Waffe nur in Ausnahmefällen. Die Ausrede Nummer eins mit der
er sein Fehlverhalten begründete, war Yildiz bekannt, und deshalb
sprach er sie auch nicht aus.

»Braucht man in Kronach nicht, oder fast nie.« So blieb ihm
auch ihre Antwort, ein Tippen des Zeigefingers gegen die Schlä-
fe, erspart. Ebenfalls ihre verbale, sehr kurze, aber eindeutige
Erklärung:

»Einmal erschossen werden, ist auch ganz schön tödlich. Sogar
in Kronach. Und schließlich hast du es ja, zumindest hin und wieder, mit bewaffneten kriminellen Elementen zu tun. Oder?«

Dagegen gab es keinerlei glaubwürdigen Einwand. Seine ebenso lahme Ausrede Nummer zwei machte die Sache höchstens noch

schlimmer.

»Unbequem. Das Ding drückt mir auf die Hüfte«, entlockte Yildiz üblicherweise ein Grinsen. Manchmal konnte sie in ihrer Wahrheitsfindung fast gemein sein.

»Das was da auf der Hüfte drückt, sind wohl eher deine geliebten Leberkässemmeln, die Bratwürste und das Bier, mein Lieber.« Gemildert wurde diese leider nicht ganz unzutreffende Behauptung durch ein liebevolles Kneifen in die spürbaren Speckrollen über dem Hüftknochen.

Dieser Ausgleichsfaktor funktionierte bei Skype leider nicht.

Die überflüssigen Pfunde waren nach Götz' Meinung noch nicht besorgniserregend und da er keine taillierten Hemden trug auch noch nicht wirklich sichtbar. Aber Yildiz waren sie natürlich nicht verborgen geblieben.

Und seine Ausrede Nummer drei, ebenfalls früher vorgetragen und deshalb jetzt unausgesprochen:

»Wer eine Waffe trägt, muss auch bereit sein, sie zu benutzen«, hatte Yildiz mit einem ganz einfachen Killerargument vom Tisch gewischt.

»Ich darf dich daran erinnern, dass du bei der Polizei bist. Und bis auf wenige Ausnahmen tragen alle Polizisten auf der Welt Waffen. Manchmal schießen sie sogar damit. Auch in Franken.«

Leider hatte Yildiz auch damit Recht und deshalb trug Götz, gemäß Yildiz Anweisungen, heute eine Pistole.

Unbequem, obwohl sie kein Magazin mit Patronen enthielt.

Denise und Andreas fehlten noch immer. Egal.

Götz rückte das ungewohnte Pistolenhalfter gerade, hob für die Testbesucher den Arm und murmelte das Wort „Start" in das Headset.

»Verstanden und over«, kam die unmittelbare Antwort von Magnus Keil.

Augenblicklich schob sich der Besucherstrom in Richtung Eingang.

Götz drehte sich um, reihte sich bei den Besuchern ein und

lächelte Lucas Cranach an. Der lächelte zurück.

Am Eingang zückte er seinen Dienstausweis, wurde durchgewinkt und die gleiche Prozedur wiederholte sich an dem Scanner. Dessen Piepen wurde durch die Wirkung seiner kleinen Plastikkarte mit Lichtbild, Stern und bayerischem Staatswappen neutralisiert.

»Ist sicher nur die Gürtelschnalle«, sagte Götz.

Die beiden Bereitschaftspolizisten, wie angekündigt ein Junge und ein Mädel, nickten dem unbekannten Kronacher Kollegen zu und winkten ihn weiter.

Er war drin.

Der Attentäter hatte sich Zugang verschafft.

7.

Der Testlauf dauerte nur wenig mehr als zwei Stunden. Die eingeteilten Besucher hatten sich genau an die Vorgaben gehalten. Die hatten folgendermaßen gelautet:

Eine Eintrittskarte lösen. Heute natürlich kostenfrei. Die Sicherheitskontrollen am Eingang über sich ergehen lassen und zwei Runden durch die Ausstellung schlendern. Dann die Ausstellung verlassen und ins Quartier zurückkehren. Das galt zumindest für die Bereitschaftspolizisten, mit Ausnahme derer, die heute den aktiven Kontrolldienst geleistet hatten.

Die hatten sich im Anschluss an den Testlauf mit dem „Bamberger Ausschuss" im Besprechungszimmer der Polizeiinspektion versammelt. Zu einer „Feedbackbesprechung" wie es Frau Dr. Winterkorn nannte.

Externe, also die anderen freiwilligen Testpersonen, waren da nicht zugelassen, hätten auch gar keinen Platz gefunden.

»Ich bin Juliane Sorbet. Ich war heute als Schichtleiterin eingeteilt und habe den Auftrag, Ihnen einen kurzen Bericht über unsere heutigen Erfahrungen zu erstatten.«

Die junge Bereitschaftspolizistin machte eine Pause und lächelte die Anwesenden entschuldigend an.

»Sie mögen mir und meinen Kameraden und Kameradinnen vielleicht mangelndes Kunstinteresse vorwerfen, aber auf den künstlerischen Wert der Lucas-Cranach-Werke haben wir heute kaum geachtet. Nicht aus Desinteresse, sondern weil unser Auftrag die Beobachtung des Umfeldes war. Das gilt sowohl für diejenigen, die heute als Sicherheitspersonal eingeteilt waren, als auch für jene in der Besucherrolle. Die haben wohl eher ihre diensttuenden Kollegen beobachtet. Der heutige Testlauf war vielleicht nicht in allen Punkten realitätsnah, aber dennoch sehr lehrreich, informativ und …«, die Schichtleiterin warf einen schnellen Blick in Richtung ihres direkten Vorgesetzten, Magnus Keil. Der nickte „seinem Mädel" väterlich aufmunternd zu und kontrollierte die Zeit.

»… aus unserer Sicht sehr erfolgreich.«

»Absolut, auch wenn nicht alle Testpersonen pünktlich erschienen sind«, meldete sich Frau Dr. Winterkorn zu Wort und durchbohrte mit strengem Blick Denise und Andreas.

Beide ignorierten die Kritik.

In Zeiten unklarer hierarchischer und personeller Zuständigkeiten, wie von Hans Kräutlein vorhergesagt, eine verständliche Reaktion, fand Götz, obwohl auch er sich über die Verspätung der zwei geärgert hatte.

»Ich berichte jetzt über alle Auffälligkeiten, die unser Einschreiten während des Testlaufes notwendig gemacht haben. Wenn nötig kann ich die jeweiligen Videosequenzen vorführen lassen, damit sie den Vorgang auch aus ihrer Sicht beurteilen können. Außerdem sind die aktiv gewordenen Kollegen und Kolleginnen hier im Raum versammelt und können Detailfragen beantworten«, fuhr Juliane Sorbet fort.

»Diese Auffälligkeiten sind nicht chronologisch geordnet und außerdem haben wir die Vorfälle aussortiert, wo sich unsere eigenen Kollegen ein bisschen schauspielerisch betätigt haben. Das würde das Ergebnis verfälschen, denn die waren uns ja persönlich bekannt.«

Sie drehte sich zu ihrem Kollegen um, der den Laptop bediente und fragte:

»Bist du fertig, Markus? Ich gehe jetzt nach der Liste unserer Mitschnitte vor.«

»Hervorragend ausgebildet ihre Leute. Wirklich hervorragend, Herr Keil«, wurde Frau Dr. Winterkorn ihrer Führungsrolle gerecht.

Der vergaß ob des unerwarteten Lobes sogar die Zeit zu kontrollieren und ordnete nur an.

»Anfangen.«

»Person Nummer eins«, verkündete Juliane Sorbet.

Auf dem Monitor wurde der Vertreter der Versicherung sichtbar, der den Scanner durchschritt und einen Alarm auslöste. An dessen Namen konnte sich Götz momentan nicht mehr erinnern, nur dass es irgendein Tier gewesen war.

»Nichts Besonderes, wenn man davon absieht, dass die Person am heutigen Tag durch die ungewohnt formelle Kleidung auffiel. Der erste Alarm wurde durch Metallgegenstände in der Hosentasche ausgelöst. So etwas passiert sehr häufig, weil Feuerzeuge, Münzen oder ähnliche Kleinigkeiten vergessen werden. Genauso war es auch in diesem Fall. Eine Blechdose mit Zigarillos, ein Plastikdöschen mit Mundpastillen und eine Handvoll Kleingeld. Die Blechdose haben wir natürlich kontrolliert, weil deren Inhalt vom Scanner nicht angezeigt wird. Aber auch beim zweiten Durchgang, nachdem der ganze Kram aus den Hosentaschen entfernt worden war, gab es einen Alarm. Der Mann hat dann angegeben, dass er vor einem halben Jahr eine Hüftgelenksoperation hatte und die Gelenkprothese aus Metall sei der Auslöser des Alarms. Das sei ihm nach eigenen Angaben auch bei Kontrollen an verschiedenen Flughäfen schon mehrfach passiert. Seine Aussage haben wir überprüft. Am linken Hüftgelenk war eine fünfundzwanzig Zentimeter lange Narbe sichtbar und damit war der Fall für uns erledigt.«

Die Narbe wurde auf dem Monitor in Großaufnahme

dargestellt.

»Gibt es dazu noch Fragen?«

Andreas Blöcher hob die Hand.

»Wenn sa do jedzd alla Videoaufnahma zeign, is des ned a Verledzung der Indimsfäre und der Bersönlichgeidsrechde von der bedreffenden Berson?«

Frau Dr. Winterkorn erhob sich.

»Keinesfalls. Zwar hat der Gesetzgeber bei der Personenüberwachung für die Nutzung von Ton-, Bild-, Schrift- und elektronischem Material sehr enge Grenzen gezogen, aber im Rahmen der Gefahrenabwehr, insbesondere im Falle möglicher terroristischer Aktivitäten, stehen diese Persönlichkeitsrechte gegenüber dem Schutz des Gemeinrechtes hintenan und deshalb dürfen diese Quellen zu polizeilichen Ermittlungen genutzt werden. Da ist die Rechtsprechung eindeutig. Wir können also fortfahren.«

»Aach wenn do Videoaufnahma von Ihna dabei sind, wo sa vielleichd in Unnerhosen dastehn?«, fragte Andreas Blöcher. Frau Dr. Winterkorn lief rot an.

Götz legte dem Polizeihauptmeister die Hand auf die Schulter.

»Lassen Sie es gut sein. Momentan bringt das nix«, flüsterte er ihm zu.

»Eingebildeda Buden«, flüsterte der zurück, nickte aber gleichzeitig.

Götz musste grinsen. Selbst laut geäußert, hätte die „eingebildeda Buden" nicht den Straftatbestand der Beleidigung erfüllt. Zumindest dann nicht, wenn der Richter wie die Münchnerin, dem Fränkischen ohnmächtig gegenüberstand. Was wäre an der Bezeichnung „Eingebildetes kleines Haus oder Hütte" schon auszusetzen? Ungewöhnlich vielleicht in der Anwendung auf eine Person, aber nicht herabwürdigend. Und das Risiko der Aufdeckung durch eine korrekte Übersetzung war gering. Selbst er hatte einen Moment gebraucht, bis das Wort „Buden" in seinem Kopf das richtige Bild hatte entstehen lassen. Das eines angriffslustigen Großvogels, der allerdings wegen seines Fleisches sehr geschätzt wurde. Besonders in Amerika. Thanksgiving ohne Pute, das ging gar nicht. Zumindest wenn amerikanische Filme in diesem Punkt authentisch waren.

»Können wir weitermachen?«, fragte die Schichtleiterin ungerührt ob der Unterbrechung. Da niemand reagierte, gab sie ihrem Kollegen ein Zeichen. Auf dem Monitor erschien Frau Hängerla.

Wenn man sie so im Fernsehen sieht und nicht hört, ist sie fast fotogen, dachte Götz.

»Person Nummer zwei fiel uns gleich auf, weil sie ausgesprochen nervös zu sein schien. Deshalb haben wir sie, obwohl der Scanner keinen Alarm auslöste, einer Leibesvisitation unterzogen. Eine Verhaltensauffälligkeit ist für uns auch ein Grund zu weiteren Kontrollmaßnahmen.«

Sie gab ihrem Kollegen ein Zeichen und grinste.

»Die Aufnahmen zeigen wir jetzt nicht, damit es keine weiteren Diskussionen zum Persönlichkeitsschutz gibt. Aber um es kurz zu machen, wir haben etwas Verdächtiges gefunden.«

Sie hielt eine bunte Tüte hoch.

»Ein Päckchen Backpulver. Im Originalzustand. Verschlossen. Steckte im Bund der Strumpfhose der visitierten Person. Normalerweise hätten wir die Verdächtige nicht in die Ausstellung gelassen, sondern festgehalten bis der Inhalt der Tüte überprüft worden wäre, aber das entsprach nicht unserem Tagesbefehl.«

»Nicht sehr originell, das Versteck«, murmelte einer der beiden Bamberger Kollegen und fing sich mit dieser Bemerkung einen giftigen Blick von Frau Hängerla ein.

Die Schichtleiterin blieb unbeeindruckt.

»In der nächsten Sequenz sehen sie die Gesamtkoordinatorin Frau Dr. Winterkorn, die uns natürlich persönlich bekannt war, da wir ja sozusagen Tür an Tür wohnen. Kein Alarm und kein Verdacht, also wurde sie wie eine normale Besucherin behandelt.«

Der Bildschirm zeigte Frau Dr. Winterkorn, die durch den Scanner schritt und im Inneren der Ausstellung verschwand.

»War das die richtige Vorgehensweise?«, fragte Magnus Keil,

nachdem er sich der aktuellen Uhrzeit vergewissert hatte.

»Absolut. Angemessen und professionell, denn ich habe nicht versucht etwas durch die Kontrolle zu bringen«, lobte Frau Dr. Winterkorn.

»Der ist bloß nichts eingefallen«, hörte Götz einen leisen Kommentar. Auch wenn er die Quelle dieser geraunten Anmerkung nicht eindeutig ausmachen konnte, war er sich sicher, dass sie dem Bamberger Drogendezernat entstammte. Frau Dr. Winterkorn tat so, als habe sie nichts gehört.

Eine gewisse Enttäuschung machte sich breit, als auch Polizeihauptmeister Andreas Blöcher unbehelligt alle Kontrollen durchlief und angab keinen Schmuggelversuch unternommen zu haben.

»Langweiler«, wurde geraunt.

»Er hat am Eingang eine feuchte Badehose und ein Badetuch abgegeben und das war es auch schon«, kommentierte Juliane Sorbet den Vorgang und ging nahtlos zur nächsten Kontrollperson über.

Denise Petitechaperon.

»Es war für uns nicht schwer zu erraten, dass diese Dame die Vertreterin des amerikanischen FBI sein könnte.«

Juliane Sorbet zuckte mit den Achseln.

»Is halt so. Manche Entscheidungen fallen auch bei uns im Bauch.«

Dieses Geständnis löste leises Gelächter aus.

In der Videoaufnahme wurde Denise von hinten gezeigt. Die schwarze Lederhose unter der Motorradjacke zeichnete ihre Körperform exakt nach.

»Ich hoffe doch, die Hautfarbe unserer amerikanischen Kollegin war für sie kein ausschlaggebendes Argument für eine zusätzliche Sicherheitskontrolle«, sagte Frau Dr. Winterkorn und maß die Schichtführerin mit strengem Blick. Anscheinend meinte sie, hier das Höchstmaß an politischer Korrektheit beweisen zu müssen, dachte Götz, überließ aber der Kollegin von der Bereitschaftspolizei das Feld einer möglichen Verteidigung.

Die lächelte selbstbewusst und wie Götz meinte, fast ein bisschen schadenfroh.

»Aus Lehrfilmen unserer Kollegen von der Bundespolizei und vom Zoll wissen wir, dass an Flughäfen sowohl das Herkunftsland als auch die Hautfarbe von ankommenden Passagieren als Kriterium verstärkter Kontrollen herangezogen werden. Der Erfolg bei der Aufdeckung von illegalen Einfuhren zeigt da auch einen eindeutigen statistischen Zusammenhang. Das hat nichts mit Rassismus zu tun, sondern einfach mit Erfahrung und den Gegebenheiten in diesen Ländern. Da können sie meine Kollegin, die die anschließende Leibesvisitation durchgeführt hat, persönlich befragen. Kannst du uns bitte den Vorgang schildern, Leila?«

Leilas Haut war eindeutig dunkler als die von Denise und diese Farbe stammte nicht aus einem Sonnenstudio, sondern von Mutter Natur. Sie blickte ein wenig verlegen zu Boden, aber das schien vielleicht nur so. Als sie den Kopf hob, ließ sie eine Reihe blendend weißer Zähne aufblitzen.

»Also …«, begann sie zögernd.

»… natürlich hat es mich auch interessiert, was so eine FBI-Agentin aus Amerika unten drunter trägt. Solchen Modefragen nachzugehen, dazu hat man nicht alle Tage Gelegenheit. Schon gar nicht bei der Polizei.«

Leila wartete ab, bis sich das Gelächter gelegt hatte. Am lautesten hatte Denise gelacht und selbst Magnus Keil kicherte vor sich hin. Er war sichtlich mit der Selbstdarstellung seiner Mädels zufrieden. Und dass die heute, obwohl in der Unterzahl, seinen Jungs die Show stahlen, schien ihn nicht zu stören. Er vergaß schon zum zweiten Mal den Kontrollblick auf die Uhr.

»Jetzt im Ernst und zur Sache«, fuhr die dunkelhäutige Bereitschaftspolizistin fort.

»Die Reißverschlüsse an der Motorradkleidung der vermuteten Kollegin aus den USA mussten zwangsläufig einen Alarm auslösen. Einen kleinen Nagel aus Metall übersieht so ein Scanner schon mal, nicht aber ein halbes Pfund Messing, wie in diesem Fall. Und da waren wir gezwungen, die Dame zu bitten sich dieser Metallteile zu entledigen. Es war natürlich ein Zufall, dass ich heute zum Dienst eingeteilt war, aber halt ein passender Zufall, wenn sie so wollen. Um auf den Punkt zu kommen, in diesem Anzug hätten wir bei den existierenden Sicherheitsauflagen keinen Besucher reingelassen. Der- oder diejenige käme auch in kein Flugzeug. Zumindest nicht in Europa oder in den USA. Nicht nur wegen des Metalls, sondern weil die Motorradkleidung unter dem Leder eingenähte Schutzpolster enthält. Die müssten wir untersuchen, das heißt die Polster aufschneiden und danach wäre die teure Kleidung hin. So einfach ist das. Ach ja, ich habe ganz vergessen mich vorzustellen. Ich heiße Leila Mugwanda. Ich bin in Deutschland aufgewachsen, aber meine Eltern stammen aus Kenia. Und wenn ich von einem Besuch meiner Verwandten aus Afrika zurückkomme, wird mein Gepäck überdurchschnittlich oft kontrolliert, obwohl Kenia nicht auf der Liste der Hauptexportstaaten für Drogen steht, wie zum Beispiel Afghanistan oder Mexiko. Aus dem Heimatland meiner Eltern bringen Touristen oder gewerbsmäßige Schmuggler eher Felle oder andere Jagdtrophäen geschützter Tierarten mit. Haben Sie noch Fragen?«

»Ja«, meldete sich Herbert Brod.

»Was hat denn Ihr Modevergleich für ein Ergebnis gebracht?«

Leila grinste ihn an.

»War interessant, wird aber nicht verraten und auch nicht gezeigt. Aber ich glaube, jetzt sind Sie oder Ihr Kollege an der Reihe und wenn Sie wollen, dann können wir ja da der Modefrage bezüglich „unten drunter" im Detail nachgehen.«

Ganz schön schlagfertig, die jungen Damen, dachte Götz, denn auch Leila hatte die Lacher auf ihrer Seite.

Die folgende Analyse brachte unerwartete Übereinstimmungen zu Tage, auch wenn die geringe Fallzahl von zwei Personen, nach Götz' Meinung, für eine eindeutige Statistik nicht ausreichte.

Der durchschnittliche Bamberger Hauptkommissar trug anscheinend Unterwäsche der Marke Schießer. Farbe Weiß. Material

Baumwolle Feinripp. Die Oberbekleidung war ebenfalls uniform. Jeans blau. Leicht verwaschen. Hemden, langärmelig, Polyesterbaumwollmischung, unterschiedlich in Farbe und Muster. Sportschuhe, die sowohl fürs Büro geeignet waren, als auch die Verfolgung eines flüchtigen Drogendealers zuließen. Die Einlegesohlen in den Schuhen variierten zwar hinsichtlich des Fabrikates, nicht aber was die vom Hersteller angegebene, umgebungsschützende Duftnote anging. Da hatten sich beide Kommissare für Tannennadelaroma entschieden. Und was das Schmuggelgut anging, hatten sie sich entweder abgesprochen, oder aber sie wollten keine weiteren Geheimnisse aus ihrem dienstlichen Bereich, dem Drogenschmuggel, preisgeben. Sie hatten sich für eine andere Ware entschieden, deren undeklarierte Einfuhr, ebenfalls einen Straftatbestand darstellte. Allerdings erst ab einer gewissen Größenordnung und die hatte offensichtlich ihre Möglichkeiten überschritten. Im Ernstfall wären sie unbehelligt geblieben.

»Einmal zehn Euro und das andere Mal zwanzig unter der Einlegesohle. An und für sich vollkommen unverdächtig, denn es könnte ja sein, dass sich jemand so gegen Taschendiebe schützt. Sozusagen eine Notreserve, wenn einem das Portemonnaie geklaut wird«, kommentierte Juliane Sorbet den Vorgang auf dem Monitor. Klugerweise hatte sie eine Filmsequenz gewählt, bei der die Bamberger Kollegen die Hosen bereits wieder anhatten und sich mit den Schnürsenkeln ihrer Schuhe beschäftigten. Die Bekleidungsdetails hatte sie nur aufgezählt.

Sie hat anscheinend ein Händchen dafür, delikate Situationen zu vermeiden, aber die Sache dennoch auf den Punkt zu bringen, dachte Götz.

»Ich glaube, die Guardia Civil in Barcelona empfiehlt den Touristen solche Vorgehensweisen, denn die baskische Hauptstadt ist in Sachen Taschendiebstahl und Handtaschenraub absolut rekordverdächtig. Wer aber solchen Sicherheitshinweisen folgt, dem würde ich empfehlen keine Münzen, sondern Geldscheine zu verwenden. Darauf läuft es sich besser.«

Frau Hängerlas Gelächter übertönte alle.

Juliane Sorbet sah sich zu ihrem Kollegen am Laptop um.

»Ich glaube, damit wären wir mit allen Testpersonen durch, oder habe ich jemanden ausgelassen?«

Der schüttelte den Kopf.

Götz zögerte einen Moment, ob er die verdient gute und gelöste Stimmung wirklich stören sollte. Aber dann meldete er sich doch.

»Mich haben Sie vergessen.«

»Absolut nicht«, antwortete die Schichtführerin wie aus der Pistole geschossen.

»Sie liefen sozusagen außer Konkurrenz. Sie haben am Eingang einen gültigen Dienstausweis vorgezeigt. Den habe ich sogar persönlich gesehen. Laut ihrem Dienstausweis heißen sie Götz Flößer und ihr Dienstgrad ist Oberkommissar bei der bayerischen Polizei. Ihre Dienstnummer habe ich mir nicht gemerkt. Aber selbst die könnten wir anhand der Videoaufnahmen leicht herausfinden.«

Götz hatte sich mittlerweile erhoben.

»War ich Ihnen oder Ihren Kollegen zum Zeitpunkt der Personenkontrolle persönlich bekannt?«

»Nein, nicht persönlich. Aber wie gesagt, Sie haben sich mit einem gültigen Dienstausweis legitimiert und als Kollege zu erkennen gegeben. Da bestand, im Rahmen unseres Auftrages, keinerlei Notwendigkeit für weitere Kontrollen, obwohl der Scanner Alarm ausgelöst hat. Höchstens durch Ihre Dienstwaffe, die sie berechtigterweise trugen. Wie auch jetzt.«

»Stimmt, aber einen Dienstausweis könnte man fälschen«, sagte Götz und zog die Pistole.

8.

Im Umgang mit der Dienstwaffe war Götz keineswegs so routiniert, wie er es hätte sein sollen. Die halbjährlichen Pflichtübungen auf dem Schießstand und im Schießkino, wie die Raumschießanlage volkstümlich genannt wurde, absolvierte er mit sehr unterschiedlichen Ergebnissen.

»Hast Du Angst vor dem Knall oder vor dem Rückstoß?«, wurde er regelmäßig mit spöttischem Unterton von den Ausbildern gefragt.

Die redeten jeden mit Du an, der ihnen in die Fänge geriet. Sogar den bayerischen Innenminister, als der zur Eröffnung des Schießzentrums einmal selbst ausprobieren wollte, mit welchen Methoden sein verlängerter Arm ausgebildet wurde.

»Eher vor dem Reinigen der Pistole«, bekannte Götz jedes Mal freimütig.

Die Zahl seiner Scheibentreffer erfüllte gerade mit Ach und Krach die vorgeschriebene Norm. Aber anders als auf dem Schießstand, wo mit realen Waffen und scharfer Munition geübt wurde, konnten sich seine Trefferergebnisse im Schießkino durchaus sehen lassen.

Im Schießkino entfiel nämlich die anschließende Prozedur des Zerlegens der Pistole in ihre Einzelteile, die dann mit Öl gereinigt und eingepinselt werden mussten. Nicht irgendeinem Öl, sondern einem ganz speziellen. Laut Flaschenetikett versprach dieses Spezialöl nicht nur die erfolgreiche Abwehr von Rost, sondern gleichzeitigen Schutz vor Stechmücken und anderen Plagegeistern. Vorausgesetzt man behandelte zusätzlich zur Metalloberfläche auch alle freiliegenden Hautpartien des Waffenträgers. Sollte, wider Erwarten, dennoch der Stich oder Biss eines Insekts erfolgen, unterdrückte dieses Öl Entzündungen, desinfizierte obendrein kleine Wunden und unterstützte den allgemeinen Heilungsprozess. Letztere Vorteile galten sowohl für die Anwendung am Menschen als auch bei Tieren, wie der Hersteller versprach. Warum dieses Allroundmittel nicht in Apotheken, sondern fast ausschließlich im Waffen- und Jagdzubehörhandel vertrieben wurde, deutete auf eine Fehlentscheidung der verantwortlichen Marketingstrategen hin. Auch für Lebensmittelgeschäfte, speziell mit Bioausrichtung, sah Götz respektable Verkaufschancen. Denn dieses Öl wäre garantiert auch als Marinade für Natursalate aus Brennnesseln, Giersch und ähnlichen Wildkräutern geeignet. Hätte es nicht diesen äußerst unangenehmen Geruch. Der löste bei ihm akuten Brechreiz aus. Aber die bayerische Polizei schwor auf dieses Wundermittel.

Im Schießkino wurde der Knall der Pistole durch den angeschlossenen Computer erzeugt und an Stelle eines Projektils verließ ein Laserstrahl die Mündung der Pistole, wenn man den Abzug betätigte. Die Waffe und der Computer waren durch ein Kabel miteinander verbunden. Zwar gab es auch im Schießkino unbewegte Ziele, doch die dienten nahezu ausschließlich der Ermittlung systematischer Zielfehler, die teilweise durch die Waffe selbst, überwiegend jedoch durch den Schützen verursacht wurden. Die Auswertung dieser Fehler auf statistischer Basis erledigte der Computer in Sekundenbruchteilen und lieferte ein Diagramm, das als Korrekturhilfe dienen sollte.

Alle Einschüsse „falsch rechts zu hoch", konnte das Ergebnis lauten. Oder das gleiche Resultat mit einem Linksdrall nach unten verschoben. Im ungünstigsten Fall bescheinigte das Auswerteprogramm eine zu große Streuung der Einschüsse. Das war bedenklich. Denn wer einmal zu hoch, das andere Mal zu tief und in der Folge rechts und links daneben schoss, der galt als unsicherer Kandidat im Falle des Waffengebrauchs. Da entschied der Zufall und nicht die Fähigkeit des Schützen, eine verlängerte Linie zwischen Kimme, Korn und dem gewünschten Zielpunkt herzustellen. Und sobald der Ausschluss von Zufall, die Anwendung von Statistik und Wahrscheinlichkeit ins Spiel kamen, war Götz in seinem Element. Naturwissenschaftlich orientiertes Denken und die daraus resultierenden Vorgehensweisen waren seiner Meinung nach auch bei der Polizeiarbeit wichtige Hilfsmittel. Im Alltag meist völlig unterschätzt, und deshalb bevorzugte er das Schießkino. Trotz der, wie er fand, hohen emotionalen Belastung.

Die Hauptursache seiner Ablehnung gegenüber der realen Dienstwaffe, nämlich das Brechreiz auslösende Wunderöl, verschwieg Götz. Das war vielleicht nicht karriereförderlich bei der

Polizei.

Die „Filme", die im Schießkino gezeigt wurden, verlangten dem Pistolenträger weitaus mehr ab als nur die Fähigkeit des schnellen Waffeneinsatzes und eine möglichst hohe Zielgenauigkeit. Hier waren mehr analytisch orientierte Beobachtungen und die daraus resultierenden Entscheidungen gefragt.

Wann, wenn überhaupt, ziehe ich die Waffe? Auf wen richte ich sie und habe ich wirklich vor, sie zu gebrauchen? Oder dient sie nur der Abschreckung und Einschüchterung der Zielperson?

Es gab noch andere Wahlmöglichkeiten.

Der Computer, der die entsprechenden Filmsequenzen einspielte und die Reaktionen des Prüflings anhand von Videoaufnahmen auswertete, war gnadenlos oder, wie die Ausbilder behaupteten, objektiv.

Die Szenen, die in den Filmen gezeigt wurden, stammten inzwischen alle aus deutscher Produktion.

Anfänglich hatte man noch die „Originale" des amerikanischen Militärs verwendet, die diese Übungstechnologie entwickelt hatten. Es zeigte sich jedoch schnell, dass bayerische Polizisten mit Dschungelkampfszenen, die an Vietnam erinnerten, vielleicht sogar dort spielten, nicht sehr viel anfangen konnten. Ausbildungsmäßig betrachtet jedenfalls. Die Actionliebhaber kamen damals natürlich voll auf ihre Kosten. Die konnten in der Anfangsphase ihre Fähigkeiten mit denen der amerikanischen Marines messen. Obwohl im bayerischen Alltag selten bis nie Kriminelle in schwarzen Vietkonganzügen auftauchten, die hemmungslos von Schnellfeuergewehren, Maschinenpistolen, Handgranaten oder gar Maschinengewehren Gebrauch machten. Oder noch schlimmer, die den Übungskandidaten aus dem Hinterhalt mit Mörsergranaten unter Beschuss nahmen.

Bei der amerikanischen Polizei mochte das anders aussehen. Die blieb bei den Originalen.

Die deutschen Übungsfilme der neuen Generation waren vergleichsweise banal. Oft scheinbar langweilig. Aber das war gewollt.

Wenn fünf Minuten lang nichts Besonderes passierte, verwandelten sich Minuten in gefühlte Ewigkeiten. Da entstand eine explosive Mischung aus Langeweile und sich stetig steigender Nervosität. Denn jeder wusste, irgendwann muss was passieren. Und dieses Wissen verführte so manchen Kandidaten zu einer unangemessenen oder überhasteten Reaktion, wenn er oder sie glaubte, jetzt ginge es richtig los.

»Du weißt, wie es funktioniert?«, fragte der Ausbilder Götz, bevor er den Computer startete. Der nickte. Er spürte den feinen Schweißfilm, der sich in seiner Hand gebildet hatte. Warum eigentlich? Das hier war schließlich nichts anderes als nur Training. Aber da war immer jemand, der einen beobachtete. Mindestens ein Ausbilder und die Videokamera. Und mit ihr auch ein größeres Publikum, vor dem man sich endlos blamieren konnte. Das machte diese Form der Ausbildung beinahe belastender als die Realität.

Der Film startet. Vor dir auf der Leinwand erscheint ein Parkplatz im Wald. Alles in Lebensgröße. Es wirkt ziemlich echt und du bist mitten drin. In der Filmperspektive sitzt du am Steuer eines zivilen Polizeifahrzeugs. Das hält jetzt an.

Vielleicht ist gerade Mittagspause. Dann würde sich vor dir gleich eine Brotdose öffnen, eine Pizzaschachtel oder ein Hamburger erscheinen.

Aber die Kamera macht einen Schwenk und simuliert so die Drehung der Halswirbelsäule nach rechts.

Zwei PKW's stehen am Rand des Parkplatzes. Die geschätzte Entfernung beträgt etwa vierzig Meter. Bei einem Auto, einem dunklen Kombi, ist die Heckklappe geöffnet. Dahinter steht ein Mann. Vielleicht um die fünfzig.

Daran ist überhaupt nichts Verdächtiges. Eine Standardsituation, wie sie Polizeistreifen oder Zivilfahnder jederzeit erleben können. Kein Grund nervös zu werden, geschweige denn in den Actionmodus zu verfallen.

Auch in den nächsten Sekunden, oder sind es Minuten, ereignet sich nichts. Schon gar nichts Verdachterregendes, was dein Eingreifen rechtfertigen oder nötig werden ließe. Der Mann schaut einfach nur in das Fahrzeuginnere.

Irgendetwas muss aber passieren, denn sonst stündest du nicht hier, die Pistole in der Hand, und würdest dir das ansehen müssen.

Der Lauf der Pistole zeigt auf den Boden. Das gilt in der Trainingssituation als „nicht aus dem Halfter gezogen".

Das einzige, was du jetzt ausschließen kannst, ist der Auftritt eines oder mehrerer Vietkong. Die gab es nur früher. Die sprangen dann aus dem Gebüsch und eröffneten das Feuer. Oder noch hinterhältiger, sie blieben unsichtbar und nur die von ihnen abgefeuerten Projektile flogen dir um die Ohren. Da zuckte man zusammen und war versucht in Deckung zu gehen obwohl man genau wusste, dass einem nichts passieren konnte.

Trotz des möglichen Kugelhagels waren die damaligen Filmsituationen leicht überschaubar. Da bestand fast kein Risiko für Fehlentscheidungen. Man eröffnete einfach das Feuer auf den Feind. Da galt immer die Notwehrsituation. Und hinterher wurden die Treffer gezählt und gegen die Fehlschüsse aufgewogen. Ein simples Punktesystem, fast wie bei einem Computerspiel.

Seltsamerweise kümmern sich deine Schweißdrüsen unter den Achseln und auf den Handflächen keinen Deut darum, dass der jetzigen Filmhandlung jeder Hauch von Spannung, Action und Vietkong fehlt.

Der Mann guckt noch immer in den Kofferraum. Wenn er was suchen würde, müsste er sich doch nach vorne beugen. Tut er aber nicht.

Im Kino würdest du jetzt die Vorführung verlassen und den Eintrittspreis zurückfordern. Oder ein Nickerchen einlegen.

Was aber ist hier die richtige Reaktion? Also die, bei der du dich nicht blamierst?

Endlich passiert etwas. Wurde auch Zeit. Dein linkes Bein droht auf Grund der verkrampften Körperhaltung einzuschlafen.

Das Sprechfunkgerät des fiktiven Polizeifahrzeuges erwacht

zum Leben. Im Film ist sogar der Kollege neben dir sichtbar, der die Meldung entgegennimmt.

»Raubüberfall auf die Bankfiliale in Lindwedel«, behauptet die blecherne Stimme aus dem Lautsprecher.

Die heutigen Mobilphone haben eine bessere Tonwiedergabe.

»Das ist nur ein paar Kilometer von hier entfernt«, hörst du den Filmkollegen sagen. Seltsamerweise bleibt der ganz cool, obwohl er noch ziemlich jung ist.

Auch der Mann vor dem geöffneten Kofferraum ist die Ruhe selbst. Ist das das klassische Verhalten eines Bankräubers? Üblicherweise haben es die meist eilig. Aber irgendetwas Interessantes muss in dem Auto liegen. Warum sonst sollte er seit mehr als fünf Minuten dort hineinstarren? Oder sind es erst fünf Sekunden?

Es beginnt zu nieseln. Die Scheibenwischer schalten sich selbstständig ein, obwohl du keinen Finger gerührt hast. Kein automatisches Assistenzsystem, sondern der Einfall des Filmproduzenten. Wahrscheinlich nur, um dir das Leben schwer zu machen. Zermatschte Mückenleichen hinterlassen schlierige Spuren auf der Windschutzscheibe. Absolut naturalistisch. Beschissene Sicht. Die beiden Fahrzeuge in circa vierzig Meter Entfernung verschwimmen in der Suspension aus Regenwasser und Mückenfett.

»Vermutlich zwei Täter, die mit der Beute in unbekannter Höhe flüchten konnten. Eine Täterbeschreibung liegt noch nicht vor. Bei dem Fluchtauto handelt es sich vermutlich um einen dunklen Volkswagen Passat, Kennzeichen unbekannt«, plärrt das Funkgerät.

Dass deine Schweißdrüsen, jetzt alle, auf höchste Aktivität schalten, ist verständlich, aber unangenehm.

Die Filmszene stellt eindeutig einen trüben Wintertag dar. Die Bäume sind kahl, der Himmel bedeckt. Das Auto, in dem du sitzt, wurde anscheinend monatelanglang nicht gewaschen, denn im Winter gibt es keine Mücken. Zumindest nicht in Deutschland. Der Regisseur und der Drehbuchautor haben da fürchterlich geschlampt, sonst wäre ihnen das aufgefallen. Die Pfützen auf dem

Asphalt des Parkplatzes zeigen Eisränder. Es muss ziemlich kalt sein, so um die null Grad.

Im Übungsraum hingegen herrschen gefühlte zweiundvierzig Grad oder mehr. In dem fiktiven Streifenwagen auch.

Bei dem dunklen PKW mit der geöffneten Heckklappe handelt es sich um einen VW Passat. Dahinter, einige Meter entfernt und teilweise verdeckt, parkt ein zweites Auto. Fabrikat nicht identifizierbar. Ebenfalls ein Kombi. Farbe? Dunkel.

Der Mann beugt sich jetzt in den Kofferraum.

Will er gerade die Beute aus dem Fluchtwagen in ein anderes Fahrzeug laden? Ist er mit über fünfzig nicht zu alt für den stressigen Beruf des Bankräubers? War da nicht schon ein Bankraub vor sechs Monaten? Der war aber etwa zweihundert Kilometer entfernt in einem anderen Bundesland. So hieß es im Vorbereitungsbriefing. Die Täter wurden nicht gefasst. Also ist der Mann am Auto möglicherweise ein kaltblütiger Wiederholungstäter. Wo ist der zweite Mann, von dem in der Meldung die Rede war? Sitzt der bereits in dem anderen Auto oder sichert er, für dich und deinen fiktiven Polizeikollegen unsichtbar, die Umladeaktion? Vielleicht mit gezogener Waffe?

Sehr hilfreich ist der Kollege neben dir nicht. Der dürfte doch keine Angst haben, etwas Falsches zu sagen oder zu tun. Aber er glänzt durch Schweigen und Untätigkeit.

Der Schießausbilder neben dir bearbeitet völlig entspannt ein Kaugummi mit den Zähnen.

Der hat es leicht, der kennt den Film, und weiß, was zu tun wäre. Die Dienstvorschrift auch. Natürlich nicht diesen Film, sondern die Situation an sich. Sie bietet für diesen Fall eine ganze Reihe von möglichen Vorgehensweisen an. So viele, dass du jetzt gar keine Zeit hast alle aufzuzählen.

Welche ist die richtige?

Auf all die Fragen müsstest du wenigstens ein paar Antworten parat haben. Selbst wenn ein Teil dieser Antworten aus der Luft gegriffen und damit garantiert falsch wäre. Deine daraus resultierende Handlung müsste aber richtig und angemessen sein. Und vor allem mit dem Gesetz in Einklang stehen.

Wie einfach hatten es da amerikanische Gesetzeshüter vor noch nicht einmal einhundertfünfzig Jahren. Zumindest was die Entscheidungen anging. Doc Holliday zum Beispiel. Ein an Lungentuberkulose erkrankter Zahnarzt, der im trockenen Wüstenklima Arizonas Heilung suchte. Nicht ganz logisch, denn seine neuen Berufe, die des Profipokerspielers und Revolvermanns, waren ja auch nicht gerade gesund. Vielleicht sogar riskanter als die Tuberkulose. Ebenfalls gesundheitlich bedenklich war seine Freundschaft zu den Earp Brüdern. Ursprünglich Farmer, Transportunternehmer, Büffeljäger und Silberminenbesitzer, die irgendwann zu Hütern des Gesetzes geworden waren. Seltsame Karrieren. Damals gab es zwar auch schon Gesetze, aber noch keine Dienstvorschriften und vor allem keine Presse, die den Vertreter der Exekutive im Falle einer Fehlentscheidung mit verletzenden Schlagzeilen unter Feuer nahm. Vor allem aber existierten noch keine Videokameras und Computer. Geräte, die alles aufzeichneten und hinterher dem Ausbilderteam, möglicherweise auch einem Polizeipsychologen, jede deiner Handlungen, wenn nötig in Zeitlupe, vorführten. Meist wird in erster Linie der Trainingsaspirant vorgeführt.

Wären Doc Holliday und die Earp Brüder jetzt auf dem Parkplatz, wäre die Sache in weniger als dreißig Sekunden ausgestanden. Erst feuern und dann fragen. Leicht, wenn man gut mit dem Schießeisen umgehen konnte.

Nach deutscher Vorstellung beriefen sich auch heutige Polizeibeamte in Amerika auf diese Tradition. Einige wenigstens.

Was für überflüssige Gedankenausrutscher. Weder Doc Holliday, noch einer der Earp Brüder können dir jetzt helfen. Und das Psychologengeschwätz über vorbereitende Gedanken, ob Angriff oder Flucht jetzt das Richtige ist, nützt dir auch nichts. Beides kommt für dich überhaupt nicht in Frage. Und während dir all diese blöden Gedanken wie in Panik geratene Kanarienvögel im Kopf herumflattern, schreitet die Filmhandlung unerbittlich voran.

Neben den Mann hinter der geöffneten Heckklappe tritt ganz plötzlich eine Frau.

Wie aus dem Nichts ist sie erschienen. Einfach so vom Regisseur des Filmes dahingestellt. Oder war die schon vorher da und du hast sie nur nicht gesehen? Sie ist deutlich jünger als der Mann. Könnte sie der in der Meldung angesprochene zweite Täter sein?

Noch mehr Fragen und du hast noch nicht einmal eine Antwort auf die vorangegangenen.

Das Funkgerät und der Kollege neben dir sind wieder in provozierendes Schweigen verfallen. Das Kaugeräusch des Ausbilders ist überlaut. Deutlich hörst du das Kaugummi quietschen, wenn es von seinen Zähnen in eine andere Form gepresst wird.

Langsam musst du was tun. Hier werden Entscheidungen verlangt.

Vielleicht wäre erstmal eine Anweisung an den Schauspielkollegen neben dir angebracht. Warum tut der nichts oder macht wenigstens einen Vorschlag, wie ihr vorgehen wollt oder sollt. So ein Lahmarsch.

Außerdem kommst du dir ziemlich blöd vor, weil du mit einer nur im Film existenten Person sprechen musst, die dir nicht antworten kann. So interaktiv sind die Filme auch wieder nicht.

Wenn du jetzt einen Fehler begehst, wird dich der Ausbilder nachher zur Schnecke machen. Und Kaugummikaugeräusche als störende Ablenkung und Auslöser einer mentalen Blockade bei dir wird er garantiert nicht akzeptieren.

Aber eigentlich kann doch gar nichts passieren. Ist doch alles bloß eine Übung. Eigentlich. Wäre da nicht die Angst vor der Blamage.

»Völlig falsch und unangemessen reagiert«, würde der Ausbilder dann sagen und die Sequenz noch einmal abspielen. Diesmal in Zeitlupe. Ganz cool.

Die Ausbilder blieben immer ganz cool. Das machte es noch schwieriger. Würden sie sich aufregen, könntest du leichter damit umgehen. Dich auch aufregen, über den idiotischen Film.

Hatten die Psychologen, Kommunikationswissenschaftler, Rhetoriktrainer und alle, die sich mit unbegründeten oder realen Ängsten beschäftigten, etwa Recht mit der Behauptung: »Die Angst vor einer Blamage ist größer als die Angst vor Krankheit und Tod?«

Hatten deshalb so viele Menschen Angst davor, sich einer Gruppe zu präsentieren und eine freie Rede zu halten? Fürchteten sie, sich in dieser Situation in ein stammelndes, stotterndes Frankensteinungheuer zu verwandeln, das Spott auf sich zog?

Das hier ist schlimmer als eine freie Rede, auch wenn du nicht viel sagen musst.

»Gib eine Meldung an die Zentrale durch«, weist du den Filmkollegen an.

Zittert deine Stimme bei diesem banalen Satz?

»Unser Standort ist Parkplatz Bummelskampe an der A Sieben.«

Das hast du vorhin auf einem Schild gelesen.

Das klingt weniger malerisch als Tombstone oder O. K. Corall. Aber wie Wyatt Earp oder Doc Holliday fühlst du dich sowieso nicht. Dazu kommt noch, Bummelskampe und A Sieben, das müsste Niedersachsen sein oder zumindest ein nördliches Bundesland. Da bist du als bayerischer Polizeibeamter gar nicht zuständig. Aber als Beweis deines guten Willens spielst du trotzdem mit.

»Wir führen jetzt eine Personen- und Fahrzeugkontrolle durch«, sagst du.

Auf diese Idee wären die früheren Gesetzeshüter gar nicht gekommen.

Du musst dem Filmkollegen alles vorsagen. Das gilt dann in der Bewertung als real erfolgt, auch wenn der keinen Finger rührt. Das ist vielleicht typisch Norddeutsch.

»Ich verlasse jetzt das Dienstfahrzeug.« Die Filmperspektive hat sich verändert. Trotz des Nieselregens bleibst du trocken. Das ist schon mal gut. Du schwitzt, spürst nichts von der feuchtkalten Außentemperatur, hast eher den Eindruck, du bewegst dich in einer triefenden Dschungelatmosphäre. Auch dein Kollege steigt aus, bleibt aber neben dem Fahrzeug stehen. Er verhält sich absolut vorschriftsmäßig. Er sichert dich, bleibt aber stumm. Er schwitzt nicht. Zumindest nicht sichtbar.

Der Zoom des Filmes ist schneller als du in Wirklichkeit gehst oder in dieser Situation gehen würdest. Keinesfalls im Trab. Der Mann und die Frau haben dich anscheinend nicht bemerkt. Oder tun sie nur so und wollen dich damit in Sicherheit wiegen?

Streiten sie miteinander?

Die Frau gestikuliert. Der Mann ist jünger als du ursprünglich angenommen hast und würde somit besser in das Profil eines gewaltbereiten Täters passen.

»Guten Tag, Polizeikontrolle«, sprichst du die beiden an und zeigst deinen Dienstausweis.

Du musst den Dienstausweis wirklich aus der Tasche ziehen und den Figuren auf der Leinwand vor die Nase halten. Ob die merken, dass es sich um einen bayerischen Dienstausweis handelt? Blödes Gefummel, weil du nur eine Hand frei hast. In der anderen hältst du die Pistole. Aber wenn du es nur sagst und den Dienstausweis nicht zeigst, gilt das nicht.

Die Verhaltensregeln sind nicht hundertprozentig kongruent.

»Kann ich bitte Ihre Fahrzeugpapiere und Ihren Führerschein sehen.«

Der Mann und die Frau starren dich an, als kämst du von einem anderen Stern. Du siehst die Fragezeichen in ihren Augen so deutlich, als hätte sie einer da eingeblendet.

Ist das einfach nur die Überraschung unbescholtener Bürger, die sich plötzlich einem Vertreter der Staatsgewalt gegenüber sehen oder die hochkochende Panik eines ertappten Bankräuberpärchens?

Der Mann beugt sich vor und greift in den Kofferraum. Blitzartig. Zumindest überraschend schnell, nachdem er sich vorher minutenlang überhaupt nicht gerührt hat.

Seine Hand erscheint wieder. Darin hält er einen länglichen Gegenstand. Der ist auf dich gerichtet.

»Neunzig Prozent aller Kollegen greifen in diesem Augenblick zur Waffe. Achtzig Prozent ziehen sie und richten sie auf die betreffende Person«, sagt der Ausbilder und kaut ungerührt sein Kaugummi. Das quietscht.

»Überzogen, jedoch verständlich und noch kein echter Verhaltensfehler. Aber etwa zehn Prozent schießen sogar. Und das ohne vorherige Warnung. Fast fünf Prozent mit letaler Folge für die Zielperson. Und das ist natürlich falsch.«

Mehr hat er nicht zu sagen.

Du atmest auf. Du hast weder die Waffe gezogen noch geschossen, obwohl alles in dir genau das tun wollte. Das war ein Sieg deines Vorderhirns über den Hypothalamus. Hätte der gewonnen, wärst du fortgerannt oder hättest das ganze Magazin leergeschossen. Oder beides.

So schwitzt du bloß.

In solchen Situationen steht ein Polizeibeamter oft mit einem Bein im Knast. Deswegen sind die Ausbilder beim Schießtraining so penetrant. Bis hin zur Unkollegialität.

Der Film läuft weiter.

Das, was der Mann aus dem Kofferraum hebt, ist nur ein längliches Stofffutteral. Aber das erkennst du erst jetzt. Seine Papiere und die seiner Begleiterin sind da drin. Völlig in Ordnung und unverdächtig. Soweit im Film erkennbar.

Zwei Waldspaziergänger, die zu ihrem Auto zurückgekehrt sind.

Du könntest dich bei dem Regisseur beschweren, dass kaum jemand seine Papiere in so einem Behältnis und im Kofferraum aufbewahrt.

Würde aber niemanden kümmern.

Schon gar nicht die Ausbilder oder den Polizeipsychologen.

Jetzt kannst du auch das zweite Fahrzeug deutlich sehen. Ebenfalls ein VW Passat. Dunkelgrau. Bis zur Dachkante mit Schlamm bespritzt, so als wäre der Fahrer mit hohem Tempo über unbefestigte Wege gefahren. Der Motor läuft.

Das erkennst du an dem qualmenden Auspuff.

Die Scheibe auf der Fahrerseite ist heruntergelassen. Zwei Insassen. Beide männlich. Der Fahrer beobachtet dich genau und murmelt etwas zu seinem Mitinsassen. Siehst du an den sich bewegenden Lippen. Hören oder gar verstehen kannst du nichts. Beide sind dunkel gekleidet. Ihre Hände sind durch das Armaturenbrett verdeckt. Falls einer von ihnen eine Waffe in der Hand hält, könnte er dich abknallen noch ehe du die Pistole gehoben hättest.

Für Doc Holliday oder einen der Earps wäre das kein Problem. Die wären schneller.

»Danke«, sagst du zu dem Pärchen und notierst im Geiste das Kennzeichen des anderen Fahrzeugs.

»Sie können jetzt weiterfahren«, ermunterst du sie, um sie aus der möglichen Gefahrenzone zu lotsen.

Sie steigen ein. Der Mann lässt den Motor an und legt den Rückwärtsgang ein.

Gleich stehst du ohne Deckung da. Aber die Waldspaziergänger wären in Sicherheit. Wenn es denn überhaupt eine Gefahr gibt. Es kostet dich Mühe, dem Fahrzeug mit den beiden Männern den Rücken zuzuwenden, ganz normal zu gehen und nicht zu rennen. Du spürst, wie sich die Augen des Fahrers in deinen Rücken gebohrt haben. Hat er schon eine Waffe gehoben und zielt auf dich oder auf den Kollegen, der noch immer neben dem Einsatzwagen steht?

Du steigst ein. Bist nassgeschwitzt. Der Filmkollege tut es dir nach, schwitzt aber immer noch nicht.

»Gib eine Halterüberprüfung für das Fahrzeug H AS 006 durch. Aber zackig, wenns geht.«

Deine Stimme hört sich weniger zackig an als die Anweisung.

Du lässt den Motor an, tust zumindest so, denn dein Fahrzeug folgt in großem Abstand dem zweiten VW Passat. Der verlässt jetzt ebenfalls den Parkplatz.

»Vorbildlich. Absolut perfekt Götz. In keinem Augenblick wurde jemand durch dein Verhalten aktiv gefährdet. Weder die Waldspaziergänger noch der Kollege, der nicht vorgewarnt war, oder du selbst«, sagt der Ausbilder am Ende. Du bist ziemlich überrascht.

Auch bei dem Lob bleibt der Ausbilder cool, lässt aber die mögliche passive Gefährdung außer Acht. Oder gab es die gar nicht?

Das Kaugummi hat er inzwischen vorschriftsmäßig in einem Papierkorb entsorgt. In Papier eingewickelt, damit es nicht kleben bleibt. Ansonsten bekäme er wahrscheinlich Schwierigkeiten mit der Putzfrau.

Der Polizeipsychologe nickt zustimmend.

»Mit diesem Film wollen wir die Ambiguitätstoleranz unserer Beamten prüfen. Also Ihre Fähigkeit testen, eine offene, unklare Situation zu ertragen, ohne sich und andere durch blinden Aktionismus zu gefährden.«

Er lächelt.

»Einige Ausbilder haben den Film deswegen den „Merkel-Test" getauft.«

Du fühlst dich absolut nicht Merkel-mäßig. Und was die Kanzlerin auf dem Parkplatz mit einer Pistole in der Hand getan hätte, weiß ohnehin kein Mensch. Sie wahrscheinlich auch nicht.

Eigentlich möchtest du noch gerne wissen, ob der zweite Passat wirklich das Fluchtauto der Bankräuber war. Ist aber völlig egal.

Wichtig ist die Bewertung des Ausbilders und dass du dich nicht blamiert hast.

*

Die Erinnerungen an dieses letzte Schießtraining und die ihn damals beherrschende Angst vor der Blamage schossen Götz durch den Kopf.

Jetzt war der Personenkreis, vor dem er sich unendlich bloßstellen konnte, weitaus größer:

Ein rundes Dutzend Bereitschaftspolizisten mit einem absoluten Routinier an der Spitze. Die übten den Schusswaffengebrauch in den unterschiedlichsten Gefährdungssituationen viel häufiger als er. Auf dem Gebiet fühlte er sich neben denen wie ein blutiger Amateur.

Wahrscheinlich traf das auch für den Vergleich mit den zwei Kollegen aus Bamberg zu. Die hatten bestimmt schon Feuergefechte mit der Drogenmafia durchgestanden. Zumindest taten sie so.

Dann war da die zu Höherem berufene Münchnerin aus dem LKA. Die verfasste über jeden und alles Berichte und reichte die nach Oben weiter. Wer oder wo dieses Oben auch sein mochte, die heutige Kronach-Wildwest-Episode würde sie garantiert nicht auslassen.

Ebenso sein persönlicher Vorgesetzter Hans Kräutlein. Ein überaus toleranter und kollegialer Chef. Aber schließlich hatte alles seine Grenzen. Und vielleicht war das gerade so ein unerlaubter Grenzübertritt, bei dem jede Toleranz und Kollegialität endete.

Für Andreas Blöcher sollte er als Vorgesetzter ein Beispiel sein und kein mit der Pistole herumfuchtelnder Hampelmann.

Die international erfahrene amerikanische FBI-Agentin hatte wahrscheinlich trotz ihrer Jugend schon alles Mögliche erlebt. Sonst hätte man sie nicht hierher beordert. Außerdem war sie überaus attraktiv. Und vor einer schönen Frau blamierte man sich als Mann besonders ungern.

Und dann war da noch Frau Hängerla. Sicher nicht so jung und attraktiv wie Denise, aber hier an der Kronacher Polizeiinspektion die graue Eminenz. Was sie mit spitzer oder gespaltener Zunge äußerte, hatte Gewicht. Auch eine ganz banale Äußerung wie:

»Unser Obergommissar Götz Flößer wor mid die Nerven so ferdich, dass er scho völlig durchgedrehd is, bevor die Ausschdellung überhabsd ogfanga hod.«

Hatte Yildiz all diese Humanfaktoren bedacht, als sie ihm diesen Vorschlag gemacht hatte?

Für Kleinmut war es jetzt zu spät. Da half nur eins. Augen zu und durch.

Götz hob die Pistole.

Die Reaktion der Kolleginnen und Kollegen von der Bereitschaftspolizei überraschte ihn. Sie waren schnell. Extrem schnell sogar. Lehrbuch- und beispielhaft. Sie gingen, soweit es der Raum zuließ, blitzartig in Deckung. Auch Andreas Blöcher und Denise Petitechaperon duckten sich. Der Rest des Bamberger Ausschusses erstarrte bewegungslos auf den Stühlen.

Bis auf Frau Dr. Winterkorn. Die reagierte ebenso schnell wie die Bereitschaftspolizisten. Allerdings nur verbal.

»Sind sie jetzt völlig verrückt geworden, Herr Flößer?«

Ihre Stimme war schrill, ihre Augen weit aufgerissen, die Hände hatte sie erhoben, obwohl die Waffe nicht auf sie gerichtet war.

Götz betätigte den Abzug.

9.

Der Tumult legte sich schnell, als kein Knall erfolgte.

Götz ließ die Pistole sinken und legte sie auf den Tisch. Sie hatte ihren Zweck erfüllt.

Fast ebenso schnell, wie er gerade die Waffe gezogen hatte, förderte Frau Hängerla ein Taschentuch zutage, wischte die Flüssigkeitstropfen vom Tisch und bewies damit unerwartete Nervenstärke.

»Sie hom mir an ganz schöna Schreg eingejachd, Herr Flößer. So wild und agdiv kenn ich Sie ja gor ned«, sagte sie vorwurfsvoll. Dann zeigte sie auf die Wand.

»Und ich hoff, des do gibd kana Fleggen, wenns drognet. Des is ja erschd vor zwa Johrn frisch dabeziert worn.«

An der Wand war eine kreisrunde, etwa Handteller große, feuchte Stelle. Dorthin hatte Götz gezielt und getroffen. Ungefähr wenigstens, denn der Abzug der Wasserpistole hatte erheblich mehr Wiederstand geleistet als der einer echten Schusswaffe. Physikalisch bedingt. Durch den mechanischen Druck, der zur Erzeugung des Wasserstrahls notwendig war. Das hatte die Zielgenauigkeit beeinträchtigt.

»Sieht täuschend echt aus«, sagte einer der beiden Bamberger Hauptkommissare und deutete auf das Imitat der Heckler&Koch Pistole Model P7. Undicht wie Götz feststellte. Aus dem Lauf tropfte Wasser.

»Ich habe das auch für Ihre Dienstwaffe gehalten«, gestand sein Kollege.

Yildiz ebenfalls, als sie das Spielzeug während ihres Kronach-Aufenthaltes in der Kommodenschublade seiner Wohnung entdeckt hatte. Direkt neben den Handschellen. Die waren allerdings echt.

Noch heute war Götz froh, dass Yildiz damals sein Kaufmotiv für die Wasserpistole nicht hinterfragt hatte. Das schien selbst ihm inzwischen leicht abgefahren. Denn fünfhundert Gramm Gewichtsunterschied und die damit verbundene geringere Belästigung gegenüber der offiziellen Dienstwaffe waren zwar leicht nachweisbar, aber argumentativ nur schwer zu vermitteln. Also für den Fall, er hätte das Ding im Dienst getragen.

Zum Glück fragte auch jetzt niemand nach dem Woher und Warum der Spielzeugwaffe, sondern alle bewunderten deren täuschend echtes Aussehen.

Manchmal wirkt Blödheit täuschend echt wie Intelligenz, dachte Götz und sagte:

»Solche Imitate werden ja öfter bei Überfällen benutzt. Das ist also nichts Neues für uns.«

Er spürte, wie ihn die Erleichterung durchströmte. Seine Hände zitterten leicht, deshalb schob er sie in die Hosentaschen. Das wirkte ziemlich cool nach dem Auftritt. Fand er.

Yildiz war einfach großartig. Sie hatte sich nicht nur an die Spielzeugpistole erinnert, sondern auch seine Bedenken hinsichtlich deren heutiger Anwendung fortgespült. Er selbst hatte die Existenz des Imitates und seinen ursprünglichen ganz anders geplanten Verwendungszweck aus Gründen des emotionalen Selbstschutzes schon fast vergessen gehabt.

Der Ambiguitätstest des Polizeipsychologen hatte Yildiz auch nicht imponiert.

»Klar gibt's Situationen, in denen nichts tun selig macht. Aber meist ist kreatives Handeln wirkungsvoller, mein Geliebter.«

Götz musste zugeben, dass es der letzte Teil ihrer Aussage war, der ihn überzeugte. „Geliebter" war ein Argument, neben dem hatte Ambiguität keine Chance.

Und die Wirkung der von Yildiz entworfenen Demonstration hatte alle Erwartungen übertroffen. Insbesondere seine.

Er hörte sie schon kichern, wenn er ihr die unterschiedlichen Reaktionen der Anwesenden beschreiben würde.

Andreas Blöcher grinste breit und zeigte seine Zustimmung und Bewunderung durch einen nach oben gereckten Daumen.

Magnus Keil und der anwesende Teil seiner Mannschaft, lachten und redeten durcheinander. Ziemlich undiszipliniert, was auf gute Stimmung schließen ließ.

Hans Kräutlein und Frau Hängerla untersuchten noch immer die feuchte Tapete. Aber so wie es schien, hielt sich ihre Besorgnis wegen einer möglichen Teilrenovierung des Besprechungsraumes in Grenzen, und Denise Petitechaperon warf ihm gar eine Kusshand zu. Nur Frau Dr. Winterkorns Lächeln, wenn es denn eines war, wirkte verkrampft bis säuerlich. Vielleicht dachte sie noch immer über seinen Geisteszustand nach.

»Was genau, Herr Flößer, wollten Sie uns eigentlich mit dieser seltsamen Vorführung beweisen?«, fragte sie.

Er zeigte auf den Wasserfleck an der Wand.

»Die Entfernung zwischen mir und der Wand beträgt etwa drei Meter. Als Besucher der Ausstellung hätte ich so jedes ausgestellte Objekt erreichen können. Trotz der Absperrungen. Und wenn ich die Wasserpistole mit einer aggressiven Flüssigkeit gefüllt hätte, wäre es für mich leicht gewesen, nicht nur eines, sondern gleich mehrere Kunstwerke innerhalb kürzester Zeit zu beschädigen.«

»Stimmt leider«, unterstützte ihn Juliane Sorbet, die Schichtführerin.

Die hatte sich, wie Götz vorhin bemerkt hatte, als Erste von dem Schreck erholt und war wieder aufgestanden.

Ohne Scham, sondern mit einem Lachen, denn ihre und die Reaktion ihrer Kollegen und Kolleginnen war vorbildlich gewesen.

Wenn einer, gleich wer, mit einer Schusswaffe in einer dafür unpassenden Situation und einem ebenfalls unpassenden Raum herumfuchtelte, dann war es das Beste, man ging erst einmal in Deckung. Da war die Dienstvorschrift eindeutig.

»Und …« fuhr Juliane Sorbet fort,

»… eine solche Aktion hätten meine Kollegen in den Ausstellungsräumen keinesfalls verhindern können. Genauso wenig wie wir jetzt gerade.«

»Absolut zutreffend«, erhielt sie Rückendeckung von Magnus Keil.

»Das Ganze hat, äh, nicht einmal zwei Sekunden gedauert. Das ist weniger als die statistisch festgelegte Summe aus durchschnittlicher Reaktionszeit und dem Beginn gezielten Handelns. In diesem, wir nennen das den „Totraum der Handlungsfähigkeit", ist überhaupt nichts zu machen.«

»Von niemandem«, fügte er nach einer kurzen Pause hinzu.

Bei dieser Aussage wirkte Magnus Keil vollkommen glaubwürdig und überzeugend, denn er hatte den Blick fest auf das Beweismaterial geheftet. Den riesigen Sekundenzeiger seines Chronometers.

Götz war zum ersten Mal von der Uhr und ihrem Träger uneingeschränkt beeindruckt. Eine so präzise Zeiterfassung in einer sehr unübersichtlichen Situation, das setzte Kaltblütigkeit in höchstem Maße voraus und nötigte ihm Bewunderung ab.

»Aber …«, wandte Frau Dr. Winterkorn ein.

»… ein Täter hätte doch in dieser Lage überhaupt keine Fluchtmöglichkeit gehabt, wenn wir nicht auch noch eine Geiselnahme in Betracht ziehen. Aber das will ich mir jetzt gar nicht ausmalen. Unter normalen Umständen hätten wir ihn spätesten am Ausgang geschnappt. Und vor Gericht wären die Videoaufnahmen perfektes, unumstößliches Beweismaterial. Da bräuchten wir noch nicht einmal ein Geständnis. Höchstens ein Gutachten über seinen Geisteszustand.«

»Ganz genau. Sie haben vollkommen Recht, Miss Winterkorn«, meldete sich Denise zu Wort.

»Genau das wollte uns Mr. Flößer demonstrieren. Das heißt, wir müssen auch mit einem Täter rechnen, der absolutely irrational handelt. Und sich eine Policemarke oder vielleicht eine Uniform zu besorgen, ist sicher auch in Germany kein Problem. Wir wären aber gar nicht auf so eine Idee gekommen, wenn uns Mr. Flößer nicht so eine tolle Action vorgeführt hätte.«

Dann grinste sie Frau Dr. Winterkorn an.

»All Ihre Jungs und Mädels hier sind absolutely perfect und sehr creative. Das hätten wir vom FBI auch nicht besser gekonnt.«

Dabei ließ sie offen, welche Seite sie meinte. Die Bewacher oder die Besucher. Stattdessen tätschelte sie anerkennend Andreas Blöchers Knie. Vielleicht unbewusst dachte Götz, weil der zufällig neben ihr saß.

»Das freut mich natürlich zu hören.«

Jetzt lächelte Frau Dr. Winterkorn weniger säuerlich und erhob sich, wahrscheinlich um ihr Schlusswort als leitende Gesamtkoordinatorin loszuwerden.

»Liebe Kollegen und Kolleginnen. Wir haben heute gemeinsam eine winzige Sicherheitslücke entdeckt, auf die wir in Zukunft ein besonderes Augenmerk richten können. Wir haben auch gesehen, dass dies nur möglich ist, wenn wir gemeinsam handeln. Gemeinsames richtiges Handeln setzt aber strategisch koordiniertes Planen voraus. Nur dann werden Mitarbeiter zu Handlungen und Ergebnissen motiviert, die sie oft selbst nicht für möglich gehalten hätten.«

Sie nickte hoheitsvoll in die Runde und nahm wieder Platz.

Juliane Sorbet verfügte offensichtlich über eine außergewöhnliche Beherrschung ihrer Gesichtszüge. Sie reagierte mit einem perfekten Pokerface. Denise und Andreas Blöcher grinsten breiter als zuvor. Magnus Keil beobachtete intensiver als sonst den Sekundenzeiger seiner Uhr. Hans Kräutlein und Frau Hängerla waren noch immer mit der Untersuchung der Tapete beschäftigt.

Die beiden Bamberger konnten sich jedoch nicht beherrschen. Ihre Augäpfel rollten nach oben, als gäbe es an der Decke des Besprechungsraumes etwas Außergewöhnliches, ganz Interessantes zu beobachten.

Nur Götz sah Frau Dr. Winterkorn direkt an.

»Absolut«, sagte er.

»Ich stimme da völlig mit Ihnen überein Frau Dr. Winterkorn. Die richtige Anleitung von oben, die garantiert den Erfolg.«

Er wunderte sich jedoch, dass die Münchnerin Yildiz' triumphierendes Kichern nicht hören konnte, während er das sagte.

Frau Dr. Winterkorn musterte ihn einen Moment misstrauisch, dann glättete sich ihre Stirn, und sie lächelte ihm aufmunternd zu.

»Ihr Teamgeist ist wirklich vorbildlich, Herr Flößer. Ich werde das bei nächster Gelegenheit an höherer Stelle erwähnen.«

10.

Der erste Tag der Ausstellung, ein Samstag, der darauffolgende Sonntag und auch der Montag waren von Nervosität, Übereifer und mehreren Fehlalarmen geprägt. Zumindest bei den Kollegen der Bereitschaftspolizei. Ein Vorfall führte sogar zu einer vorübergehenden Festnahme am Tag drei. Zu Lasten eines Besuchers aus Japan. Ungewöhnlich, denn gemeinhin galten Japaner, trotz ihrer beinahe krankhaften Fotografiersucht, als sehr diszipliniert. Der Besucher aus Asien war über die achtzig Zentimeter hohe Absperrung, einem dicken Tau zwischen Pfosten, gestiegen, gestolpert oder hatte sie versehentlich umgeworfen. Für den Aufsicht führenden Beamten ein Grund zum sofortigen Zugriff. Mit Verstärkung, wie es der Einsatzplan vorsah.

»Die unerlaubte verdächtige Annäherung an die Zielperson,

war nach Aussage des Verdächtigen möglicherweise sexuell motiviert, denn er sprach immer wieder vom undercoat. Es handelt sich dabei um eine minderjährige sächsische Prinzessin. Beschreibung des Opfers: Augen blau, Haare rotblond. Bekleidung: rotes Kleid mit Goldstickerei und weißen Puffärmeln, ein pompöses, aber keineswegs provozierendes Outfit. Weitere Angaben zur Person: sie trägt auffälligen Schmuck, wobei unbekannt ist, ob die Halskette echt ist oder ein Imitat darstellt. Das Alter der Zielperson: geschätzt zwölf bis vierzehn oder fünfhundert Jahre. Abhängig von der Betrachtungsweise. Gemeldeter Herkunftsort: National Gallery of Art, Washington DC, USA. Unbekannt, wann und wie genau die betreffende Person deutscher Herkunft in die Vereinigten Staaten von Amerika eingereist, eingewandert oder gelangt ist. Aktueller Aufenthaltsort: Festung Rosenberg, Kronach, Deutschland. Die Person ist minderjährig, eine Begleitperson nicht bekannt.

Tatwerkzeug: Eine Großflächenvergrößerungslinse ohne Rahmen im Format DIN A5, gefertigt aus flexiblem Kunststoffmaterial, deshalb von den Scannern nicht detektiert.«

So lauteten die Notizen, die einer der drei Bereitschaftspolizisten als Erinnerungsstütze für eine spätere mögliche Befragung nach dem Vorfall aufgeschrieben hatte.

Kreativ und im Beobachtungsbereich weitgehend zutreffend, fand Götz, irrtümlich in der Motivannahme. Wahrscheinlich hatte der Kollege deshalb das Opfer gleich dreimal als minderjährig bezeichnet.

Er war sofort über sein Headset herbeigerufen worden. Umringt von Neugierigen fand er einen alten Herrn asiatischer Herkunft vor, der über seine anscheinend unbewusste Gesetzesübertretung ebenso schockiert war wie über die drei Bereitschaftspolizisten, die ihn mit gezogener Waffe eingekreist hatten. Aber auch die Bereitschaftspolizisten wirkten auf Götz leicht überfordert oder zumindest überreaktiv. Am normalsten verhielten sich die Besucher. Die drängelten sich trotz der gezückten Schusswaffen um den Täter und seine Häscher, veranstalteten mit ihren Kameras trotz des Fotografierverbotes ein wahres Blitzlichtgewitter und behinderten den Polizeieinsatz. Wahrscheinlich kam es nicht allzu oft vor, dass sie einen gestellten Delinquenten zu sehen bekamen, der sich vor gezückten Pistolen oder deren Trägern mehrfach verneigte und dabei Entschuldigungen stammelte. Ein wirres Gemisch aus Englisch und Japanisch, wie Götz vermutete, denn er verstand nur das Wort »undercoat«. Das mochte bei den Bereitschaftspolizisten eine falsche Assoziation für das Motiv ausgelöst haben.

»Do you speak englisch?«, fragte er den alten Herrn und deutete ebenfalls eine Verbeugung an.

Der Japaner war nicht der erste Besucher aus dem Reich der aufgehenden Sonne, mit dem er es zu tun hatte. Und schon immer hatten ihn die unterschiedlichen Umgangsformen anderer Länder interessiert.

»Yes Sir. Yes. English please.«, stammelte der Mann erleichtert, als Götz den Uniformierten mit einem Handzeichen zu verstehen gab, sie sollten ihre Waffen wegstecken.

»I am so sorry Sir, but I could not read the according description of the painting.« Er deutete erst auf die dicken Gläser seiner Hornbrille, dann auf die Erklärungstafel zu dem betreffenden Gemälde, deren Schriftgröße offensichtlich nicht der Dioptrienstärke seiner Brille angemessen war. Das alles erfasste Götz mit einem Blick.

»… and, and, I did not realize the separation, and, and …«, der Mann verfiel wieder ins Japanische und verbeugte sich erneut mehrfach.

»Don't mind«, sagte Götz und hob die beiden Metallständer auf, zwischen denen das Tau gespannt war. Ob die von dem Japaner oder von den übereifrigen Bereitschaftspolizisten umgeworfen worden waren, interessierte ihn nicht. Erst einmal musste er den Mann beruhigen. Der zitterte am ganzen Körper wie Espenlaub. Verständlich, fand Götz, denn in einer Kunstausstellung von drei vorgehaltenen Schusswaffen bedroht zu werden, war sicher auch für den möglichen Nachfahren eines Samurai kein Erlebnis, das ihn unberührt ließ.

Das anschließende Verhör, wie es in Frau Dr. Winterkorns Bericht genannt wurde, war in Wirklichkeit eine von Entschuldigungen, Danksagungen und Höflichkeitsformeln japanischerseits und von freundlichen Fragen seitens Götz geprägte Unterhaltung. Eine interessante und abwechslungsreiche Unterbrechung seines Tagesablaufes, den er inzwischen schon als recht monoton empfand. Deshalb ließ er sich mit der Befragung Zeit.

Professor Natsuke Yohamoto hatte vor seiner Pensionierung einen Lehrstuhl für Materialkunde an der Universität in Kyoto innegehabt. Dies war seine erste Europareise und da er sich auch für „vergleichende Kunstwissenschaften" interessierte, hatte er den Abstecher nach Kronach unternommen.

»I did not want to touch the princess. I was mainly interested in her undercoat.«

Götz glaubte zu wissen, was er damit meinte. Der Mann hatte ganz sicher nicht vorgehabt, die sächsische Prinzessin unsittlich zu begrabschen. Auch wenn sich »her undercoat« leicht als »ihr Unterrock« oder ähnliches missverstehen ließ und seine Kollegen von der Bereitschaftspolizei zu einer falschen Annahme verführt hatte. Das kam vielleicht von Magnus Keils knallhartem Briefing, dass die Jungs nur den Jungs, und die Mädels nur den Mädels an die Wäsche gehen durften. Das galt natürlich auch für Prinzessinnen und Besucher.

Harmlos, ein wenig versponnen, war Götz' erste Einschätzung von dem Japaner. Liebenswürdig und gastfreundlich, ergänzte er sein Urteil, denn Professor Yohamoto revanchierte sich für die während der Befragung angenommene Tasse Instant Kaffee mit einer persönlichen Einladung nach Kyoto, inklusive des Besuches eines traditionellen japanischen Teehauses. Götz nahm seine Personalien einschließlich der Wohnadresse in Kyoto mit der Begründung auf, dass er ja wissen müsse, an wen und wohin er sich zu wenden habe, wenn er dieser Einladung folgen wolle. Die Visitenkarte des Professors emeritus nahm er, japanischen Gepflogenheiten folgend, mit beiden Händen entgegen, studierte sie lange und aufmerksam, bevor er sie mit gebotener Hochachtung in seinem Notizbuch verstaute. Auf die gleiche Weise übergab er seine eigene dienstliche Karte. Die wurde ebenfalls mit der gebührenden Sorgfalt betrachtet, und das darauf abgebildete bayerische Staatswappen animierte den Professor zu einem kleinen Vortrag über Wappentiere.

»Der bayerische Löwe ist ja nur als Symbol der Stärke und Würde des ehemaligen Königshauses zu verstehen. Denn Löwen sind, zumindest nach der Eiszeit, in Mitteleuropa nicht mehr heimisch gewesen. Auch nicht in Bayern. Aber auch die Clans der Shogune und Samurai haben ihre Wappen mit Tieren geschmückt, die auf den japanischen Inseln entweder lange ausgestorben oder nie existent gewesen sind.«

Götz gab sich höchst interessiert und unterdrückte ein Lächeln.

Ein Foto, der Professor neben Götz, geschossen von einer Bereitschaftspolizistin, vor dem durch das Lucas-Cranach-Portrait verhüllten Tor der Festung Rosenberg, beendete den glücklichen Ausgang der vorläufigen Festnahme, die in jedem Detail video-archiviert wurde.

Frau Dr. Winterkorns Darstellung nach oben klang dramatischer und schloss mit der Feststellung:

»Eine Anfrage bei Interpol über den Verdächtigen Natsuke Yohamoto, Professor emeritus, wohnhaft in Kyoto, bestätigte dessen Angaben. Einträge über Gesetzesverstöße, insbesondere unter dem Gesichtspunkt spezieller sexueller Neigungen, sind nicht bekannt. Der Verdächtige wurde nach der Aufnahme seiner Angaben zur Identität, deren Überprüfung und einem zweistündigen Verhör durch Oberkommissar Götz Flößer ohne weitere Auflagen auf freien Fuß gesetzt.«

Auch Frau Dr. Winterkorn, obwohl sonst so anglophil, hatte das Motiv des Täters und dessen Interesse am „undercoat" anscheinend missverstanden.

Götz hatte es nicht vergessen, verschob aber die Überprüfung auf später.

Für die Optimisten war dieser Vorfall ein eindeutiger Beweis. Sie hatten Recht behalten. Die Lucas-Cranach-Ausstellung zog internationales Publikum an. Sogar aus Asien.

Götz fand den anfänglichen Übereifer der Sicherheitskräfte, auch wenn er wie im Falle des Japaners in einer Fehlleistung mündete, normal. Da mussten sie durch. Jedes Team, besonders eines, das aus einem wild zusammengewürfelten Haufen Menschen bestand, durchlief die sogenannte Chaosphase. Chaos hörte sich abwechslungsreich an. Aber wenn das so war, dann anscheinend überall, bloß nicht dort, wo er sich befand. Ein einziger interessanter Besucher in drei Tagen, der sein Eingreifen erfordert hatte, das empfand er eher als unbefriedigend, wenn nicht gar öde.

Der Reiz des Neuen war bereits am ersten Tag verflogen. Das restliche Team schien aber mit der momentanen Situation ganz zufrieden zu sein.

Die einhundert Jungs und Mädels in Uniform taten das, was Magnus Keil ihnen sagte. Ohne zu murren. Die zwei Bamberger machten das, was sie wollten. Was genau das war, entzog sich Götz' Kenntnis, denn sie waren offiziell Hans Kräutlein unterstellt und der kümmerte sich, gemeinsam mit Frau Hängerla, um das polizeiliche Tagesgeschäft. Und das verlief sehr erfolgreich, wie sich bald herausstellen sollte. Die hatten also ebenfalls keinen Grund zum Meckern.

Andreas Blöcher und Denise aus Amerika bildeten innerhalb des „Strategischen Führungskreises" ein Subteam, das sich vorzugsweise auf amerikanische und deutsche Polizeischwimmmeisterschaften vorbereitete oder einen wissenschaftlichen Selbstversuch unternahm. Den konnte man nach Götz' Meinung folgendermaßen betiteln:

»Die Bildung eines siamesischen Zwillingsverhältnisses im frühen Erwachsenenalter«.

Eine durchaus beneidenswerte und abwechslungsreiche Versuchsanordnung, und obendrein waren sie damit dem restlichen

Team einen Schritt voraus. Der Chaosphase würde die Findungsphase folgen, und die hatten die beiden längst hinter sich.

Wie lange der Rest der Beteiligten zum „Finden" brauchen würde, hing von den äußeren Umständen ab und davon, an welche Theorie über das „Teambuilding" man glaubte. Die Amerikaner bildeten sich ein, bei der „Findung" mit ein bis zwei Tagen auszukommen, wenn der äußere Druck hoch genug war. Die Europäer hielten den doppelten Zeitraum für normal, glaubten Druck sei nicht förderlich, sondern sogar kontraproduktiv. Das FBI und ein Teil der Kronacher Polizei hatten ein Sondermodell gefunden, in dem Stunden, wenn nicht gar Minuten, gereicht hatten und widersprachen damit allen. Auch japanischen Managementexperten, die bei der Findungsphase mit Wochen rechneten.

Dann allerdings wäre die Ausstellung schon beendet. Inhaltlich waren sich die Experten für gruppendynamische Prozesse einig. In der Findungsphase würde jeder seinen Platz suchen. Ob zugeteilt oder völlig frei gewählt, hing von der Stellung in der Hierarchie ab oder von individuellen Sonderfaktoren.

Solche Gedanken behielt Götz aber für sich. Nur zu gut erinnerte er sich an eine spannende Diskussion mit Hans Kräutlein über das Thema „Teambuilding". Kurz vor dessen Beförderung zum Inspektionsleiter. Einer klassischen Managementaufgabe in der Exekutive.

Frau Hängerla, damals noch nicht die „rechte Hand", hatte sich ungefragt dazugesellt und mit einem knappen Kommentar die Weichen für die Zukunft gestellt. Ihre und die der ganzen Inspektion.

»Erschdens sind mir do in Gronach. Zweidens sind mir bei der Bolizei, und Driddens brauch mer do ka Deam, wo jeder maand, sein Senf derzu geben zu müssen. Und Mänädscher, die bloß dumm rumredn, brauch mer scho gor ned. Bei uns sind ächda Männer gfrochd, die wos endscheidn und ach amal hilanga könna, wenns nodwendich is.«

Dass Hans Kräutlein von da an Frau Hängerlas stetig und

bereitwillig angebotenen Rat annahm, konnte Götz durchaus verstehen. Einfache Botschaften und Handlungen waren oft überzeugender als komplexe Theorien.

Den Beweis lieferte täglich das Kronacher THW.

Der Betrieb im „Camp" funktionierte hervorragend. Vor allem im Kantinenzelt. Heute Abend standen Rouladen mit Rotkohl und fränkischen Klößen auf dem Speiseplan.

Normalerweise würde ihm schon bei dem Gedanken an Rouladen in einer Soße verfeinert mit Lorbeerblättern und Wachholderbeeren das Wasser im Munde zusammenlaufen. Doch seit einigen Tagen plagte ihn eine rätselhafte Appetitlosigkeit.

Das „THW All Inclusive Angebot" basierte auf einer einfachen, aber praxisbewährten Regel: „Ohne Mampf kein Kampf."

Besser konnte man es nicht auf den Punkt bringen. Leider gab es bürokratiebedingte Ausnahmen. Das Technische Hilfswerk war kein karitativer, technisch versierter Hilfsverein, wie man auf Grund des Namens glauben mochte, sondern eine Bundesorganisation. Demzufolge so etwas Ähnliches wie eine Behörde. Sogar eine, bei der angepackt wurde. Und Behörden wurden nach klaren Regeln geführt. Selbst dann, wenn über neunundneunzig Prozent dieser Behördenmitglieder Freiwillige im Ehrenamt waren.

So waren zum Beispiel Götz und Andreas Blöcher vom THW als „Heimschläfer" eingestuft worden. Und wer nicht im Camp wohnte, für den existierte keine Kostenstelle. Und ohne Kostenstelle gab es keinen „Mampf", auch wenn sie in die täglichen „Kampfhandlungen" der Ausstellung verwickelt waren. Auch Denise Petitechaperon war vom „Mampf" ausgeschlossen. Wenn auch mit anderer Begründung. Da sie weder im Camp noch in Kronach oder Umgebung offiziell ansässig war, galt sie als „Fremdschläferin ohne eigene Kostenstelle". Aus Sicht des THW alles ganz eindeutig, von außen betrachtet jedoch potenziell missverständlich. Aber darum scherte sich die Bürokratie nicht und Götz wollte nicht an Kleinigkeiten herummäkeln, denn insgesamt leistete das THW einen hervorragenden indirekten Beitrag zur Sicherheit der Cranach-Ausstellung.

Diese Ungleichbehandlung machte jedoch deutlich, dass bei der Verpflegung die Teamverantwortung aufhörte, von der die Münchner Koordinatorin so gerne sprach. Dennoch hoffte Götz, das Team werde die notwendigen Entwicklungsschritte bald hinter sich bringen.

Die Besucher hatten es da einfacher. Zwar waren die ebenfalls bunt zusammengewürfelt, stammten aus Kronach, Ober-, Mittel- oder Unterfranken, aus Deutschland oder dem Rest der Welt, aber von ihnen erwartete niemand, dass sie sich teamgerecht verhielten. Lediglich die Gesetze mussten sie einhalten.

Zwei hatten das nicht getan. Vielleicht auch mehr, aber diese beiden waren erwischt worden. Am Tag sieben und im normalen polizeilichen Tagesgeschäft.

An den Tagen vier, fünf und sechs war überhaupt nichts passiert. Zumindest nichts, was Frau Dr. Winterkorn in ihren Berichten als besonderes „Highlight" hervorheben konnte.

Der Tag vier, also einer der ereignislosen, endete für Götz mit der Erkenntnis, dass er sich mit den selbst auferlegten und den angeordneten Verpflichtungen deutlich übernommen hatte.

Die drei Wochen Hektik in der Vorbereitungsphase waren nicht wirkungslos an ihm vorübergegangen. Die Folgen spürte er jetzt. In den endlosen Dienstzeiten. Für ihn gab es kein Entkommen. Meistens oder fast die ganze Zeit passierte überhaupt nichts. Zumindest nichts Polizeirelevantes. Dennoch war er immer und andauernd in der Präsenzpflicht. So nannte das die Dienstvorschrift. Überstunden wurden in einem anderen Paragraphen geregelt, in dem wurde aber die Präsenzpflicht nicht erwähnt oder berücksichtigt.

Die Bereitschaftspolizisten wurden nach sechs Dienststunden abgelöst. Mit Fahrzeiten und Nachtschichten, bei deutlich abgespeckter Besatzung, konnten sie ihren Sicherheitsauftrag weitgehend innerhalb der gesetzlich geregelten Arbeitszeit erledigen.

Götz aber verbrachte, von kurzen Pausen abgesehen, jeden Tag dreizehn Stunden in der unveränderlichen Gesellschaft von Cranachs Werken und der stetig wechselnden von Besuchern und Bewachern. Von morgens acht, einer Stunde vor der Öffnung, bis abends um neun, eine Stunde nachdem die letzten Schaulustigen die Ausstellung verlassen hatten. Dazu kamen jeden zweiten Abend Frau Dr. Winterkorns Besprechungen in der Inspektion. Sie brauchte Futter für ihre Berichte. Und die lieferten die Tagesrapports. Hans Kräutlein aus dem Tagesgeschäft und Götz, Andreas Blöcher, Denise und die Bereitschaftspolizisten von der Ausstellung. Manchmal wurden sie durch eine Videovorführung aus dem Tagesarchiv unterstützt. Trotz der zeitlichen Zusatzbelastung empfand Götz diese Besprechung fast wie eine Erholung. Hier erfuhr er auch das, was sich außerhalb der Festungsmauern zugetragen hatte.

Das minderte die Überlastungssymptome, auch wenn sie nicht vollständig verschwanden.

Die Kurzatmigkeit auf dem morgendlichen und abendlichen Weg zur und von der Festung könnte er seinem Tabakkonsum zuschreiben, auch wenn der moderat war. Nikotin löste aber keine Konzentrationsschwäche aus. Höchsten dessen Entzug, wenn der Raucher eine Entwöhnungsphase durchlief. Und sein beinahe fotographisches Gedächtnis, auf das er sonst so stolz war, ließ eindeutig zu wünschen übrig. Noch immer beherrschte er die Texte der Exponatbeschreibungen nicht vollständig und fehlerfrei. Er brachte sie sogar durcheinander. Vor allem die Jahreszahlen. Was ihm aber am meisten Sorge bereitete, war jene Störung seines sonst ungetrübten Appetits. Denn wer auf Rouladen mit Rotkohl und Klößen nicht mit vermehrtem Speichelfluss reagierte, der war eindeutig krank.

Yildiz wollte er mit seinen Beschwerden nicht behelligen. Zu leicht wurde man als Mann zum Weichei gestempelt, wenn man über unspezifische Beschwerden ohne einen eindeutigen äußeren Anlass klagte. Eine Schussverletzung, ein während einer Verfolgungsjagd gebrochenes Bein, das wurde wahrgenommen und lieferte Mitgefühl. Aber „Wandlungsschmerz"? Nur die wenigsten

Leute konnten sich darunter überhaupt etwas vorstellen.

Das war in der Türkei garantiert nicht anders als in Deutschland.

Dabei war er sich seiner Diagnose und der Ursachenforschung inzwischen sicher.

Der Tag fünf zeigte, dass es sich bei diesem Verdacht nicht um Einbildung handelte. Der Tag sechs ließ ihn zur Gewissheit werden.

Er durchlief eine Verwandlung. Allerdings wusste er noch nicht in was, wohl aber warum und weshalb.

Die Mauern der Räume, hinter denen er sich aufhalten musste, waren meterdick. Die wenigen Fenster hatte man verkleidet. Licht und Luft mussten künstlich herbeigeführt werden.

Rein äußerlich hielten sich die sichtbaren Folgen dieser Beinahe-Untertagehaltung noch in Grenzen. Eine leichte Hautblässe, die ihm der Spiegel in der Herrentoilette verriet, war zwar nicht dramatisch, doch erkennbar.

Aber, so überlegte Götz, Verwandlungen haben immer eine Vorgeschichte, auch wenn sie dann urplötzlich und scheinbar ohne jede Vorwarnung eintraten. Diese Vorgeschichte entschlüsselte sich oft erst aus dem späteren Ablauf.

Kafkas Erzählung „Die Verwandlung" war, neben ihrem literarischen Wert, auch ein hervorragendes Beispiel für die damals noch neue Erkenntnis des Zusammenspiels zwischen Psyche und Physis. Dabei hatte schon Luther darauf hingewiesen, dass es Dinge gab, die Leib und Seele zusammenhielten.

In „Die Verwandlung" erwachte der Handlungsreisende Gregor Samsa an einem Morgen im Körper eines Insekts. Nicht dem einer kleinen Schabe. Die hätte sich schamhaft in einer Ritze verkriechen können und die Geschichte des gelangweilten Finanzbeamten Kafka hätte einen anderen Verlauf genommen, sondern dem eines Rieseninsektes in Menschengröße. Franz Kafka hatte Ursache und Wirkung der Verwandlung brillant miteinander verknüpft. Ebenso dramatisch wie er die Gefühle seiner Hauptperson schilderte: Dessen Reflektion auf die Vergangenheit, die Gegenwart und böse Ahnungen an die Zukunft war die Beschreibung der abstoßenden Äußerlichkeiten des Insektes. Eine Spiegelung der Umwelt, wie sie Gregor Samsa wahrnahm.

Anders als Samsa erlebte Götz am siebten Tag eine kurzfristige, erholsame Ablenkung. Dabei hatte er selbst mit den beiden Festnahmen, diesmal waren es andauernde, gar nichts zu tun. Aber die Berichte der Kollegen erschienen ihm wie ein weitgeöffnetes Fenster. Mit Blick und Aussicht auf die normale Welt. Die des Polizeialltags.

Zwei Taschendiebe waren den uniformierten Kräften der Kronacher Polizei ins Netz gegangen. Und das, obwohl die auf Andreas Blöcher verzichten mussten und, durch die ungewohnte Besucherzahl stark belastet, von Hans Kräutlein zu Sonderschichten verurteilt worden waren.

Auch den beiden Taschendieben war eine Verwandlung, nämlich die ihrer Arbeitsweise, nicht gut bekommen.

Hätten sie die Räume der Lucas-Cranach-Ausstellung zur Ausübung ihres Ursprungsgewerbes genutzt, wären sie vielleicht unentdeckt geblieben. Besucher wurden zwar beim Eintritt kontrolliert, wer aber beim Verlassen anstelle einer vielleicht vier, fünf oder mehr Geldbörsen mit sich oder mehrere Armbanduhren am Handgelenk trug, konnte mit großer Wahrscheinlichkeit damit rechnen, unentdeckt zu bleiben.

Aber die beiden Täter waren noch nicht einmal in die Nähe der Ausstellung, geschweige denn in deren Inneres vorgedrungen. Sie hatten die beinahe idealen Arbeitsbedingungen, gedrängte Menschenmassen, nicht genutzt.

Stattdessen hatte der eine seine Liebe zu einem hochpreisigen Notebook dadurch beweisen wollen, dass er den aufgeprägten Apfel unter seinem Mantel vor negativen äußeren Einflüssen zu schützen suchte.

Im Frühsommer. Da fiel schon der Mantel auf. Auch wenn man den als modisch frühsommerlich bezeichnen konnte, wie es im Festnahmeprotokoll hieß.

Auch der zweite Taschendieb war selbst schuld. Er hatte ebenfalls sein Tätigkeitsfeld verändert, anstatt sich auf seine Erfahrung zu verlassen.

Ein Zimmermädchen hatte ihn überrascht, als er gerade das Hotelzimmer, nicht von ihm angemietet, wie der diensttuende Beamte die Rechtsgrundlage richtig beschrieb, auffällig in Unordnung brachte. Außerdem hatte er die Kampfeslust dreier polnischer Zimmermädchen unterschätzt. Die verdankten ihre Anstellung als Saisonkräfte ebenfalls der Lucas-Cranach-Ausstellung. Pflichtbewusster oder mutiger als manch Festangestellte hatten sie den Eindringling zu Boden gerungen und bis zum Eintreffen der Polizei festgehalten.

Einer von vielen Beweisen, dass die Lucas-Cranach-Ausstellung nicht nur die Kunst befruchtete, sondern zu einem regelrechten Jobmotor in Kronach und Umgebung geworden war. Mit internationalen Auswirkungen, wie ein Wirtschaftsjournalist feststellte.

Ansonsten zeigte die Kronacher Kriminalstatistik keine eklatanten Veränderungen. Denn die ins Unermessliche gestiegene Zahl der Falschparker floss nicht ein. Die Parkraumräuber blieben wegen der angespannten Personaldecke in Ordnungsamt und Polizei meist unbehelligt. Ein eindeutiger Einnahmeverlust für den Stadtsäckel.

Doch keine der beiden Festnahmen ließ sich in irgendeiner Weise mit der bedrohlichen Plakatankündigung „KILLCRANACH" in Zusammenhang bringen. Auch nicht mit den kreativsten Theorien. Sie, die gesamte Kronacher Polizei, inklusive nationaler und internationaler Verstärkung, tappte bei der Anschlagsserie nach wie vor und in jeder Hinsicht im Dunkeln.

Und die Dunkelheit oder Dauerdämmerung war es auch, die Götz zu schaffen machte. Verstärkt durch einen zweiten Effekt. Den der Luft.

Sein jetziger Arbeitsplatz war zwar mit herausragenden Kunstwerken Cranachs aus der ganzen Welt tapeziert, schloss aber Tageslicht, Sonne und Frischluft aus. Licht entsandten unterschiedliche Beleuchtungskörper. Angeblich im Wellenlängenbereich des Tageslichtes, obwohl auf die Beteiligung von Sonnenstrahlen komplett verzichtet wurde. Das, was man zum Atmen anbot, entströmte den Öffnungen einer Klimaanlage. War filtriert, temperiert, wurde erst getrocknet, dann wieder mit einer genau vorgeschriebenen und überwachten Feuchte versehen. Diese aufbereitete Luft schütze nach Ansicht von Experten Leinwand, Holz, Farbe, Gips, Papier, Metall und andere in den Exponaten verarbeitete Materialien optimal. Das alles war Götz nicht neu, denn schon einmal hatte er es mit solchen materialtechnischen Tausendsassas zu tun gehabt. Damals waren es allerdings nur Schachteln gewesen. Und nicht er hatte sich im Inneren der Schachteln befunden. Das war jetzt anders.

Verblüffender Weise hatten trotz all dieser aufwändigen Luftschutzmaßnahmen irgendwelche Kleinstlebewesen den Weg ins Innere der Räume gefunden. Meist blieben sie, da nur etwa mückengroß, völlig unbeachtet.

Selten sah man eines, wenn es unvorsichtigerweise einen der Lichtkegel durchschwirrte. Sie stellten also keinen Störfaktor dar. Noch niemand hatte sich über einen Mückenstich beschwert. Und wer nicht biss oder stach, auch nicht optisch oder akustisch unangenehm in Erscheinung trat, der blieb unbehelligt, eigentlich sogar unbemerkt. Außer von Götz, der zwar ihre Anwesenheit feststellte, sich aber eher Gedanken darüber machte, durch welches Leck der Lüftungsanlage sie sich Zugang verschafft hatten. Dort müsste es auch normale Luft geben, die ihm zu Gute kam.

Kafka hätten sie keine Ruhe gelassen. Der hätte die unscheinbaren Mücken als Rieseninsektenmonster beschrieben. Wobei sich Götz an eine Vielzahl, sehr unterschiedlicher Darstellungen zu erinnern glaubte. Die waren aber gar nicht Kafkas Werk, sondern das anderer Künstler, die den Begriff der „künstlerischen Freiheit" bis zur Neige ausgekostet hatten. Mal erschien auf dem Umschlag der „Verwandlung" ein comicartiges Insektengeschöpf mit menschlichem Antlitz, andere Abbildungen ließen an einen Holz-bock, einen Floh, einen Mai-, Hirsch- oder einen grünen Rüssel-käfer glauben. Alle natürlich menschengroß.

In der Größe war man sich einig, aber die unterschiedlichen Darstellungsformen ließen nur einen Schluss zu: Weder der Ver-leger, noch der Umschlagsgestalter hatten „Die Verwandlung" richtig gelesen.

Aber solche offensichtlichen Patzer gab es überall.

Auch die sogenannten Luftexperten der Lucas-Cranach-Aus-stellung hatten einen wesentlichen Faktor ignoriert. Den des Dauerverbrauchers.

Der Durchschnittsbesucher verbrachte etwa, genaue Daten lagen nicht vor, eine bis maximal vier Stunden in der Ausstellung. Selbst bei mehrfachem Besuch, wie dem der Bereitschaftspolizisten, kam man auf höchstens sechs Stunden täglich. Dieser Zeitraum ließ sich wahrscheinlich beschwerdefrei überstehen. Bei zwölf oder gar mehr Stunden pro Tag ließen sich die Negativauswirkungen nicht einfach ignorieren.

Das, was der Klimaanlage entströmte, war am Austrittsort praktisch geruchsneutral und wurde erst durch die Ausdünstungen der Besucher mit neuen, aber fremden organischen Molekülen an-gereichert. Ob das als positiver Ausgleichsfaktor anzusehen war oder eine Zusatzbelastung darstellte, darüber war sich Götz noch unsicher.

Auf jeden Fall roch das, was in Kontakt mit seinen Nasen-schleimhäuten, der Luftröhre, den oberen und tieferen Bronchien und seinen Lungenbläschen kam, als sei es künstlich hergestellt oder entstamme einer Dose.

Irgendwie pasteurisiert oder anders degeneriert und damit eines Teils seiner wertvollen Eigenschaften beraubt. Vielleicht hätte eine genaue Analyse aufzeigen können, was dieser Dosenkunstluft fehlte.

Beim Dosenbier war es ja bekanntermaßen ähnlich. Aber das trank er nur ganz selten. Demzufolge war jeder mögliche Negativeffekt, zumindest quantitativ, irrelevant.

Am achten Tag glaubte er eine erneute Verschlechterung wahrzunehmen. Nicht direkt Atemnot, sondern eher ein unspezifisches, aber bereits chronisches Mangelatmungssyndrom, dessen Begleiterscheinungen in einer deutlich spürbaren Serotoninabsenkung und depressiven Verstimmungslage mündeten.

Götz' letzter Ausweg: Er suchte seinen persönlichen Erholungs- und Aufmunterungsraum auf.

Jeder andere hätte diese schleichend fortschreitende Entwicklung vielleicht als zunehmende Langeweile diagnostiziert. Doch diese Fehleinschätzung wurde weder der Komplexität der Situation, noch Götz' Pflichtbewusstsein gerecht. Er hätte sich ja auch einfach krankschreiben lassen können.

So aber tat er alles, um aus eigener Kraft Linderung zu finden.

In dem Raum, in dem er zumindest kurzfristige Erholung fand, war die Luft keineswegs besser. Weniger Besucher als im Rest der Ausstellung hielten sich dort auch nicht auf, falls man die „Masse Mensch" als Problemursache ansehen wollte. Dort hing lediglich ein besonderes Gemälde. Für ihn besonders.

Dafür nahm er sogar in Kauf, dass ihn die anderen Besucher wegen seines langen Verharrungszustandes misstrauisch beäugten. Vielleicht hielten sie ihn für einen planenden Attentäter. Die Sache mit den Plakaten war natürlich an die Presse durchgesickert. Aber zum Glück hatte sie nie die Schlagzeilen überregionaler Zeitungen erobert.

Vielleicht hatten diese misstrauischen Blicke der Ausstellungsbesucher ihre Ursache aber auch in seiner vermeintlichen Untätigkeit.

Die Bereitschaftspolizisten hatten darunter nicht zu leiden. Ihre Arbeitskleidung, die Uniformen und ihr Handwerkszeug, die Pistolen, machten deutlich, dass sie arbeiteten. Sie produzierten Sicherheit. Ein hochgeschätztes Gut. Insbesondere in Deutschland.

Zu lange durfte sich Götz allerdings nicht in seinem Lieblingsraum aufhalten. Denn besagtes Gemälde spendete ihm nicht nur

Lucas Cranach d. Ä., Gerechtigkeit, datiert 1537
Amsterdam, Fridart Stichting, 72 × 49,6 cm, Holz

Trost in den langen Dienststunden, stimulierte sein abgeschwächtes Lebensgefühl, sondern es lud ihn zum Träumen ein.

Aber das war natürlich nicht im Sinne seines Dienstherren, des Freistaates Bayern. Dass er, als einer der Hauptverantwortlichen für die Sicherheit der Ausstellung, vor einer Leihgabe der Fridhart Foundation stand und von Amsterdam träumte. Seiner ersten Reise ins Ausland. Da war es geschehen. Das mit Yildiz. Nur eine Person in Kronach wusste darüber Bescheid. Außer ihm natürlich.

11.

»Kunst ist schön, macht aber viel Arbeit«, hatte Karl Valentin, der berühmte Münchner Humorist, einmal behauptet. Äußerst zutreffend fand Götz, selbst dann, wenn man wie er die Kunst nur bewachen musste. Er warf einen Blick durch das Schaufenster in die Metzgerei Höring.

Es war vierzehn Uhr dreißig, der übliche große Andrang auf die kalte und warme Theke war abgeflaut und wie er mit einem Blick auf den Kalender seiner Armbanduhr feststellte, war heute erst der neunte Tag der Ausstellung „Lucas Cranach und sein Werk".

Ihm kam es bereits wie eine kleine Ewigkeit vor.

Als Vorwand zum Verlassen der Ausstellung hatte er angeboten, einen verspäteten Lunch für Andreas Blöcher, Denise Petitechaperon und sich zu besorgen. Noch war er unsicher, ob Leberkäse, roter oder weißer Pressack. Seine Appetitlosigkeit schwächte auch seine Entscheidungsstärke.

Karl Valentin, obwohl Bayer und kein Franke, hatte den oft ignorierten Aspekt der Arbeit in der Kunst haarscharf erfasst.

Weniger scharf, wenn nicht gar nachlässig war nach Götz' Meinung die Auseinandersetzung aller Kunstexperten weltweit mit bestimmten, sehr auffälligen Details der Lucas-Cranach-Werke.

Da musste erst ein Besucher aus Japan kommen. Ein etwas verwirrter Professor im Ruhestand, der aber vielleicht auch nicht gewusst hatte, dass er einer dramatischen Erkenntnis auf der Spur war. Einer, die die gesamte Kunstwelt bisher ignoriert hatte. Da war sich Götz ziemlich sicher.

Natürlich war er dem Motiv des Japaners nachgegangen. Nicht unter dem Gesichtspunkt einer Beschäftigungstherapie, sondern weil die Klärung der Motivfrage, auch in einem an sich abgeschlossenen Fall, nicht unerheblich war.

Er hatte sich der sächsischen Prinzessin auch nicht deshalb genähert, weil es in Sachsen angeblich die schönsten Mädchen gab. Das behaupteten die Franken auch. Sondern wegen ihres »undercoat«.

Als er dann Yildiz am Abend von seinen ersten, noch vorläufigen Ermittlungsergebnissen berichtete, wirkte die nicht hundertprozentig überzeugt.

Vielleicht deshalb, weil er sich mit einer, eigentlich sogar mit vielen fremden Frauen beschäftigt hatte. Denn mit der Prinzessin allein war es dann doch nicht getan.

Weil Yildiz seinen ersten Bericht so zurückhaltend aufnahm, unterzog er seine Erkenntnisse am darauffolgenden Tag einem Stresstest. Das bedeutete: alles noch einmal von vorne überprüfen, nichts als gegeben voraussetzen und jedes Detail so zu hinterfragen, als sei es ganz neu. Eigentlich die Standard-Vorgehensweise guter Polizeiarbeit. Zumindest in der Theorie.

Das Ergebnis blieb das gleiche. Eigentlich waren es sogar zwei Ergebnisse.

Zu beiden hatte er noch nie eine Expertenmeinung gehört oder gelesen und sie standen untereinander nicht im Zusammenhang. Zumindest keinem erkennbaren.

Er musste sie also einzeln bearbeiten.

Nummer eins war der „undercoat" der sächsischen Prinzessin. Immerhin so besonders, dass sich ein japanischer Professor für Materialkunde dafür interessierte.

Der „undercoat", da war sich Götz inzwischen sicher, stellte die Unter- oder Grundlage eines Gemäldes dar. Also das, was sich unter der Farbe verbarg. Im Gegensatz zu dem Japaner, durfte er die Ölgemälde Lucas Cranachs genauer unter die Lupe nehmen, ohne eine Festnahme befürchten zu müssen. Natürlich nur außerhalb der Besuchszeiten und nachdem er die Alarmanlage ausgeschaltet hatte. Die Videoüberwachung lief weiter, aber das störte ihn nicht. Im Gegenteil, da wurde visuell dokumentiert, wie ernst er die Aufgabe nahm, Sicherheit zu gewährleisten. Nicht nur für die sächsische Prinzessin, sondern für alle.

Cranachs Ölgemälde waren über die ganze Welt verstreut. Nur bei Ausstellungen wie der jetzigen in Kronach traf sich ein Teil des Gesamtwerkes sozusagen zu einer Familienfeier.

Aus Frankfurt, St.Petersburg, Weimar, New York, Florenz, Tokyo, Detroit, Brüssel, Washington und vielen anderen Städten waren sie angereist. Ganz unterschiedliche Größen, Formate und Motive. Natürlich auch das aus Amsterdam, sein Lieblingsbild.

Nur in einer solchen Gesamtschau, über die kein einzelnes Museum oder eine Privatsammlung verfügte, konnte man sich dem Thema »undercoat« in seiner ganzen Bandbreite widmen. Mit der Aussicht auf Erfolg und unter Anwendung statistischer Betrachtungsmodelle.

Das bedeutete zwangsläufig, dass er auch die »Gerechtigkeit« nur als einen Bestandteil des Ganzen betrachten durfte. Emotional schwierig, aber es musste sein.

Wissenschaftliche Forschung nahm eben keine Rücksicht auf Gefühle.

Bei der sächsischen Prinzessin, die den Japaner so in ihren Bann gezogen hatte, wurde der »undercoat« mit Rotbuche angegeben. Das fand Götz erst einmal ungewöhnlich, aber noch nicht wirklich auffällig.

Soweit er wusste, hatten die Maler der Renaissance, wie auch die heutigen, ihre Farben überwiegend auf Leinwand gepinselt. Falls sie nicht gerade bei einem Wand- oder Deckengemälde die Malerei direkt auf dem Putz anbrachten. Selbst bei Monumentalwerken, deren Größe sich leichter in Quadratmetern als in Zentimetern angeben ließ, wurde Leinwand als Grundlage verwendet. Machte ja auch Sinn, des Gewichtes wegen, auch wenn die damaligen Gebäude stabilere Mauern hatten als die heutigen. Ölfarben waren der Standard. Aquarelle aus Wasserfarben waren zwar bekannt, aber weniger verbreitet oder weniger erhalten.

Systematisch arbeitete sich Götz von einem Bild zum nächsten, mit stetig wachsendem Staunen.

Das Ergebnis seiner Untersuchung war verblüffend und irritierend zugleich.

In der heutigen Terminologie würde man Lucas Cranach vielleicht als einen Nerd bezeichnen. Einen intelligenten oder hochbegabten Sonderling, mit einer ganz speziellen Vorliebe. Einer, die logisch nicht begründbar war. In diesem Falle für Holz.

All seine Ölgemälde, und zwar ausnahmslos alle, waren auf Holz gemalt. Zumindest diejenigen, die in Kronach ausgestellten waren. Sicher nicht das Gesamtwerk, aber ein repräsentativer Anteil, der nach Götz' Meinung einen Analogieschluss erlaubte.

Bei keinem war die Farbe auf Leinwand aufgetragen, wie man das zumindest für einige Bilder erwartet hätte.

Dass Lucas Cranach keine Leinwand zur Verfügung gestanden hatte, widersprach allen Gesetzen der Wahrscheinlichkeit. Leinwand war neben Wolle damals der Standardstoff. Baumwolle gab's noch nicht. Weshalb also hatte er all seine Ölgemälde auf sogenannten Holztafeln gefertigt?

Und, was genauso verblüffend war, kein Kulturmensch hatte sich bisher mit diesem Phänomen beschäftigt. Bemerkt hatten sie es schon. Deshalb hatten sie den Begriff der „Holztafel" eingeführt.

Rein wissenschaftlich betrachtet waren diese Holztafeln nichts anderes als Bretter. Nicht besonders dick, auch nicht besonders breit oder lang, sondern einfach nur kleine Bretter.

Und was Götz schon nach wenigen Bildern auffiel, war die Sorglosigkeit mit der man die Materialdefinition dieser Bretter vorgenommen hatte. Die Formatangaben nach Länge und Breite stimmten. Das hatte er mit einem Zollstock überprüft. Aber

Länge und Breite waren nur eine Minimalfestlegung. Etwa so, wie wenn ein Zeuge einen Täter als groß und dünn beschrieb, aber nichts über dessen Kleidung, Gesichtsform, Haarfarbe und ähnliche Merkmale zu sagen wusste. Das kam zwar in der alltäglichen Praxis häufig vor, aber normale Zeugen wurden auch nicht als Experten gehandelt. Da wusste man, wie zweifelhaft deren Beschreibungen ausfallen konnten. Bei der Angabe zu den Brettern, also dem »undercoat«, waren jedoch angeblich Spezialisten tätig gewesen. Menschen mit geschultem Blick für das Detail.

Nach Götz' Recherche, die nur wenige Stunden in Anspruch nahm, durften nur wenige von ihnen diesen Ehrentitel in Anspruch nehmen.

Zum Beispiel derjenige, der die sächsische Prinzessin von hinten betrachtet hatte. Sie thronte auf Rotbuche. Das war eindeutig und akzeptabel.

Bei mehreren Bildern lautete jedoch die Angabe nur: „auf Holz gemalt". Noch nie hatte Götz bei einem Gemälde die Beschreibung gesehen oder gehört, die lautete: „auf Leinwand oder auf Papier gemalt". Das Holz, gleich welches, schien demzufolge eine Besonderheit oder die Ausnahme zu sein.

In einem zweiten Durchgang erstellte Götz eine Liste der Hölzer, die zumindest eine approximative statistische Auswertung zuließ.

Etwa zehn Prozent der Untergründe bestanden nur aus Holz, ohne weitere Angabe. Linden- und Rotbuchenbretter machten überschlagsmäßig weitere fünfzig Prozent aus. Wobei Götz auffiel, dass die Linde im Gegensatz zur Rotbuche nicht genauer beschrieben wurde. Es blieb also unbestimmt, ob das Holz der Winter-, Sommer- oder Silberlinde zum Einsatz gekommen war.

Die restlichen geschätzten vierzig Prozent verteilten sich in ähnlichen Anteilen auf Hölzer ganz unterschiedlicher Art.

Es gab Bretter oder Holztafeln aus Buche. Nicht Rotbuche, sondern nur einfach Buche. Wo doch allgemein bekannt war, dass es neben der Rotbuche auch eine Weiß- und eine Hainbuche gab.

Wahrscheinlich sogar noch mehr.

Auch bei den Eichenbrettern hatte man auf die Feinunterscheidungen der Varietäten verzichtet oder halt absolute Ahnungslosigkeit bewiesen. Dabei war doch die Eiche der „deutsche Baum" schlechthin.

Schon die Feldherren und Legionäre Roms hatten sich über die undurchdringlichen Eichenurwälder Germaniens beklagt. Wahrscheinlich deshalb, weil die einheimischen Kelten und Germanen sie für Hinterhalte nutzten. Auch die deutschen Militärs der Neuzeit liebten die Eiche. Insbesondere ihre Blätter, denn Orden und Auszeichnungen wurden mit und ohne Eichenlaub verliehen. Mit war immer besser. Bedeutete also eine Steigerungsform. Tapferer, schwerer verwundet oder so. Die deutschen ein, zwei und fünf Eurocent-Münzen trugen als Nachfolger des berühmten Pfennigs ebenfalls stolz das Eichenlaub, und wahrscheinlich gab es noch unzählige Beispiele, die den Stellenwert der Eiche als deutsches Kulturgut untermauerten.

Bei all diesen historisch orientierten Symbolen, die tausend- bis millionenfach produziert wurden, wäre es natürlich unwesentlich, wenn nicht sogar kleinlich, anzugeben von welcher Eichenvarietät die abgebildeten Blätter stammten.

Bei einem Cranachbild aber war das etwas ganz anderes. Jedes Einzelne von ihnen stellte ein wertvolles Unikat dar und da konnte man schon erwarten, dass auch ihre Grundlage genau spezifiziert wurde. Und zur Auswahl standen in alphabetischer Reihenfolge, ohne Anspruch auf Vollständigkeit, die Flaum-,Rot-, Stein-, Stiel-, Trauben- und Sumpfeiche. Dazu käme eigentlich noch die Korkeiche, die aber klimatisch bedingt in Mitteleuropa nicht vorkam und deshalb wahrscheinlich ignoriert werden konnte.

Aber da man sich schon bei dem Referenzbaum Deutschlands keine Mühe gegeben hatte, war es nicht weiter verwunderlich, dass auch bei Tanne und Fichte die Varietät nicht genannt wurde.

Cranach war es wahrscheinlich vollkommen egal gewesen, aus welchem Holz das Brett bestand, solange die Größe, Form und

Qualität zu seinem geplanten Werk passte.

Die Fehlleistung der unzureichenden Deklaration ging also voll zu Lasten heutiger Kunstexperten.

Cranach konnte auch noch nichts über die Systematik der Taxonomie wissen. Die war erst lange nach seinem Ableben „erfunden" worden. In der Mitte des achtzehnten Jahrhunderts. Von dem schwedischen Naturforscher Carl von Linné. Der hatte die Grundlagen des Stammbaumes für Pflanzen geschaffen. Ihre Unterteilung in Gattungen, Ordnungen und Varietäten. Und damit er und keiner der späteren Entdecker irgendeiner Pflanze in Vergessenheit geriet, durfte sich jeder Pflanzenforscher zusätzlich mit seinem eigenen Namen in der lateinischen Bezeichnung verewigen.

Anders als Cranach waren den Experten der Neuzeit die Lehren Linnés und seiner Nachfolger zugänglich. Absolut kein Geheimnis oder gar hohe Wissenschaft, denn heutzutage sollte jeder gut ausgebildete Schreiner oder Tischler feststellen können, um welches Holz es sich handelte. Selbst Götz erkannte den Unterschied zwischen Buchen- und Fichtenholz. Und das, obwohl kein Mensch in der Polizeiausbildung solche Kenntnisse verlangt hatte.

Bis dahin hatte sich Yildiz gestern Abend Götz' Erkenntnisvortrag angehört. Wenn auch nicht mit der üblichen Aufmerksamkeit, die er von ihr gewohnt war.

Schließlich war sie eine herausragende Expertin für die Materialkunde historischer Relikte. Und Lucas Cranach interessierte sie immer. Nur gestern anscheinend nicht.

Irgendwie hatte er das Gefühl, es gab etwas anderes, was sie beschäftigte. Etwas, was ihr ungleich wichtiger erschien. Anscheinend aber nichts, worüber er sich Sorgen machen musste, denn selten hatte er sie so gut gelaunt und gelöst erlebt wie in den letzten Tagen. Nur was die Quelle dieser Euphorie darstellte, damit rückte sie nicht heraus.

»Weißt du ...«, hatte er noch gesagt, um ihr das Thema Holz doch irgendwie schmackhaft zu machen, »Es ist ein Glück, dass sich diese selbsternannten Kunstexperten nicht für die Polizeilaufbahn entschieden haben. Mit solch dürftigen und ungenauen Angaben würde unsere Aufklärungsrate dramatisch sinken.«

Yildiz verschwand vom Bildschirm. Erst glaubte Götz an eine Unterbrechung der Verbindung, aber Skype übertrug störungsfrei die akustische Kommunikation. Hemmungsloses Gelächter und Gekicher, das nur von Yildiz stammen konnte. Als sie wieder vor dem Kameraauge des Laptops erschien, kullerten noch immer Tränen über ihre Wangen. Sie schniefte, dann sah sie Götz tief in die Augen. Zumindest wirkte das auf dem Bildschirm so.

»Ich glaube, mein Geliebter, du bist mal wieder als Oberlehrer der Nation unterwegs.«

»Welcher?« hatte er gefragt, weil er nicht recht wusste, ob sie die deutsche oder die türkische Nation meinte, und wie türkische Oberlehrer unterwegs waren, entzog sich seiner Erfahrung.

»Nun, ich denke, dass Holz, gleich welches, definitiv nicht die interessanteste Fragestellung im Zusammenhang mit Lucas Cranach ist. Selbst dann nicht, wenn du in jedem einzelnen Punkt Recht hast. Woran ich überhaupt nicht zweifele.«

Ihren erneuten Heiterkeitsausbruch wollte Götz nicht als grundsätzlichen Zweifel an seinen Beobachtungen verstehen, sondern eher als Yildiz' momentane emotionale Perspektive zu dieser Fragestellung.

»Vielleicht nicht die interessanteste, aber eine noch völlig unerforschte«, versuchte er sein Untersuchungsergebnis zu verteidigen, nachdem sie sich wieder beruhigt hatte. Allerdings ohne Erfolg. Vorläufig. Denn aufgeben wollte er nicht. Schließlich konnte man den Oberlehrer nicht nur als Kritik verstehen, sondern auch als Ansporn. Vielleicht war er auch nur taktisch falsch vorgegangen.

Vielleicht hätte er mit der zweiten Erkenntnis beginnen sollen? Sozusagen dem wissenschaftlichen Abfallprodukt seiner Erstuntersuchung. Er bevorzugte allerdings anstelle von „Abfallprodukt" das Wort „Sekundärergebnis". Das klang nicht nur besser, sondern machte deutlich, dass es sich um etwas Ernsthaftes handelte und nicht nur irgendeine Spielerei, auch wenn er noch nicht wusste, wozu es dienen sollte. Noch nicht. Dieses Sekundärergebnis war nicht einmal dem japanischen Professor aufgefallen, obwohl es ebenfalls unübersehbar war und dessen ehemaligem Fachgebiet, der Materialkunde, zugerechnet werden konnte.

Außerdem, so glaubte Götz, war Farbe für Frauen wahrscheinlich interessanter als Holz.

Aber es war schon spät gewesen und deshalb war die Farbe bei seinem Gespräch mit Yildiz unter den Tisch gefallen.

Ließ man die in Kronach versammelten Ölbilder Cranachs, diesmal mit der bemalten Seite nach vorne, Revue passieren, sprang einem diese eine Farbe förmlich ins Gesicht.

Niemand zweifelte an Lucas Cranachs Genie, seiner Kunstfertigkeit oder seiner Perfektion in der Detailgestaltung.

Und genau das unterstrich die Frage nach den Gründen einer auffälligen Einseitigkeit. Daran änderte auch die historisch zweifelhafte Aussage eines Zeitgenossen nichts, der angeblich Folgendes behauptet hatte und Cranachs Kunst grundsätzlich abwertete.

»Bei Cranach sehen alle Gesichter aus wie die von süßen Schweinchen. Selbst die in seinen „silbrigen Akten".«

Mit den „silbrigen Akten" meinte der Kritiker die Frauenbilder, auf denen die Dargestellten ausschließlich mit einem hauchdünnen Schleier bekleidet waren. Eines von mehreren Markenzeichen Cranachs, die ihn schon zu Lebzeiten berühmt gemacht hatten.

Aber der Cranach-Neider, ein Bayer übrigens, hatte noch mehr zu meckern.

»Lucas Cranach, das sind nicht nur süße Schweinegesichter, sondern auch Arbeiterfüße.«

Was er damit meinte, würde wahrscheinlich sein Geheimnis bleiben. Altersbedingt.

Anatomisch betrachtet unterschieden sich die Arbeiterfüße nicht von den Gehwerkzeugen Adeliger. Auch nicht vor ein paar hundert Jahren. Und wenn überhaupt, dann höchstens durch den Gebrauch standesgemäß verschiedenen Schuhwerks, schlussfolgerte Götz.

Und die dritte Aussage »Die Gesichter der von Cranach dargestellten Personen sind durch knorpelige Ohren verunstaltet«, stand im absoluten Widerspruch zur Behauptung eins. Schweinchen, gleich ob süß oder nicht, hatten keine Knorpelohren. Diese Verunglimpfung von Menschen und Schweinen gleichzeitig bewies lediglich eine mangelnde Beobachtungsgabe des Cranachkritikers.

Verwunderlich, denn das vernichtende Urteil stammte nicht von irgendjemandem, der von Kunst, Perspektive und Darstellungsform keine Ahnung hatte, sondern aus dem Munde eines Kunstmalers. Eines ebenfalls berühmten und erfolgreichen. Noch dazu war er ein Zeitgenosse Cranachs.

Es war nicht bekannt, ob und wie Lucas auf diese kritischen bis beleidigenden Äußerungen reagiert hatte. Vielleicht gar nicht, weil er nichts davon erfahren hatte, oder der Begriff „der üblen Nachrede" im damaligen Strafrecht nicht existent gewesen war. Zumindest nicht in der Anwendung auf Bürgerliche.

Ganz anders sah das jedoch aus, wenn man über einen Menschen königlichen Geblütes sprach. Damals zumindest.

Zweifel an der Funktionsfähigkeit königlicher Spermien zu äußern, galt in England als Hochverrat. Auch die Vermutung, der König sei unfähig männlichen Nachwuchs zu zeugen, konnte mit dem Tod bestraft werden. Wenn man Glück hatte, wurde man für diese Behauptung nur geköpft. Aber im schlimmsten Fall, wenn der betroffene König über die Bedenken an seiner Zeugungsfähigkeit richtig in Wut geriet, wurde eine besonders barbarische Hinrichtungsart ausgesprochen.

Der Verurteilte wurde bei lebendigem Leib ausgeweidet.

Dabei waren die Zweifel an der königlichen Fortpflanzungsfähigkeit nicht unberechtigt. Selbst mit acht Ehefrauen gelang es Henry VIII. nicht, einen männlichen Nachkommen in die Welt zu setzen. Dass er der achte Henry war und acht Frauen geehelicht hatte, war ein Zufall. Obwohl sich Götz da nicht hundertprozentig sicher war. Vielleicht waren es doch nur sechs gewesen. Aber die Unzahl belegter und unbelegter Nebenfrauen machte die

Wahrheitsfindung ohnehin schwer. Unbestritten schien aber die Tatsache, dass seine Vaterschaft sogar bei den weiblichen Nachkommen in Frage gestellt wurde. Zumindest von seinen Gegnern. Und natürlich nur im Geheimen. Keiner war erpicht darauf, zur Volksbelustigung - offiziell hieß es Abschreckung - öffentlich wie ein Schlachttier behandelt zu werden. Allerdings mit einem entscheidenden Unterschied. Schweinen, Rindern und Schafen gegenüber war man gnädiger. Die wurden erst getötet und danach von ihren Innereien befreit. Henrys Sekretär Thomas Cromwell, nach ihm der mächtigste Mann im Staat, die Königstreuen ganz allgemein und die Historiker damals und heute bügelten dieses offiziell nicht existente königliche Versagen irgendwie aus. Dadurch blieb die Thron- und Erbfolge der Tudors gesichert.

Aus diesem Umfeld, in dem Klatsch und Tratsch, Intrige und Verrat wie in einer tropischen Atmosphäre wucherten, stammten die Äußerungen über Lucas Cranachs Fähigkeiten oder Unfähigkeiten. Angeblich von Hans Holbein dem Jüngeren, einem Augsburger, den es als Hofmaler Henrys des Achten nach England verschlagen hatte.

Weder für die süßen Schweinegesichter, noch für die Arbeiterfüße fand Götz eine Bestätigung. Und immerhin standen ihm fast hundert Ölgemälde als Vergleichsmaterial zur Verfügung. Und selbst bei einem Höchstmaß an Strenge konnte er keine Knorpelohren entdecken.

Dafür aber die immer wiederkehrende Farbe. Die hätte Holbein auffallen können. Dann wäre an seiner Kritik vielleicht etwas dran gewesen. So blieben seine Beurteilungen, wenn sie denn von ihm stammten, das geschmackorientierte Geschwätz eines eifersüchtigen Neiders. Kritik ohne sachliches Fundament.

Hätte Cranach in der Mitte des zwanzigsten Jahrhunderts gelebt, hätte man diese spezielle Verwendung einer einzigen Farbe auch als Sympathie für die abstruse Rassenlehre des Dritten Reiches missdeuten können. Die entlarvte sich zwar schon allein durch die Tatsache, dass weder der Führer noch andere Nazigrößen dem in dieser Rassenlehre definierten germanischen Grunddesign entsprachen, aber geglaubt und gepredigt hatten sie viele.

Ganz so weit hergeholt, wie es auf den ersten Blick schien, war diese Überlegung nicht. Vor dem dritten Reich hatte Lucas Cranach die „Gnade der frühen Geburt" geschützt. Aber antijüdische Strömungen, Pogrome, bei denen jüdische Mitbürger beraubt, ermordet und ausgewiesen wurden, hatte es auch zu dessen Lebzeiten gegeben. Nicht nur in Deutschland, sondern in allen europäischen Ländern.

Eine Erklärung für die Farbe war es dennoch nicht, denn Männer waren nicht davon betroffen.

Götz ließ sich nicht entmutigen und grübelte über andere mögliche Gründe nach. Motivsuche war immer schwierig. Vor allem dann, wenn man auf die Anwendung der Küchenpsychologie verzichtete. Der „Lieblingswissenschaft" von Krimiautoren, Journalisten und all derer, die den einfachen, direkten und scheinbar folgerichtigen Zusammenhang suchten. Aber eigentlich traf das auf neunundneunzig Komma X Prozent der Bevölkerung zu. Leider auch auf die Polizei, und förderte deshalb den hohen Beliebtheitsgrad dieser „Wissenschaft".

Nur war das Leben oft nicht so einfach gestrickt, wie sich das die Anhänger der Küchenpsychologie vorstellten.

Zwar war das Wahrscheinliche wahrscheinlich oft auch das Richtige, aber halt nur mit einem bestimmten Grad der Wahrscheinlichkeit. Die Suche nach der möglichst objektiven Wahrheit oder Wirklichkeit verlangte auch den Blick auf das eher Unwahrscheinliche.

Zum Beispiel Sparsamkeit. War das ein mögliches Leitmotiv für Lucas Cranachs einseitige Farbwahl gewesen?

Gutes Ein- und Auskommen, wie es der Maler in Wittenberg genossen hatte, schlossen Sparsamkeit nicht automatisch aus.

Künstlerfarben waren zu Zeiten Lucas Cranachs teuer. Sehr teuer sogar. Reine Naturprodukte, die aufwändig aus Pflanzen, tierischem Material, Steinen und farbigen Erden gewonnen wurden. Chemische Farbstoffe, im industriellen Maßstab produziert, stellten Erfindungen des neunzehnten und zwanzigsten Jahrhunderts dar. Erst da wurde Farbe zur Massenware. Preiswert in der Herstellung, lichtecht und brillant in der Tiefenwirkung. Für einen modernen Maler wurde ein großformatiges Werk nicht mehr automatisch zur Kostenfalle, falls er keinen Vorschuss für Materialausgaben erhalten hatte.

Eine der ersten Chemiefarben, so hatte Götz einmal gelesen, war das Aldehydgrün. Schon der Name wies eindeutig auf den Entstehungsprozess hin. Mit welchen Kunstgriffen der Chemie man aus schwarzem Teer, grüne, rote und andersfarbige Substanzen herstellen konnte, hatte er vergessen. Nur, dass die erste Generation dieser bunten Materialien deshalb Teerfarben genannt wurde, war ihm in Erinnerung geblieben, und die Geschichte, die das Aldehydgrün, so berühmt gemacht hatte.

Der deutsche Hersteller wollte das Aldehydgrün nach Frankreich exportieren. Schon damals wusste man um den Zusammenhang zwischen Werbung und Erfolg.

Gemeinsam mit einem französischen Tuchhändler färbte er einen Ballen Seide. Aus der grünen Seide entstand ein Abendkleid. Aufwändig, der Trägerin und dem Anlass angemessen - dem Besuch in der Pariser Oper. Die war eines der fortschrittlichsten Gebäude jener Zeit. Beleuchtungsmäßig. Anstelle von Kerzen spendeten Gaslampen das Licht im Foyer und erhellten die Räumlichkeiten. Aber dieser Fortschritt hatte seinen Preis.

Die neue, moderne Beleuchtung mochte nicht alle Farben. Oder umgekehrt. So verwandelte sich im Licht der Gaslampen selbst das prächtigste Grün in ein stumpfes Blau. Grau wäre natürlich noch schlimmer gewesen, denn welche Dame wollte in der Oper als graue Maus auftreten? Da waren die Abneigungen von damals und heute identisch. Aber wer damals Grün gesinnt war, egal aus welchem Grund, der wollte auch nicht blau erscheinen. Und stumpf schon gar nicht.

Das besagte Abendkleid aus aldehydgrüner Seide wurde im

Licht der Gaslampen weder stumpf noch blau. Wie an einem sonnigen Frühlingstag erstrahlte es in sattem Grün.

Die Trägerin dieses Abendkleides hieß Eugenie. Ihr Mann war Napoleon der Dritte und sie die Kaiserin Frankreichs.

Das aldehydgrüne Abendkleid leitete eine weitere französische Revolution ein. Die Revolution der Farben.

Nach heutiger Definition würde man den Opernauftritt der Kaiserin als klassische Promiwerbung bezeichnen, und das Operngebäude selbst wurde später noch einmal richtig berühmt. Wegen seiner Architektur und insbesondere der Kellergewölbe. Dort richtete ein Phantom seinen Wohnsitz ein, stieg bei Bedarf hinauf in eine der Logen und verliebte sich unglücklich. Auch in dieser Tragödie spielte Farbe eine Rolle. Das Weiß der Maske.

Basierend auf diesem sensationellen Erfolg des Aldehydgrüns entstiegen in den nächsten Jahrzehnten zehntausende Farbtöne mit unterschiedlichen Eigenschaften den Kesseln der Chemiker. Die Textilindustrie mit ihrem Hunger auf immer neue Farben war unersättlich.

Selbst berühmte Traditionshandwerke in noch viel traditionelleren Ländern erlagen der Versuchung der neuen chemischen Farbwelt. Handgeknüpfte Teppiche aus Persien, Afghanistan, Indien, Russland und der Türkei glänzten mit Farben aus überwiegend deutscher Produktion.

Aber Lucas Cranach hatte auch ohne diese Erfindung der Moderne nicht unter einem Mangel an Farben gelitten.

Ohne Übertreibung konnte man seine Bilder als prächtig, opulent und vielfarbig bezeichnen. Bis auf diese eine Ausnahme.

Und die hätte es nicht gebraucht, denn er saß direkt an der Quelle. Neben seinen Ämtern als Ratsherr, später sogar dreimaliger Bürgermeister von Wittenberg, Kunst- und Gebrauchsmaler mit festem Einkommen, betrieb er dort nicht nur seine Malwerkstatt, sondern auch eine Apotheke und einen Handel mit Farben. Malfarben.

Es gab also keinerlei Grund für ihn, mit Farbe sparsam umzugehen. Noch dazu in einem Bereich, in dem sich diese Sparsamkeit gar nicht auszahlte.

Nach Götz' überschlagsmäßiger Schätzung machten die betroffenen Stellen bei den meisten Bildern nicht einmal fünf Prozent der Gesamtfläche aus. Vielleicht sogar noch deutlich weniger.

Selbst Sparfüchse von McKinsey oder Bankvorstände mit scharfem Blick für unnötige Kosten würden das dort verborgene Einsparpotential als Peanuts abtun. Selbst dann, wenn diese Farbe besonders preiswert war und deshalb ständig verwendet wurde. Zu Lasten der natürlichen Vielfalt.

Dieses Phänomen tauchte nicht in allen Ölbildern auf. Es war denen mit weiblicher Beteiligung vorbehalten.

War das noch nie einem Kunstexperten aufgefallen?

Gleich ob alt oder jung, Kurfürstin oder Bürgersfrau, Heilige oder Sünderin, Mutter oder Tochter, einfach, höfisch, elegant, puritanisch, züchtig, leicht, nur mit einem Schleier oder gar nicht bekleidet, alle von Lucas Cranach dargestellten Frauen hatten die gleiche Haarfarbe. Ein rötlich schimmerndes Gold. Unpoetisch ausgedrückt waren sie alle Blondinen mit einem kräftigen Rotstich. Allerdings nicht Tizianrot, wie Götz sofort feststellte und damit einen möglichen Zusammenhang mit dem Plakatattentäter ausschloss.

Er persönlich liebte diesen rotgoldenen Farbton, aber erklärbarer wurde er dadurch nicht. Ein Maler war schließlich, anders als er, nicht nur seinem persönlichen Geschmack verpflichtet.

Die Farbnuancen des Rotblond in Cranachs Bildern waren so minimal, dass sie eine vernachlässigbare Marginalie darstellten. Einem flüchtigen Betrachter oder einem, der sie nicht gezielt miteinander verglich, würden sie überhaupt nicht auffallen. Wahrscheinlich waren sie das Ergebnis unterschiedlicher, altersbedingter Oxidationsvorgänge.

Schließlich handelte es sich auch bei dem Rotgold, wie bei allen anderen Farben, um ein Naturprodukt. Ungefähr ein halbes Jahrtausend alt. Und fünfhundert Jahre Haltbarkeit, das war auch für die stabilste, moderne Chemiefarbe eine Herausforderung. Ob das irgendeine überhaupt leisten konnte, war noch zu beweisen.

Warum also hatte Lucas Cranach alle Frauen mit der gleichen Haarfarbe ausgestattet?

Diese Thematik hätte Yildiz garantiert eher interessiert als die vom Holz. Und sei es nur wegen ihrer eigenen, absolut untürkischen Haarfarbe. Eben jenem Lucas-Cranach-Rotgold.

»Wolln Sa jezd nei oder ned, Herr Flößer?«, riss ihn die Stimme einer alten Frau aus seinen Überlegungen. Ihr Haar war nicht rotgolden, sondern grau. Fast weiß. Also absolut nicht cranachmäßig.

»Sie stehn jezd scho fasd seid aner halben Stund an der Dür und rührn sich ned vom Fleg.«

Sie sah ihm forschend ins Gesicht.

»Sie schaun irgendwie schlechd aus, Herr Flößer. Ganz käslaweis. Is wohl ganz schö anstrengend, do om auf der Fesdung in der Ausschdellung? Den ganzn Dooch Wache schiem.«

Sie schüttelte den Kopf.

»Die meisdn Leud dengn immer däs bewachn wär nix, wall mer ja bloß rumstehd und nix dud. Abber ich hab gsehn wie ostrengend des sei ko. Bei unserer ledzdn Seniornfahrd noch London. Un des sin doch noch ganz junga Kerl, die wo auf den Ballasd von der Gween aufbassn. Also die, mid der schwarzn Müdzn aus Bärnfell. An dem Dooch, wo mer die Liesbed besuchd hom, do wors doch so haaß. Des wor im Sommer zwadausendsechs, wo bei uns die Radisla im Gardn so gschossen sin, walls so warm wor. Ja und wie mer do on dem Schloss von der Gween vorbeigehn, do bollerd doch aner vo dia Bum mid der Bärnfellkappn einfach so um. Des müssen Sa sich amol vorstelln, Herr Flößer. Middn auf dem großn Blodz, wo alla Leud zuguggn könna. Hod ganz schö gerabbeld des Holzhäusla, wie der dodrin umgfalln is. Hom sa in der Ausschdellung aach so bunda Wachhäusla aus Holz? Ich mahn Sie und die annern Bolizisdn.«

12.

Mit einem warmen Gefühl im Brustkorb folgte Götz der alten Dame in die Metzgerei. Ihre Empathie um die Anstrengungen des „Wacheschiebens" hatte etwas Tröstliches. Ein persönliches „Highlight", wie Frau Dr. Winterkorn sagen würde. Selbst dann, wenn heute nichts weiter passierte, was dem Tag etwas Würze verlieh. Gleichzeitig war er beunruhigt. Sein angegriffener Gesundheitszustand war offensichtlich so deutlich sichtbar, dass er selbst einer alten Frau auffiel. Einer, die er nur ganz flüchtig vom Sehen kannte, weil sie wie er Stammkunde beim Höring war.

»No wie gehds denn heud so, Frau Hänfling? A Glanichgeid für den Hunger zwischendurch? Sie sin ja ned so a Süßa, sondern mehr für des Herzhafde, wechn ihrer Diabedes, gell?«, wurde die alte Dame in der Metzgerei begrüßt.

Von Ilka Möhring. Einer, oder wie Götz fand, von DER Metzgereifachverkäuferin schlechthin.

Ilka Möhring verwöhnte jeden ihrer Kunden.

»Die Fraa Möhring beim Höring, des is a ganz nedda und fidda. Bei der muss mer aach ned lang wardn, so wie die rumrennd«, darin waren sich alle Kunden einig. Andreas Blöcher eingeschlossen und der setzte als Leistungssportler bei Fitness und Herumrennen sicher hohe Maßstäbe. Zumindest hatte er das bis vor einigen Tagen getan. Seither hatte er nicht mehr von „seiner Ilka" gesprochen, wobei sich das bei ihm immer wie „mei Milga" anhörte. Nicht ganz unzutreffend, denn ähnlich auffällig wie ein lila Rindvieh waren Ilka Möhrings häufig wechselnde Haartrachten und deren Farbgebung. Momentan war als Nachfolge von Neongelb Fuchsrot mit Leuchtpigmenten angesagt. Hochgegelt und zu einem künstlerischen Strubelkopf geformt. Einfach wild. Selbst wenn man die auf der Loveparade gezeigten Haartrachten als Maßstab anlegte.

Aber an beidem, sowohl den grellsten Farben und den wildesten Formen, nahmen selbst die allerkonservativsten Kronacher keinerlei Anstoß. Zumindest nicht diejenigen, die beim Höring einkauften.

Ilka war ein Verkaufsgenie. Nicht nur aus Sicht ihres Arbeitgebers, sondern gleichermaßen aus der Warte ihrer Kundschaft.

Ilka kannte nicht nur jeden Stammkunden beim Namen, sondern auch deren Vorlieben und Abneigungen und natürlich wusste sie genau Bescheid darüber, was die meisten am stärksten bewegte. Etwa deren Krankheiten und Gebrechen. Deutschlands meistgeschätztem Gesprächsstoff, auf Platz eins, weit vor dem Wetter. Ilkas phänomenales Gedächtnis war in dieser Hinsicht umfangreicher als jedes Krankendatenblatt und sie war durch keinen Paragraphen zur Verschwiegenheit verpflichtet.

Götz hatte einmal erlebt, wie sie einer Kundin ein neues Produkt schmackhaft machte. Absolut verbraucher- und gesundheitsorientiert. Die übergewichtige Dame hatte Schinkenspeck verlangt und erhielt stattdessen folgende Offerte:

»Unser Schingenspeg is ja aach ganz macher. Also immer a gude Wahl. Aber wenn ich Ihna do amol wos Neues und wos ganz Besonderes embfehlen derf, Frau Geisenberger. Unser Bräsaola vom Rind. Zergehd auf der Zunga wie Budder, hod abber bragdisch null Fed und is deswechen sozusagn die Idealdiäd wenn mer an zu hohen Golesterinschbiegl hod. Däs däd ich Ihna ans Herz legn, aach wenns a weng deurer is. Schließlich is die Gesundheid des werdvollsde was mer hom.«

Wer konnte da wiederstehen. Und wer zum Höring kam und nicht wusste, was er kochen sollte, ging nicht nur mit einer perfekten Zusammenstellung für das Mittagsmahl nach Hause, sondern bekam das passende Rezept mit allen Details der Zubereitung gratis mitgeliefert. Vorausgesetzt man wurde von Ilka Möhring bedient. Sie wusste, was die Menschen wollten.

Götz klemmte den noch ungelesenen „Kronacher Tag" unter den Arm, als Frau Hänfling die Metzgerei verließ. Zeitungslektüre war Dienst, aber heute hatte er noch keine Gelegenheit gehabt, diese Pflicht zu absolvieren.

»No, heud ganz allans, Herr Flößer?«

Götz glaubte einen Anflug von sichtbarer Entäuschung in Ilka Möhrings Gesicht zu sehen. Solche Patzer gegenüber ihren Kunden erlaubte sie sich sonst nie. Üblicherweise strahlten die Sommersprossen, die ihre schneeweise Gesichtshaut bevorzugt in der Stupsnasenpartie zierten, wie kleine funkelnde Begrüßungslaternchen.

»Ja, Herr Blöcher vertritt mich gerade oben in der Ausstellung.«

Die Leuchtkraft der Laternchen schien noch ein wenig blasser zu werden. Und noch schlimmer, jetzt schaute Ilka beinahe so, als sei sie böse. Auf ihn.

»Stimmd des denn, des die FBI-Agendin, die Sa exdra für die Ausschdellung aus Ameriga ghold ham, su a Hübscha is?«

Jetzt wurde Götz klar, Frau Möhring war nicht böse, sie hatte einfach Angst. Um ihren Andreas. Genauer gesagt, vor dem Verlust ihres Andreas. Sollte er deshalb lügen? Sozusagen aus humanitären Gründen? Lieber nicht. Das Risiko einer schnellen Aufdeckung der Unwahrheit war zu groß.

»Unsere Kollegin aus Amerika ist ausgesprochen attraktiv. Keine Frage. Und wenn ich sie mit jemandem vergleichen müsste, also ich meine mit jemandem, der genauso hübsch ist wie sie, dann fiele mir hier in Kronach nur eine einzige Person ein.«

Götz machte eine kleine Kunstpause, damit das, was er als Trost plante, genügend Zeit hatte, seine Wirkung zu entfalten.

»Das sind Sie, Frau Möhring. Nur halt auf cinc andcrc Art als unsere amerikanische Kollegin.«

Das entsprach ungefähr der Wahrheit, denn Yildiz war zur Zeit in Istanbul.

Die Sommersprossenlaternchen leuchteten kurz auf.

»Sie sin su a richdicher Scharmör, Herr Flößer. Aber …«

Das Leuchten verging und stattdessen kullerten urplötzlich Wassertropfen aus ihren Augen und sammelten sich an der Spitze ihrer Stupsnase.

Eilig zog Frau Möhring ein Taschentuch aus ihrem blütenweißen Arbeitskittel und tupfte sie weg.

»… aber warum hod sich dann der Andi seid sechs Dooch ned mehr bei mir bliggen lassen?«

Da hatte Götz zwar keine Ahnung, bestenfalls eine Vermutung, aber die war ohne Beweiskraft und obendrein würde das gemeinsame Schwimmtraining von Andreas und Denise schwerlich Frau Möhrings Ängste zerstreuen. Schon gar nicht, wenn man berücksichtigte, dass da Denise klar im Vorteil war. Ilkas Hauttyp ließ eindeutig erkennen, dass ein Freibad mit potenziell hohem Sonnenangebot nicht zu ihren bevorzugten Aufenthaltsorten zählte. Weiß mit Sommersprossen war da Milchkaffee eindeutig unterlegen. Und durch Ozon oder Chlor keimfrei gemachtes Wasser vertrug sich vielleicht auch nicht mit Frau Möhrings Ambitionen nach buntem Gefieder.

Aber Fakten hatten nur selten Einfluss auf Emotionen und deshalb entschloss sich Götz zu einer anderen Form der Beschreibung der momentanen Situation.

»Also wir haben da oben fast Tag und Nacht zu tun. Und irgendwann muss auch ein Spitzenmann wie ihr Andreas mal ein paar Stunden schlafen. Fast die Hälfte der Zeit haben wir ja schon rum und danach wird es garantiert wieder besser.«

Götz hoffte, dass er dieses Garantieversprechen nie einlösen musste, denn leider war er sich da keineswegs sicher. Aber es gab Zeiten, in denen war eine gute Notlüge besser als die beste Wahrheit. Notlügen waren so etwas Ähnliches wie Notwehr. Bei der gab es auch keine Garantie auf Erfolg.

Zum einen verstand er den Polizeihauptmeister, zum anderen wieder nicht. Denise Petitechaperon aus Louisiana war sozusagen die exotische Komponente, die urplötzlich in dessen oberfränkisches Alltagsleben getreten war.

Nur zu genau erinnerte sich Götz daran, wie es ihm vor ein paar Monaten ergangen war. Yildiz hatte ihn mit der Wucht und der Geschwindigkeit eines ICE von über zweihundert Stundenkilometern überrollt. An Ausweichen oder gar Gegenwehr war da gar nicht zu denken gewesen. Er hätte es auch gar nicht gewollt.

Aber bei Andreas Blöcher lag der Fall anders. Der war bereits vergeben. Und außerdem war Ilka Möhring nicht weniger exotisch als Denise. Aber sie war halt ein Kronacher Paradiesvogel und an dessen Anblick hatte sich Andreas Blöcher anscheinend gewöhnt. Mit Vernunft ließ sich die abnehmende Verführungskraft von Farben nicht erklären.

Erneut begannen Tränen zu kullern.

»Wissen Sa wos, Herr Flößer? Des der Lugas Granach in Gronach geborn is, des hod doch gor nix zu sogn. Berühmd geworn is er doch wo ganz anners. Der is ach ned besser gewesn wie die meisdn Fußballbrofis oder annera Schbordler heudzudach. A glaaner Verein baud sa auf und wos machen sa dann?«

Götz zuckte mit den Achseln, denn er wusste nicht, wohin der plötzliche Themenwechsel führen sollte. Was hatte Ilkas Verhältnis zu Andreas Blöcher mit Lucas Cranach und dessen Karriere zu tun?

»Dann, wenn der glaane Verein jahrelang in dia Kerl invesdierd hod, dann gehen sa zu an berühmdn Glub, wo sa des große Geld scheffeln. Genau su aner wor der Lugas Granach aach. Der is doch bluoß dem Geld hinderhergerennd!«

Sie tupfte mit dem Taschentuch, bewies dabei jedoch genügend Kaltblütigkeit, die Kajalbetonung ihrer Augenpartie unbeschädigt zu lassen.

»Also mich bringa kana zehn Gäul do nauf in die Ausschdellung. Des könna Sa mer glaum, Herr Flößer.«

Die Heftigkeit dieser Aussage überraschte Götz. Neben Holbein dem Jüngeren war Ilka Möhring nun schon die zweite Kritikerin an dem alten Meister. Wenn auch mit einer völlig anderen Begründung. Zu dieser emotionalen Verurteilung Cranachs passten auch die wilden Messerschnitte, mit denen Ilka Möhring seinen Einkaufswunsch erledigte. Wütend klappte sie die Brötchen auf und deponierte ungewohnt lieblos die Scheiben des Leberkäses auf der Unterseite. Die hatte sie nicht von einem Laib aus der Warmhaltetheke abgeschnitten, sondern eher abgehackt. Die obere Brötchenhälfte drückte sie mit solcher Vehemenz darauf, als wolle sie den Inhalt ersticken.

Ihre Handhabe erinnerte Götz an einen Scharfrichter, der mit Wut und bloßer Kraft anstatt der von ihm erwarteten schmerzfreien Eleganz das Haupt eines ihm anvertrauten Delinquenten vom Leib löste.

Das waren höchst alarmierende Anzeichen emotionaler Erregung. Ausgelöst durch das, was die Kriminalisten „Motivübertragung" und die Psychologen „Aggressionstransfer in Folge traumatischer Erlebnisse" nannten. Dazu zählte auch die Liebe. Die enttäuschte zumindest.

Lucas Cranach war zur Zielscheibe weiblichen Zorns geworden. Stellvertretend für Andreas Blöcher.

Vielleicht, dachte er beim Verlassen der Metzgerei, lag in einem ähnlich hochpsychologischen Emotionsdschungel auch das Motiv des Plakatattentäters verborgen. Gleichzeitig erhöhte sich mit dieser Erkenntnis die Zahl der potenziellen Täter. Um ziemlich genau einhundert Prozent, wenn man den etwa zweiprozentigen Frauenüberschuss in Kronach außer Acht ließ. Wenn auch unausgesprochen, waren sie bisher immer von einem männlichen Täter ausgegangen. Doch Ilka Möhring hatte ihm wieder einmal vor Augen geführt: Frauen waren zu allem fähig. Vor allem dann, wenn sie verletzt wurden. Da konnten sie zu Berserkerinnen werden, die vor nichts Halt machten. Noch nicht einmal vor unschuldigem Leberkäse. Weibliche Rachsucht kannte offenbar keine Grenzen.

 **13.**

Was für greifbare Fakten haben wir bisher, fragte sich Götz auf dem Rückweg zur Festung Rosenberg, nachdem er seine Unterhaltung mit Frau Möhring noch einmal genau analysiert hatte.

Trotz Ilkas scharfer Kritik an Cranach stufte er sie als „unverdächtig« ein. Eifersucht, eines der tragfähigsten Motive, war zwar bei ihr nicht zu leugnen, aber als Plakatattentäterin kam sie dennoch nicht in Frage.

Auch Motive, genauer gesagt die Umstände, die als ihr Auslöser anzusehen sind, müssen einer Zeitschiene zugeordnet werden. Eine Betrachtung und Einordnung, die die Küchenpsychologen gern außer Acht ließen und nicht merkten, dass sie ihr folgendes Gedankengebäude auf dem falschen oder ganz ohne Fundament errichteten.

Die Plakatdrohung mit dem Charakter einer Attentatsankündigung war vor Denise' Eintreffen, sogar noch vor deren Berufung durch das bayerische Innenministerium erfolgt. Zu diesem Zeitpunkt war zwischen Andreas Blöcher und »seiner Milga« noch alles in bester Ordnung gewesen. Beweis: Bei einem der letzten Besuche in der Metzgerei Höring, dem Tag, an dem der Polizeihauptmeister die verunstalteten Plakate entdeckt hatte, hatte Ilka einen ganz frischen Leberkäse geholt. Direkt aus dem Backofen und nicht aus der Warmhaltetheke. Frau Möhrings potenzielle Täterschaft schloss sich demzufolge wegen fehlender Koinzidenz aus. Weder ein zufälliger noch ein geplanter Zusammenfall von Ereignissen war denkbar. Wahrscheinlich war auch ihre Cranachkritische Haltung erst später entstanden. Ausgelöst durch Denise Petitechaperon, oder wegen deren Wirkung auf Andreas Blöcher, woran die Amerikanerin aber unschuldig war. Glaubte Götz wenigstens.

Die Faktenlage rund um den Plakatattentäter war also nach über zwei Wochen ebenso dünn wie am ersten Tag. Nicht gerade ermutigend. Insbesondere dann, wenn man die alte Polizeiregel berücksichtigte.

»Jeder Tag, der zwischen der Tat und dem Erkennen des Täters liegt, macht die Aufklärung schwieriger. Hat man den Täter erst einmal im Visier, dann geht es NUR noch um das Beibringen von Beweisen.«

Dass dieses NUR manchmal auch schwierig oder gar unmöglich war, verschwieg der Lehrsatz. Aber das hatten einfache Aussagen so an sich.

Trotz dieser eher trüben Überlegungen versuchte Götz jede Minute seines Freigangs außerhalb der „Cranach-JVA" zu genießen. Natürlich sprach er nie laut aus, dass er sich in den Ausstellungsräumen inzwischen sowohl als Gefangener als auch als Wächter fühlte. Der Wechsel zwischen beiden so unterschiedlichen Positionen konnte im Minutentakt stattfinden. Ohne erkennbaren äußeren Anlass. Und dieses Hin und Her, jeweils zu einem vollständig anderen Rollenverständnis, war mit einer einfachen depressiven Verstimmung nicht erklärbar. Frau Dr. Winterkorn würde keinen Augenblick zögern, ihm eine akute schizoide Persönlichkeitsspaltung zu bescheinigen. Sie war eine Frau der schnellen Entscheidungen und eine begnadete Küchenpsychologin. Und bei Frau Hängerla würde sie sicher Unterstützung finden.

»Der Herr Flößer wor seelisch scho immer a weng labil. Der dengd meisdens so um die Eggn rum, dass es a Wunner is, dess er überhabst grodaus laufn ko.«

Oder so ähnlich.

Aus diesem Grund behielt er auch seine gesammelten, aber noch nicht verwertbaren Ermittlungsergebnisse für sich. Sowohl die zum Holz, mit Erkenntnissen über Bäume und deren Varietäten, als auch die über Farben. Tizianrot auf den Plakaten und Rotgold in Cranachs Gemälden. Aldehydgrün hatte er aussortiert, denn es kam weder auf den Plakaten noch in Lucas Cranachs Gemälden vor.

Zu genau konnte er sich vorstellen, wie ihm die Münchner Hauptkommissarin, mit einem süffisanten Lächeln auf den Lippen, die Frage stellte:

»Und wie bringen uns diese zusammenhanglosen und dabei noch äußerst bescheidenen Erkenntnisse voran, Herr Flößer? Sind Sie jetzt unter die Kunstinterpreten oder die Historiker gegangen?«

Das Wort „idiotisch" würde sie nicht gebrauchen, denn das

hätte Beleidigungscharakter und wäre ein potenzieller Grund für eine Dienstaufsichtsbeschwerde.

Yildiz würde ihn vielleicht ebenfalls mit Fragen konfrontieren. Die würden aber anders lauten. Und bei aller türkischen Direktheit zu der sie fähig war, würden ihre Zweifel einen positiven Ausblick mit Motivationscharakter beinhalten.

»Siehst du irgendeinen Zusammenhang, Götz? Ich nicht. Oder wenigstens noch nicht. Aber das heißt nicht, dass er nicht existiert. Ihr kämpft möglicherweise nicht nur mit einem Mangel an Fakten, sondern mit einer Beschränkung eurer Sichtweise und Interpretationsfähigkeit.«

Es wäre interessant zu sehen, wie die Münchnerin darauf reagieren würde, als strikter Anhängerin des Berichtswesens und mit ihren egozentrischen Vorstellungen von strategischer Führung und Motivation. Mit Yildiz als Chefin könnte man gut leben. Mit Frau Dr. Winterkorn hingegen …? Naja, ihre Kronacher Tage waren gezählt. Höchsten noch eineinhalb Wochen, dann würde sie sich in München wieder ihrem Aufstieg zu „Höherem" widmen.

Obwohl sich Götz für seinen Einkaufsweg viel Zeit gelassen hatte, stand er viel zu früh vor dem Festungstor, von dem Lucas Cranach herabblickte.

Auch der sah heute müde aus. Aber das mochte auch am Wind liegen. Der kräuselte den Stoff, erzeugte Falten und einen angestrengt wirkenden Gesichtsausdruck. Cranachs feines Lächeln sah gequält aus. Kein Wunder, jeden Tag tausende Besucher mit stetiger Freundlichkeit begrüßen, war auch Schwerstarbeit.

Die Presse, der Veranstalter und die meisten indirekt Beteiligten hatten es hingegen leicht. Die konnten in höchsten Tönen den großen Zuspruch bejubeln. Die standen ja nicht an der Front des täglichen Geschehens. Ließen sich nur ab und zu blicken, fragten dann die Zahl der Besucher ab, inklusive deren Herkunft und erstellten daraus ein Besucherranking. Das wurde täglich im „Kronacher Tag" abgedruckt und hatte Ähnlichkeit mit dem Medaillenspiegel einer Olympiade. Dass Deutschland die Besucherliste mit großem

Vorsprung anführte, war nicht verwunderlich. Für die Deutschen war die Ausstellung sozusagen ein Heimspiel. Warum aber ausgerechnet Niederländer und Italiener mit ständig wechselnden, aber kontinuierlich wachsenden Zahlen um die Plätze zwei und drei fochten, das gab Rätsel auf. Aber mit irgendetwas mussten sich Journalisten beschäftigen. Jeden Tag etwas Neues berichten, war schon eine Herausforderung und da bot sich dieses Zahlenspiel mit entsprechenden Vermutungen über die kulturbedingten Hintergründe an.

Das Leben Cranachs hatten die Presseorgane, allen voran der „Kronacher Tag", zuerst abgegrast. Ganz systematisch und chronologisch halbwegs geordnet, wie Götz zugeben musste, wenn auch fast immer eine Bewertung der geschilderten Ereignisse fehlte. Das fing mit Lucas' Geburt in Kronach an. Daran gab es keinerlei Zweifel. Anders sah das bei der Festlegung des Geburtshauses aus. Das war vielleicht nicht uninteressant, aber streng genommen hatte es nur für den Bedeutung, der das Schild anbrachte.

»In diesem Haus wurde Lucas Cranach d. Ä. geboren.«

Wenn man das Für und Wider genau verfolgte, waren ursprünglich zwei Gebäude in Frage gekommen. Am Ende hatte möglicherweise der Wurf einer Münze für das „Scharfe Eck" entschieden.

»Neben der Lehre als Maler im väterlichen Betrieb besuchte Lucas die Lateinschule in Kronach.« Ob er durfte oder musste, kam nicht zum Ausdruck. Vielleicht sollte er etwas „Besseres" werden. Für den Malerberuf war Latein nicht zwingend erforderlich. Soviel stand fest. Die italienische Herkunft des Vaters war auch nicht direkt eine sinnvolle Begründung für den Besuch einer Lateinschule, denn schon damals hatten die Italiener die Sprache ihrer Vorfahren aufgegeben oder bis zur Unkenntlichkeit verändert.

Italienisches Temperament wäre auch keine mögliche Erklärung, denn deutsche Beleidigungen und Flüche waren ebenso wirkungsvoll wie lateinische. Und mit einem gestörten Nachbarschaftsverhalten waren Teile der Cranach-Familie in Kronach aufgefallen. Das konnte man den heutigen italienischen Betreibern von Eissalons und Pizzerien keinesfalls nachsagen. Wertfrei ausgedrückt, könnte man die Cranachs, nach heutigen Maßstäben, als „streitbar" bezeichnen.

Aber das traf summarisch auf die meisten Franken zu, behaupteten zumindest die Bayern.

Berühmt waren die Cranachs damals noch nicht und verehrt oder übermäßig geschätzt wurden sie in Kronach auch nicht. Zumindest nicht von ihren unmittelbaren Nachbarn.

So ganz verkehrt lag Ilka Möhring mit ihrer Beurteilung also nicht, dass Lucas seinen Ruhm anderweitig erworben hatte und in seiner Kronach-Zeit eher ein Nobody gewesen war. Vereinsliga sozusagen.

In den „normalen" städtischen Annalen tauchte die Familie Cranach kaum auf. Dokumentierte künstlerische Werke aus der Kronacher Zeit gab es auch nicht. Weder von Lucas noch seinem Vater. Stattdessen wurden die Cranachs, die damals noch ganz anders hießen, in Strafprozessakten genannt. Erst als Angeklagte, dann als Verurteilte. Wegen „übler Beleidigungen" einer Nachbarin. Anscheinend war die ganze Familie beteiligt gewesen. Auch der Sohn Lucas. Soweit der rühmliche Werdegang Cranachs in Kronach.

Unbekannt war, ob diese oder spätere Nachbarschaftsstreitigkeiten Lucas dazu veranlassten, nach Coburg auszuweichen. Immerhin denkbar, er war ja sozusagen vorbestraft! Aber es gab natürlich eine offizielle, besser klingende Version.

»In Coburg gab es für Bauhandwerker und Künstler Arbeit in Hülle und Fülle. Die Veste war abgebrannt und musste neu aufgebaut werden. Mit angemessener Raumausstattung. Dass Cranach einen Teil des Raumschmucks liefern sollte, kann man als Hinweis sehen, dass er sich trotz mangelnder Dokumentation schon in Kronach einen Ruf als Künstler erworben hatte.«

Auch der Coburg-Aufenthalt endete mit einem Gerichtsprozess. Noch immer hieß Cranach nicht Cranach, war aber diesmal nicht der Angeklagte, sondern der Kläger. Durch die Kosten des

Festungsneubaus waren die Coburger ein zweites Mal völlig „abgebrannt". Diesmal finanziell. Und sie wollten oder konnten Lucas das Honorar für ein geliefertes Bild nicht zahlen. Über den Prozessausgang hüllte sich der „Kronacher Tag" in Schweigen. Stattdessen stand der nächste Cranach-Artikel unter folgender Überschrift:

»Cranachs Reise an die Donau und nach Wien.«

Ob er die geschätzt knapp tausend Kilometer per Kutsche, als Anhalter oder ganz zu Fuß zurückgelegt hatte, wie das für einen Handwerksburschen damals üblich war, kümmerte keinen. Umwege und Aufenthalte in anderen Donaustädten auch nicht.

Lebensnahe Berichterstattung war offensichtlich nicht das Ziel der Artikelserie. Auch wurden die Leser in dem Glauben gelassen, Aufenthalts- und Bewegungsprofile hätten damals noch keine Rolle gespielt. Bloß weil es noch keine Smartphones gab, die – äußerst smart – denjenigen, die es wissen wollten, nicht nur genau verrieten, wer wann, von wo, mit wem, und worüber gesprochen hatte, sondern auch wieviele Kilometer er dabei zurückgelgt hatte.

Dabei hatte schon Alexander der Große äußerst genaue Bewegungsprofile seiner Armee angefertigt. Nicht mit Smartphones, sondern mit „Schrittzählern". Die hatten ein Seil zwischen die Fußgelenke geknotet, das eine uniforme, personen- und geländeunabhängige Schrittlänge garantierte. Kartenzeichner ergänzten die zurückgelegten Marschdistanzen mit Illustrationen von Bergen, Wüsten, Flüssen oder was sonst noch an Landschaft anfiel.

Immerhin schafften sie es bis nach Indien. Obwohl vorher keiner gewusst hatte, dass Indien dort lag, und wirklich hingewollt hatte auch keiner. Außer Alexander vielleicht.

Nach Ansicht ernstzunehmender Wissenschaftler betrugen die Abweichungen der Distanzangaben von Alexanders Schrittzählern, gegenüber modernen satellitengestützten Messmethoden, nur wenige Prozent und auch das von ihm erstellte Kartenmaterial war verhältnismäßig genau. Bei dem Zickzackkurs, den seine Armee zurückgelegt hatte, noch dazu unterbrochen von Belagerungen und Feldschlachten, war das fast ein Wunder. Google Streetview konnte das nicht besser. Schon gar nicht in Krisengebieten.

Bei Cranachs Wienreise beschränkten sich die vom „Kronacher Tag" zitierten Historiker im Wesentlichen auf die Aussage:

»Die „Donauschule" hat Lucas Cranachs Stil entscheidend mitgeprägt. So wie auch er wesentlichen Einfluss auf die „Donaukunst" genommen hat.«

Abgesehen von der unstrittigen Tatsache, dass Wien an der Donau lag, stellte das nach Götz' Meinung eine völlig subjektive Aussage dar. Schwer nachprüfbar und von geringem Faktenwert. Es gab nichts, was diese Behauptung gestützt hätte. Dabei hätte selbst der Redakteur der Kinderseite des „Kronacher Tages" darauf kommen können, wie man diesen Beweis des Einflusses führen könnte. Wenn es ihn denn gab.

Ganz einfach. Wie bei den Suchbildern der Kinderseite. Zwei scheinbar gleiche Motive, von denen eines Abweichungen enthielt. Meistens waren es acht und meist fehlte etwas. Ein Knopf an der Kleidung, ein Haarbüschel, eine Wolke am Himmel. Kinderleicht, genau richtig für die Altersklasse vor der Pubertät. Danach wurden andere „Unterschiede" interessant.

Und genauso hätte man es bei dem Donaueinfluss auf Cranach machen können. Zwei Bilder nebeneinander. Ähnliche Motive, ganz identisch mussten sie gar nicht sein und in der Gegenüberstellung hätte man aufzeigen können:

»So malte Cranach vor dem Einfluss von Donauwellen und so danach.«

Aber klare Beweisführung war nicht die Stärke von Redakteuren, Journalisten und von Historikern oder Kunstinterpreten auch nicht. Und meistens vergaßen sie eines. Kunst sollte nichts für wenige Auserwählte sein. Aber wenn man den Jedermann oder die Jederfrau erreichen wollte, musste man Dinge „begreiflich" machen. Doch das war eine Kunst, die nur wenige beherrschten.

»Die nächste Station Cranachs war Wittenberg.« Zu diesem Zeitpunkt, Götz hatte vergessen, wann genau das war, hieß er noch immer Lucas Moler oder Moller, wurde aber in der Zeitung schon

Cranach genannt. Ein legitimer Vorgriff entschied er, denn zwei unterschiedliche Namen für ein und dieselbe Person, das konnte flüchtige Leser verwirren. Lucas Moler kannte keiner, Lucas Cranach jeder, oder zumindest fast jeder, wenigstens in Kronach.

Interessant war der Name Moler oder Moller trotzdem. Aber eher für Sprach- und Dialektforscher. Fränkisch wurde offensichtlich damals nicht nur gesprochen, sondern auch so niedergeschrieben. So wurde aus dem „Maler" ein fränkisches „Moler". Ob mit einem oder zwei „l" geschrieben, war eher unbedeutend, denn „Hochdeutsch" als einheitliche Sprache in Wort und Schrift hatte sich noch nicht vollständig durchgesetzt.

Solche Schlussfolgerungen standen natürlich nicht in der Zeitung. Die musste man selbst hineininterpretieren. Die stellten sich auch nicht die Frage, warum Cranach oder Moler dauernd umgezogen war? Oder wann genau und vor allem warum hatte er sich den neuen Namen Cranach zugelegte? Es wurde zwar berichtet, dass er es getan hatte, aber nicht warum. Schließlich hätte er sich auch in Lucas Wiener umtaufen können. Wien und die Wiener kannte jeder, Kronach oder Cranach, wie es damals hieß, eher wenige.

Auch moderne Künstler legten sich Pseudonyme zu. Manche ließen den Künstlernamen sogar in ihre Ausweisdokumente eintragen. Sie verwandelten sich möglicherweise sogar hälftig, aber durchaus offiziell von X in Y, von Mann in Frau, oder umgekehrt. Fragte man sie nach ihren Beweggründen, kamen die seltsamsten Argumente zutage. Die Liste war endlos und fast immer irrational.

Ein Schriftsteller mit dem Pseudonym Maik Five hatte das mit der Vorbilds-Psychologie begründet:

»Mark Twains Romane und Geschichten spielen auf und am Mississippi. Meine auf und an der Wupper. Beide behandeln wir das Spannungsfeld zwischen Mensch und Strom.« Absolut logisch, auch wenn sich über Vergleichbarkeit streiten ließ. Sowohl beim Mississippi und der Wupper als auch bei Twain und Five.

Die Malerin Cora Nera hatte sich aus Marketinggründen für

einen Künstlernamen entschieden:

»Im Zentrum meiner Kunst steht eine Farbe. Sie repräsentiert den Urknall meines Schaffens, wie er in der „Trilogie in Schwarz" zum Ausdruck kommt. Dazu musste ich mich erst selbst neu erfinden. Und so wurde aus Jennifer Schmidt Cora Nera. Oder würden Sie sich drei Schmidts an die Wand hängen?«

Die Frage, ob sich jemand drei rabenschwarze Quadrate mit einer geschätzten Seitenlänge von einem Meter an die Wand hängen würde, stellte sie nicht. Warum auch.

Am besten gefiel Götz das Pseudonym „Fee":

»Einfach nur Fee. Wie der Mädchenname meiner Großmutter. Ich finde, da war meine Agentin sehr kreativ.«

In welcher Kunstgattung „Fee" groß werden wollte oder geworden war, hatte er vergessen. Wenigstens hatte Fee Familiensinn, auch wenn die Großmutter nie künstlerisch hervorgetreten war.

Gesetzesbrecher handelten da weitaus logischer. Bei ihnen waren die Gründe für Standortwechsel und Namensänderungen fast immer streng rational und meist wählten sie eher Unauffälliges.

Wittenberg war neben der Namensänderung noch aus einem ganz anderen Grund wichtig für Cranach. Dort bekam er ein Familienwappen verliehen. Neben dem üblichen heraldischen Beiwerk kringelte sich im Zentrum eine Schlange. Mit Fledermausflügeln in Schwarz. Auf dem Haupt eine Krone in Rot. Im Maul ein Ring in Gold mit einem Rubin.

Tiere, möglichst repräsentative wie Löwen, Adler oder Pferde, Blumen, nie die simplen von der Wiese, sondern die edlen wie Lilien und Rosen, wurden oft gewählt. Auch Werkzeuge, kriegerische wie Schwert und Speer oder zivile, von der Kelle bis zum Spaten, das alles gab es in Wappenbildern. Sogar Fabelwesen. Einhörner und Lindwürmer. Auf jeden Fall musste es etwas hermachen. Und manchmal hatte das Wappen sogar einen Bezug zur Person oder der Familie.

Aber etwas was eher wie ein ganz individuell gestalteter Wolpertinger aussah, war schon ungewöhnlich. Umso mehr wenn man berücksichtigte, aus welchen Lebewesen der zusammengebaut war. Schlangen waren schon seit biblischen Zeiten anrüchig. Hinterlist, Betrug, notorisches Lügnertum und ähnliche Tendenzen wurden ihnen unterstellt. Vom Gift, das sie versprühten, ganz zu schweigen. Das einzig positive Beispiel das Götz einfiel, war der Äskulapstab, um den sich eine Schlange wand. Und dann die Fledermäuse. Die wurden zwar fälschlich als Blutsauger und Vampire verleumdet, aber so richtige Glücksbringer oder Vorzeigesymbole waren sie für die meisten Menschen auch nicht gerade. Und wenn sich dieses seltsame Wesen nun auch noch mit einer Krone und einem Piercing in Form eines Lippen-, Zungen-, oder Nasenrings schmückte, dann konnte das eine ganze Reihe von Vorurteilen auslösen. Berechtigten und unberechtigten. Den Rubin, der zwar durchaus begehrt, aber als Blutstein auch nicht unvorbelastet war, konnte man dann in der Aufzählung der Negativelemente getrost ignorieren. Das Steigerungspotential war schon ausgeschöpft.

Aber vielleicht enthielt das Wappentier eine verschlüsselte Botschaft? Unbekannt, aber mit Fragezeichen.

Auf jeden Fall signierte Cranach von da an seine Werke mit diesem seltsamen, wenn nicht gar fragwürdigen Wappentier.

Götz war nicht bekannt, dass es jemals eine ernsthafte Auseinandersetzung über die unterschiedlichen, möglichen Bedeutungen oder Botschaften dieses Cranach-Logos gegeben hätte.

Eindeutig und klar hingegen war Cranachs Tätigkeit als Heiratsvermittler in Wittenberg. Zwischen einem Mönch und einer Dame des niederen Adels. Zwar offiziell verboten, aber viele Oberen und Unteren der katholischen Kirche umgingen den Zölibat ebenfalls. Sie heirateten nicht offiziell wie Katharina von Bora und Martin Luther, sondern lebten in wilder Ehe, oft als Pfarrer und Haushälterin getarnt, zusammen.

Der „Ketzer" war das bevorzugte Portraitmodel Cranachs. Öfter abgebildet als jeder Papst. Denn Cranach war auch Druckereiinhaber. Druckerzeugnisse waren die einzige Form der Massenverbreitung von Bildern und Texten. Und relativ betrachtet, übertraf Luther in seiner damaligen Medienpräsenz Heidi Klum oder andere Berühmtheiten der deutschen Neuzeit.

»In Gotha begab sich Cranach selbst auf Freiersfüße und heiratete die Bürgermeistertochter Barbara Brengebier«

Über die wusste die Geschichte wenig zu erzählen. Weder vor, noch nach der Eheschließung. Aber bei dem Wenigen, was berichtet wurde, ging es um Sex oder Erotik. Oder zumindest etwas Ähnliches. Angeblich war Ehefrau Barbara das Modell für alle „naggerden Weiber" gewesen, die Cranach „aufs Holz" gebannt hatte. Leinwand gehörte ja nicht zu seinem bevorzugten „undercoat".

Die Sache mit der „Modelltreue" hielt Götz für eher unwahrscheinlich. Er hatte mehrere Cranach-Akte miteinander verglichen. Zwangsläufig musste er neben dem Holz und der Haarfarbe auch die weiblichen Proportionen bewerten. Sowohl als geschulter Ermittler mit geschärfter Wahrnehmung für das Detail als auch als Mann. Dabei war ihm aufgefallen: es gab sowohl Verschiebungen von Schönheitsidealen im Laufe der Zeit als auch Konstanten. Blond, ob mit oder ohne Rot, war immer modern und statistisch immer begehrt. Damals wie heute. Das bewies ein Vergleich zwischen Cranach und den Titelbildern gängiger Fernsehprogrammzeitschriften.

Dort fanden sich zu über sechsundneunzig Prozent Blondinen wieder, obwohl deren Anteil an der weiblichen deutschen Gesamtbevölkerung im Erwachsenenalter deutlich unter dreißig Prozent lag. Die Kunstblondinen eingeschlossen.

Ganz anders sah das mit Oberweiten aus. Zu Cranachs Zeit war offensichtlich ein voluminöser Superbusen nicht oder noch nicht erstrebenswert. Wäre das anders gewesen, hätte jeder Akt-Maler, so auch Cranach, ohne großen Aufwand die gewünschte Veränderung vornehmen können. Ganz ohne Silikon und Skalpell. Hatte er jedoch nicht getan, obwohl unter den damaligen Malern optische Korrekturen bis hin zur völligen Verfälschung der Wirklichkeit durchaus üblich gewesen waren. Auch wenig attraktive

Frauen mussten unter die Haube gebracht und bei Männern andere fehlende sichtbare Eigenschaften künstlerisch künstlich geschaffen werden. Nasen wurden geschönt, Augenstellungen verändert, Kinnpartien wurden gestaltet oder bei Doppelausführung gestrafft.

Dabei ging es nicht um Realität, sondern um das Honorar für den Künstler. Bei all diesen gängigen malerischen Schönheitsoperationen blieb der kleine, bis maximal mittelgroße Busen unangetastet. Zumindest solange, bis Rubens und andere Liebhaber üppigerer Formen die Bühne betraten.

Aber wenn Barbara, wie behauptet, das Dauermodell Cranachs gewesen wäre, hätte man irgendwann in einem seiner Bilder Zeichen der Schwerkraft oder andere Auswirkungen des berüchtigten Zahns der Zeit entdecken müssen. Physikalische Gesetze machten vor niemandem halt.

Noch nicht einmal vor optischen, medizinischen und physikalischen Wunderkindern wie Heidi Klum. Die turnte zwar nach jeder Schwangerschaft in verblüffend kurzer Zeit und streifenfrei wieder über Bildschirm und Laufsteg, aber irgendwann würde auch sie das Opfer der unaufhaltsamen Veränderung werden.

Cranachs angebliches Nacktmodell Barbara hätte etwa vierzig Jahre als Erwachsene völlig unbeschadet überstehen müssen. Bei Cranachs späten Akten wäre sie weit über sechzig gewesen.

Den ausführlichsten Raum hatte der „Kronacher Tag" der Wittenberger Zeit gewidmet. Dem sozialen und materiellen Aufstieg Cranachs zum Ratsherrn, Bürgermeister und Unternehmer.

Von einem solchen Aufstieg könnte selbst Frau Dr. Winterkorn noch etwas lernen und die Kronacher auch. Die hatten heute noch Angst vor einem ausländischen Bürgermeister, während die Wittenberger an Cranachs Migrationshintergrund nichts auszusetzen gehabt hatten.

In Wittenberg perfektionierte Cranach seinen Unternehmergeist. Nicht nur als Maler und als Apotheker, was schon eine sonderbare Kombination war, sondern auch als Drucker und

Händler für Farben. Letzteres war wieder logisch, vor allem dann, wenn man den betriebswirtschaftlichen Begriff der „Wertschöpfungskette" berücksichtigte.

Den zentralen Punkt hatten die Journalisten, wie so oft, nicht untersucht oder auch nur etwas genauer betrachtet und demzufolge keine Fragen gestellt oder ausgelöst. Sie waren halt keine Impressionisten bei der Abbildung von Wirklichkeiten.

Bei Monet, einem führenden Vertreter des Impressionismus, konnte jeder Laie die Kunst der Verschmelzung von der tupfenförmig aufgetragenen Mikroansicht des Künstlers hin zu einer realistisch wirkenden Gesamtdarstellung feststellen. Das war nur eine Frage der Entfernung. Aus der Nähe sah man Tupfen, bei ausreichendem Abstand verschmolzen sie zum Bild der Realität.

Bei Informationen war das nicht anders. Das Detail war der Tupfen und viele Details in die richtige Ordnung gebracht, lieferten das realistische Bild der Wirklichkeit.

Und so aus der Nähe und mit dem nötigen Abstand musste man auch Lucas Cranach betrachten. Auch wenn einem das als Kronacher schwer fiel.

Cranachs Bilder waren Werkstattgemälde. Zumindest die, auf dem Höhepunkt seines Erfolgs. Das wurde als Fakt von niemandem in Frage gestellt.

Was aber bedeutete das in der Praxis?

An einem Gemälde hatte nicht nur Cranach, sondern auch einer oder mehrere seiner Angestellten mitgewirkt. Gesellen oder auch Lehrlinge.

Zwar ließ sich das nicht mit Henry Fords Idee der Fließbandarbeit vergleichen, aber die Ansätze waren erkennbar. Ford zerlegte den Zusammenbau seiner Tin Lizzie in genau festgelegte Einzelschritte. Die wurden nacheinander ausgeführt. Von verschieden Leuten, jeder spezialisiert auf eine bestimmte Aufgabe. Damit diese Spezialisten mitsamt ihrem Werkzeug nicht herumlaufen mussten, mal schnell, mal langsam, wie sie gerade Lust hatten, kam die Arbeit zu ihnen. Auf einem Fließband, das auch den

Zeit- und Arbeitstakt vorgab.

Fließbänder gab es in Lucas Cranachs Werkstatt garantiert nicht, aber bereits die Idee der Spezialisierung. Und jeder Spezialist tat das, und möglicherweise nur das, was er am besten konnte. Vielleicht sah das dann so aus:

Lucas Cranach als Chefdesigner seines Unternehmens, der Lucas Cranach Malwerkstätten GmbH, lieferte den Entwurf für ein Bild. Selbst wenn die Firma ganz anders hieß, war er für die Einhaltung des „Corporate Design" verantwortlich. Den typischen Cranach-Stil. Das wollten die Kunden. Der Grundentwurf wurde dann von ihm und seinen Spezialisten für die unterschiedlichen Fachrichtungen weiter verfeinert und ausgemalt.

Ein Geselle oder gar ein begabter Lehrling war auf Landschaften und deren Zubehör spezialisiert. Der fügte Bäume, Wiesen, Sträucher, Felsen und Berge in den Vorder- oder Hintergrund und versah sie mit den passenden Farben. Ein zweiter beherrschte das Spiel mit Licht und Schatten. Er verlieh Kleidungsstücken den richtigen Faltenwurf. Der dritte war der Auserkorene fürs „blau machen". Als Himmels- und Wasserexperte kannte er die Unterschiede zwischen einem Morgen-, Mittag- und Abendblau. Natürlich konnte er auch Wolken. An Regen gab es jedoch nur geringes Interesse. Obwohl notwendig, war er auf Bildern nicht beliebt und wenig vertreten.

Der vierte Geselle oder Lehrling hätte auch für die Polizei arbeiten können. Früher wenigstens. Heute gab es keinen Bedarf mehr an Polizeizeichnern. Da erledigte ein Computerprogramm den Zusammenbau eines Gesichtes aus Bausteinen.

Münder jeglicher Art, schmallippig oder kusseinladend voll. Augenpartien, verkniffen oder vertrauensvoll naiv die Welt betrachtend. Runde, kantige oder längliche Gesichtsformen, mit und ohne Bart. Frisuren, die sich beliebig tauschen ließen und so einen Täter mit Hippiefrisur oder Stoppelhaaren abbildeten.

Für Frau Möhring wäre dieses Programm sicher eine Bereicherung. Und besonders schwierig war die Bedienung auch nicht.

Bei der Entwicklung der Hypothese über den Gesichtsmaler in Cranachs Werkstatt wurde sich Götz eines eigenen Denkfehlers bewusst. Wenn der Gesichterspezialist auch für Form und Farbe der Frauenfrisuren zuständig gewesen war, dann musste man ihm und nicht Cranach die einseitige Farbwahl bei den Haaren anlasten.

Aber als Chef und Meister war Lucas Cranach für die Qualität seiner Produkte verantwortlich. Produkthaftung nannte man das heute.

Und wenn ihm sein Ruf und der seiner Firma etwas wert waren, führte er garantiert so etwas wie eine Qualitätskontrolle durch. Doch zugegebenermaßen, eine uniforme Haarfarbe bei den Frauen mochte da durchrutschen. Fiel vielleicht deshalb nicht auf, weil Cranach und seine Gesellen nie mehr als eine Frau gleichzeitig in der Mache hatten.

Aber ein Schweinegesicht, ein Arbeiterfuß, ein Knorpelohr wurde auch ohne Vergleich sichtbar. Den Gesellen hätte Cranach garantiert sofort rausgeschmissen. Holbeins Vorwurf entpuppte sich gerade bei der Betrachtung des Cranach-Werkstattbetriebes als absoluter Blödsinn.

Im Extremfall war bei konsequenter Arbeitsteilung sogar vorstellbar, dass der Meister überwiegend, wenn nicht gar ausschließlich, nur noch damit beschäftigt war die fertigen Kunstwerke mit seinem Cranach-Logo auszustatten. Die produzierten Stückzahlen und die breit gefächerte Produktpalette der Cranach-Werkstatt machten diese Theorie glaubwürdig.

Ein normaler Arbeitstag für die Cranach-Belegschaft endete vielleicht so:

Die Lehrlinge und Gesellen mussten oder durften vorführen, was sie im Laufe des Tages geleistet hatten. Je nach Qualität und Quantität ihrer Arbeit wurden sie vom Meister gelobt oder kritisiert. Wenn nicht gerade Überstunden wegen eines Eilauftrages angesagt waren, durften sie dann nach Hause gehen. Feierabend.

Dass sich Cranachs Malergesellen in ihrer Freizeit bevorzugt mit Studenten prügelten, hatte nichts mit Kunst zu tun und konnte deshalb ignoriert werden.

Für den Meister begann erst am Abend der wichtigste Teil seiner Arbeit. Er tunkte den Pinsel in schwarze Farbe. Mit kühnem Strich verlieh er der Schlange den typischen Cranachschwung und ließ sie ihre Fledermausflügel entfalten. Neuer Pinsel, rote Farbe, rote Krone. Dritter Pinsel, Goldgelb für den Ring. Der Rubin wurde vielleicht aus ökonomischen Gründen weggelassen. Das war die Luxussignatur für teure Bilder. Bei den einfacheren wurde das ganze Emblem in schlichtem Schwarz ausgeführt.

Ein neuer Original Cranach war fertig.

Und erst jetzt durfte auch der Chefdesigner, Qualitätskontrolleur, Geschäftsführer und Firmeneigner seinen wohlverdienten Feierabend genießen. Wenn nicht gerade Barbara für einen neuen Auftrag die Kleider fallen lassen musste. Da waren die Angestellten verständlicherweise auch nicht dabei.

Über diesen Aspekt von Lucas Cranachs Arbeitsweise wurde wenig nachgedacht und er selbst hatte aus nachvollziehbaren Gründen nichts erzählt. Zumindest hatte er nichts Schriftliches niedergelegt. Bei seinen finanziellen Abrechnungen, sogar der Aufstellung seines Gesamtvermögens einschließlich des Immobilienbesitzes, war er hingegen recht offenherzig und äußerst genau gewesen. Er war also mit ziemlicher Sicherheit kein Steuerbetrüger.

Aber war ein solches Original von Cranach wirklich ein Original?

Was machte eigentlich ein Original zum Original? Wo war die Grenzlinie zur Fälschung? Konnte man sich selbst fälschen?

Das war bei den astronomischen Preisen bekannter Kunstwerke keine unbedeutende Nebensächlichkeit.

Hätte zum Beispiel Picasso einen Teil seiner Bilder von Angestellten malen lassen, was wäre denn das?

Ein Picasso oder was?

Oder würde man diese Form der Bildproduktion als arglistige Täuschung des Käufers, wenn nicht gar Betrug bezeichnen?

Auf der anderen Seite erwartete niemand, dass ein Original Lamborghini Sportwagen von Signore Lamborghini persönlich zusammengeschraubt wurde.

Etwa deshalb weil ein Sportwagen nicht als Kunstwerk, sondern als Industrieprodukt eingestuft wurde? Und das, obwohl kein Lamborghini dem anderen glich. Denn jeder war ein Unikat, wie der Hersteller behauptete.

Aber die Frage nach den Konsequenzen des „Werkstattbetriebs" von Lucas Cranach stellte sich niemand, obwohl die Tatsache allgemein bekannt war.

Ebenso wenig wurden wichtige Details von Cranachs familiärer Herkunft hinterfragt. Es hieß immer bloß, der Vater stamme aus Italien. Unter welchem Namen er nach Deutschland eingereist war, blieb unbenannt. Lapidar hieß es nur, er habe sich in Kronach Hans Moler oder Moller genannt. Müsste jedem auffallen, wie wenig italienisch das klang.

Warum hatte der Vater eigentlich Italien verlassen? Des Wetters wegen garantiert nicht. Arbeitslosigkeit? Unwahrscheinlich; zu der Zeit blühten in Italien die Künste im strahlenden Licht der Renaissance. Und wenn er schon unbedingt nach Deutschland auswandern musste, warum nicht nach Augsburg? Das lag näher an Italien, war größer und reicher als Kronach und bot bessere Möglichkeiten der Kundenakquise.

Die Mafia entstand zwar erst im achtzehnten Jahrhundert, aber vorstellbar war vieles.

Zu vieles. Und Götz wurde klar, er hatte sich in der Tupfenbetrachtung verheddert. Außerdem enthielten seine Betrachtungen gefährlich viele Cranach-kritische Elemente. Aber das durfte kein Ausschlusskriterium sein. Wahrheiten waren manchmal unbequem. Dennoch brauchte er Abstand. Abstand von Cranach. Doch wie sollte er Distanz gewinnen, wenn er von dem Werk des Künstlers tagtäglich förmlich erdrückt wurde.

Bei den Tupfen in einem impressionistischen Gemälde war es wie bei den Pixeln, die von einer elektronischen Kamera aufgezeichnet wurden. Irgendwann war der Punkt erreicht, wo eine Zunahme der Pixelzahl keinen Zugewinn an optischer Schärfe brachte. Das Bild wurde nicht mehr klarer, weil das menschliche Auge mit dem „Mehr" nichts mehr anfangen konnte. Hatte er diesen Punkt schon erreicht oder gar schon überschritten?

Götz betrat die Ausstellung. Durchschritt die Sicherheitsbarrieren. Der Scanner piepte. Nicht wegen seiner Dienstpistole, die hatte er zu Hause gelassen, sondern wegen der Aluminiumfolie, mit der die zwei verbliebenen Leberkäsesemmeln eingepackt waren. Die beiden diensttuenden Bereitschaftspolizisten, ein Junge und ein Mädel, lächelten ihn an.

»Hunger?«

Er nickte und lächelte zurück.

Als er Andreas Blöcher die Tüte mit dem Aufdruck „Metzgerei Höring" in die Hand drückte, glaubte er, auf dessen Gesicht die Anwandlung eines schlechten Gewissens zu erkennen. Denise hingegen, wie üblich an Andreas' Seite, reagierte klassisch amerikanisch positiv.

»Oh, lecker. Echte Kronacher Hamburger.«

Amerikaner haben es leicht, dachte Götz. Die haben nur eine kleine Bürde kultureller Vergangenheit zu bewältigen und leben nach einfachen Vorbildern. Alles zwischen zwei Brötchenhälften war ein Hamburger. Vielleicht machte sie das so erfolgreich.

14.

Eigentlich müsste ich froh sein, dachte Götz. Aber wie würde Yildiz mit einem spöttischen Lächeln bemerken:

»Eigentlich kann man sich jeden Satz, der mit „eigentlich" beginnt, sparen. Denn alles, was nach dem „eigentlich" gesagt wird, trifft nicht zu. Einfacher und deutlicher wäre die Aussage: Ich bin nicht froh.«

Bei diesem Spürsinn für Ausdrucksformen war schon die Frage

erlaubt, wer von ihnen beiden eher das Zeug zum Oberlehrer hatte. Weder für seine Farb- noch seine Holztheorie hatte er Yildiz gewinnen können. Dabei wären beides Forschungsprojekte auf höchstem wissenschaftlichen Niveau. Und für den Cranach-Wolpertinger hatte sich Yildiz nur deshalb interessiert, weil ihr noch nie ein Wolpertinger begegnet war. Weder in echt noch das Wort. Die türkische Sprache hielt keine passende Übersetzung für dieses Wesen oder seine Gattung bereit. Wolpertinger war unübersetzbar, ein eindeutiger Beweis für die Reichhaltigkeit der deutschen Sprache.

Aber inzwischen hatte sich Götz damit abgefunden, dass Yildiz aus für ihn nicht nachvollziehbaren Gründen zurzeit in Sphären schwebte, zu denen er keinen Zugang hatte.

Auch zu Cranachs Lebenslauf hatte er inzwischen ein wenig Abstand gefunden. Und mit dieser Distanz wurde aus den vielen Lebenstupfen, die der „Kronacher Tag" und er zusammengetragen hatten, ein Bild. Ein realistischeres.

Ein jugendlicher Lucas, der in Kronach nur geringfügig auffällig geworden war. Trotz seines Erscheinens in Prozessakten. Weder war er als Drogensüchtiger noch als Dealer bekannt geworden.

So etwas gab es auch in Kronach, wenn auch nur selten. Häufiger waren Alkoholdelikte, vor allem während des Schützenfestes.

Und ein verbaler Ausrutscher, weil Lucas vielleicht einer Nachbarin einmal »Du blöde Sau« oder »Du Arschloch« zugerufen hatte, war zwar ein Beleidigungsdelikt, wurde aber nur auf Antrag verfolgt, und nichts, was man ihm noch Jahrhunderte später nachtragen durfte. Außerdem war die Beleidigung zwar historisch, aber inhaltlich nicht genau belegt. Da gab es ganz andere Kaliber von Jugendkriminalität. Heute auf jeden Fall und zu Cranachs Zeit garantiert auch. Und dass er später, wie Ilka Möhring es nannte, »dem Geld nochgerennd war«, würde man heute ohnehin ganz anders bewerten. Zumindest bei einer halbwegs objektiven Betrachtung. Der Jugendliche Lucas hatte als Erwachsener seine Chancen erkannt, wahrgenommen und war mit seinem Geschäftsmodell erfolgreich geworden. Nur wenigen Menschen, die sich einer Kunst verschrieben hatten, gelang es, auch von ihrer Kunst zu leben. Die meisten waren zu „Künstlern im Nebenberuf" verdammt und mussten ihre Brötchen in anderen Berufen verdienen. Daran, Erfolg zu haben, war absolut nichts auszusetzen, umso mehr, da sich Cranach im höheren Lebensalter in großem Maße für das Gemeinwohl engagiert hatte. Bürgermeister wurde man schließlich nicht, oder nicht ausschließlich, weil man politische Macht anhäufen und nutzen wollte, sondern weil man bereit war, eine Stadt voranzubringen. Das war ja auch nicht immer ganz einfach.

Kronach, mit seinen Kosten für den Unterhalt der Festung auf dem Buckel, war da ein gutes Beispiel. Selbst für den symbolischen Preis von einem Euro hatte die Festung Rosenberg vor Jahren keinen Käufer gefunden, und der Freistaat Bayern rieb sich wahrscheinlich die Hände, dass nicht er in der Unterhaltspflicht stand. Der jeweilige Kronacher Bürgermeister garantiert nicht.

Heute war nun endlich der letzte Tag der Ausstellung. Schluss mit dem ewigen Herumgetappe zwischen Kunstwerken, die bei aller Schönheit mit der Zeit irgendwie öde wurden. Es sei denn, man war aus einem Herzenswunsch heraus Wächter der Kunst geworden, was aber auf Götz nicht zutraf. Nichts war in den drei Wochen passiert. Zumindest nichts, was als Gefahr für die Cranach-Werke oder die Stadt Kronach angesehen werden konnte. Die japanische Episode war der einzige Höhepunkt von Götz' Tätigkeit in der Ausstellung geblieben. Schön für den Veranstalter, unbefriedigend für ihn.

Wir Polizisten haben da eine Ähnlichkeit mit Feuerwehrmännern oder -frauen, dachte er. Passierte nichts, war das gut für die Allgemeinheit, aber der Polizist oder Feuerwehrler fühlte sich nutzlos und gelangweilt. Die großen oder kleinen Katastrophen waren schließlich ihr „Geschäft".

Schon machte sich allenthalben eine gewisse Aufbruchsstimmung breit. Der größte Teil der Bereitschaftspolizisten würde morgen Kronach verlassen. Nur ein kleines Sicherheitskontingent würde zurückbleiben, das Verpacken, Verladen und den Transport zu unterschiedlichen Flughäfen oder Logistikzentren überwachen.

Die Jungs und Mädels der Bereitschaftspolizei waren so aufgedreht wie am Anfang. Morgen ging es für die Mehrzahl von ihnen nach Hause und als Ausgleich für drei Wochen Dauerschichtdienst, hatten die meisten eine Woche frei. Magnus Keil, vom Sicherheitsdruck befreit, kontrollierte immer seltener den Sekundenzeiger seiner Uhr. Die beiden Bamberger Kommissare, für Götz während ihres Kronach-Aufenthaltes eher unsichtbar geblieben, planten laut Frau Hängerla einen „Schlenkerla Abschiedsumtrunk". Echtes Bamberger Rauchbier. Nicht für alle, aber für den Strategischen Führungskreis. Eine nette kollegiale Geste. Frau Dr. Winterkorn hatte deshalb „Oben" angefragt, ob für das letzte Treffen des Strategischen Ausschusses das Alkoholverbot in Amtsräumen aufgehoben werden könne. Das bayerische Innenministerium hatte in dieser Sache noch keine Entscheidung gefällt. Vielleicht war dazu eine offizielle parlamentarische Anfrage, wenn nicht gar eine Abstimmung im Landtag nötig.

Denise plante vor ihrem Heimflug nach Baton Rouge eine Harley Davidson-Tour entlang der Städte, in denen Cranach gelebt hatte. »Wir vom FBI arbeiten immer weiträumig«, sagte sie mit einem breiten Grinsen, »aber Wien und die Donau habe ich trotzdem gestrichen.« Und das, obwohl sie als Lucas Cranach-Expertin galt. Aber möglicherweise hatte das FBI keine Bildungseinrichtung mit dem Namen „Donauschule" gefunden. Weder in Wien, noch in anderen Städten entlang des Flusses. Trotz ihrer äußeren Attraktivität hatte Denise' Anwesenheit in Kronach eher eine Alibifunktion erfüllt. Für die Versicherung, die als amerikanisches Unternehmen auf einem amerikanischen Sicherheitsexperten bestanden hatte. So zumindest verstand Götz die Sachlage.

Andreas Blöcher sah das wahrscheinlich anders. Der hing, wie er selbst sagte, »wie ein Schluck Wasser in der Kurve«.

Er war unglücklich oder zumindest frustriert.

Ob ausschließlich der Trennungsschmerz, ausgelöst durch die geplante Abreise der FBI-Kollegin, oder die steigende Nervosität wegen der anstehenden Deutschen Polizeischwimmmeisterschaften, oder aber die drohende Entscheidung für oder gegen Ilka Möhring, die Ursache dieser radialen Beschleunigungskräfte darstellte, wusste er selbst nicht.

Götz hatte ihn auch nicht gefragt, sondern war froh, dass er nicht in der Haut des Polizeihauptmeisters steckte. Alle drei Varianten versprachen Stress. Emotionalen.

Hans Kräutlein und Frau Hängerla waren und blieben die einzig konstanten Faktoren erfolgreicher Kronacher Polizeialltagsarbeit, denn auch Frau Dr. Winterkorn bereitete ihren Abgang vor. Natürlich mit einer offiziellen Verlautbarung auf einer Pressekonferenz.

»Der Plakatattentäter hat sich nicht hervorgewagt. Alles war immer und zu jeder Zeit im grünen Bereich. Ein beeindruckender Erfolg der strategischen Allianz zwischen verschiedenen Einheiten der bayerischen Polizei und der Präsenz unserer Freunde vom FBI.«

So wurde sie vom „Kronacher Tag“ wörtlich zitiert, und als „Garantin der Sicherheit für Kronach und Lucas Cranach“ gelobt. Mit Bild.

Alles bereits in der Vergangenheitsform. Obwohl diese Vergangenheit erst in ein paar Stunden Vergangenheit sein würde. Wenn die Ausstellung ihre Pforten in Kronach zum letzten Mal hinter den Besuchern schloss. Dann gab es nur noch eine Versicherungsklausel zu erfüllen. Die lautete: Übernahme des Versicherungsschutzes bis FOB. Erst wenn die Leihgaben der verschiedenen Museen und Privatsammler ohne Schaden im Laderaum eines Flugzeuges oder eines anderen Transportmittels gelandet, also „Free on Bord“, waren, endete für den Veranstalter die Pflicht und Verantwortung für deren Wohlergehen. Für Götz natürlich auch.

Erst dann war aller Tage Abend.

Er legte die Zeitung beiseite, wollte aufstehen, das mit Kunstlicht beleuchtete und von Kunstluft versorgte Kabuff verlassen. Genau achteinhalb Quadratmeter groß. Das „Interimspolizeihauptquartier" auf der Festung Rosenberg, nur durch eine Tür von den Ausstellungsräumen getrennt. Nackte, weiß verputzte Wände, fensterlos, ein Schreibtisch, ein Drehstuhl, ein Besucherstuhl, nur einmal von dem japanischen Professor benutzt, zwei Telefone, falls mehr als eine Alarmmeldung gleichzeitig eingehen sollte, was aber nie geschehen war, und außen auf der Tür stand PRIVAT. Das hatte man besser gefunden als ein Schild mit der Aufschrift: POLIZEI. Hier am Knotenpunkt der Sicherheit hatten sich weder Frau Dr. Winterkorn noch Magnus Keil blicken lassen und auch Denise und Andreas Blöcher hatten die „Zelle", wie Götz es nannte, immer gemieden.

Die Mücken, eigentlich war es nur eine, die sich gerade auf Götz' Handrücken niederließ, waren einer der äußerst seltenen Besucher in seinem privaten Hauptquartier.

POLIZEI anstelle von PRIVAT hätte das Tierchen wahrscheinlich auch nicht abgeschreckt.

Götz schlug zu und traf.

Bei Mücken hielt sich seine Rücksichtnahme in Grenzen.

Gerade noch rechtzeitig, dachte er. Kein Blutstropfen, der auf einen Stich hinwies und stundenlangen Juckreiz versprach. Mückenspucke, subkutan appliziert, konnte teuflisch jucken. Es sei denn es handelte sich um ein männliches Exemplar. Die waren harmlos. Stechen taten nur die Weiber. Biologisch bedingt. Die Männchen konnten deshalb Vegetarier bleiben, weil sie keine Eier legen mussten, für deren Entwicklung sie tierisches oder menschliches Eiweiß in Form von Blut benötigten. Wenn sich ein Männchen hinhockte, dann nicht um zu stechen, sondern höchstens, weil es sich ausruhen musste.

Götz wischte das Insekt zur Seite. Es fiel direkt auf das Titelblatt des „Kronacher Tag" und zuckte dort im Todeskampf mit den Beinchen. Direkt neben dem Bild und der Überschrift: »Hauptkommissarin Frau Dr. Winterkorn aus München signalisiert Ent spannung für die Sicherheitslage Kronachs«

Götz musste grinsen, aber dieser Gesichtsausdruck hielt sich nicht lange.

Das, was da direkt neben der siegesgewiss lächelnden Frau Dr. Winterkorn lag und mit den Beinen wackelte, war alles, nur keine Mücke.

Größer, massiver, dunkler, schwer gepanzert und außerdem noch behaart.

Es, er, oder sie sah nicht direkt gefährlich aus. Dazu reichte eine Körperlänge von etwa fünf Millimetern nicht aus. Die automatische Gefahrenprogrammierung des Kleinhirns beim Menschen setzte normalerweise eine gewisse Größe des potentiellen Angreifers voraus. Oder zumindest einen hohen Ekelfaktor, wie ihn Spinnen oft auslösten. Aber anders als eine filigran gebaute Mücke erinnerte der tote Körper mit seinen langen Fühlern und den grauschwarzen, haarigen Flügeldecken irgendwie an eine der Illustrationen von Kafkas Verwandlung. Die waren aber erst durch die Menschengröße so abschreckend oder eklig geworden.

Oberflächlich betrachtet hatte der Leichnam auf der Zeitung den tödlichen Schlag ganz gut überstanden. Zumindest äußerlich schien er weitgehend unversehrt.

Soweit Götz das als Laie beurteilen konnte. Über innere Verletzungen, als direkte Folge der von ihm ausgeübten Gewalteinwirkung, könnte nur eine Obduktion durch einen erfahrenen Gerichtsmediziner Auskunft geben. Oder einer Gerichtsmedizinerin.

»Götz, ich glaub' eher, DU hast einen Schlag weg«, würde Frau Dr. Karin Bärlauch sagen. Gerichtsmedizinerin am Gerichtsmedizinischen Institut in Bayreuth. Seine Ex-Geliebte, die ihm aber trotz Trennung immer noch freundschaftlich zugewandt war.

Und alle anderen beteiligten Sicherheitskräfte würden sich wahrscheinlich Karins Urteil anschließen. Unter normalen Umständen sogar er selbst. Wären da nicht die knallharten, unverrückbaren Fakten, die ihm aus der Vorbereitungszeit für die Ausstellung bekannt waren.

Fakt Nummer eins:

»Kein Fremdobjekt größer als null Komma null eins Millimeter, das schließt die meisten Pollenarten mit ein, kann die Filter der Klimaanlage durchwandern«, hatten die Kunstluftexperten, die Götz das Leben drei Wochen lang schwer gemacht hatten, behauptet.

Seine Leiche war aber fünf Millimeter groß. Mit einer maximalen Irrtumsvariablen von null Komma fünf Millimetern. Gemessen hatte er sie noch nicht.

Durch die Klimaanlage konnte er oder sie zu Lebzeiten nicht eingedrungen sein. Aber es bestand die Möglichkeit, dass es freiwillig oder unfreiwillig durch einen Besucher eingeschleppt worden war.

Fakt Nummero zwei schloss nämlich aus, dass der Störenfried bereits seit Beginn der Ausstellung die Räume bewohnt hatte.

Kein Lebewesen, auch kein niederes, überlebte einen vierundzwanzig Stunden andauernden Giftgasangriff. Schon gar keinen mit Zyanwasserstoff, gemein hin als Blausäuregas bekannt. Im Gegensatz zu Militärs durften Kammerjäger dieses Gas mit absolut tödlicher Wirkung zum Einsatz bringen. Sowohl gegen Lungenatmer, zu denen die von ihnen bevorzugte Zielgruppe Mäuse und Artverwandte zählte, und oder noch bevorzugter, gegen alle Tracheenatmer. Also Insekten, die die Luft auf anderem Wege inhalierten.

Das war eine Riesenaktion gewesen. Sämtliche Öffnungen der Ausstellungsräume mussten luftdicht abgeklebt werden. Das Gas hatte über vierundzwanzig Stunden sein grausames Werk entfaltet. Dann mussten die Räumlichkeiten weitere vierundzwanzig Stunden, unter Volllastbetrieb der Klimaanlage, gelüftet werden. Die Austrittsöffnungen wurden weiträumig abgesperrt, damit kein Unbeteiligter zu Schaden kam. Sämtliche Leichen unterschiedlicher Größe waren anschließend mit Staubsaugern entfernt worden und erst dann durften die Lucas Cranach-Werke Einzug halten.

Sicherheit hoch drei, wie Hans Kräutlein gesagt hatte.

Der so harmlos aussehende Käfer musste also seine Anwesenheit erklären. Und nicht nur seine, sondern auch die seiner Artgenossen. Götz war inzwischen sicher, die von ihm mehrfach beobachteten, aber bisher nicht weiter gewürdigten, da nicht störenden Flugobjekte waren keine Mücken gewesen, sondern Verwandte des oder der vor ihm liegenden Toten.

Wer konnte dessen unbekannte Identität klären? Noch bevor die Frage beantwortet war, ob der Besucher freiwillig oder unfreiwillig die Ausstellung betreten, bekrabbelt oder angeflogen hatte.

Da kam nur jemand in Frage, der sein persönliches Vertrauen genoss, damit er im Falle einer harmlosen Erklärung nicht wie der letzte Depp dastand. Und außerdem musste die betreffende Person einschlägige Erfahrung mit Lebewesen wie diesem besitzen.

Wäre das Ganze zu Hause in seiner Wohnung passiert, würde er sich kein Deut dafür interessieren, welcher Gattung das vier bis fünf Millimeter lange Insekt angehörte. Es sei denn, in seinem Wohnzimmer läge eine Leiche. Über längere Zeit. Also mehrere Tage oder Wochen und unbemerkt von ihm. Erst dann wurde es wichtig, wann und wie Käfer, Fliegen und ähnliche Insekten durch Wohnungstür, Fenster oder andere Öffnungen eingedrungen waren. Nicht alle, aber manche nutzten nämlich die Leiche, eine liegengebliebene Leberkäsesemmel würde allerdings den gleichen Zweck erfüllen, um dort ihre Eier abzulegen. Es gab bevorzugte Körperregionen, doch dieses Detail war für das Grundsatzverständnis nicht entscheidend. Aus den Eiern schlüpften Larven. Diese Maden verwandelten sich nach einem Verpuppungsstadium in fertige Insekten.

Woher sie, die Maden, ihre für das Wachstum notwendigen Nährstoffe bezogen, war klar. Muttermilch stand nicht zur Verfügung. Zartbesaitete Gemüter sollten sich die Essgewohnheiten dieser Insektenkinder besser nicht so deutlich und bildhaft vorstellen, das konnte Übelkeit auslösen.

Aus den unterschiedlichen Entwicklungsstadien der jeweiligen

Insekten konnte man Rückschlüsse auf den Zeitpunkt der Eiablage und damit auf die Liegezeit der Leiche, beziehungsweise der Leberkäsesemmel ziehen. Nicht „man" konnte das, sondern nur Experten, die sich damit auskannten. Und eine davon war Karin Bärlauch. Die hatte das in einer Spezialausbildung beim FBI gelernt. In Amerika. In Houston, weil es dort schön warm war. Das förderte die natürliche Fermentierung von Nahrungsstoffen und die Entwicklung von Insektenbabys.

Außerdem wurde dort der FBI-Nachwuchs ausgebildet.

»Die Schweinehälften, die die Amis in Texas als Übungsmaterial verwenden, stinken bei den Temperaturen schon nach wenigen Tagen wie Sau. Da brauchst du keinen Leichenspürhund mehr. Selbst der deppertste Köter würde die Ablageorte finden. Die oberirdischen etwas früher, die unterirdischen ein bisschen später. Und wenn dir das Zeug bei der Untersuchung direkt vor der Nase liegt, dann stinkt das nicht nur bestialisch, sondern schaut manchmal so aus, als sei es wieder lebendig geworden. Bewegt sich richtig. Weil's da drin wimmelt.«

Götz hatte versucht, sich das „Wimmeln der Maden" nicht vorzustellen, was gar nicht so einfach gewesen war. Seine Fantasie war ziemlich produktiv, was das Herstellen von Bildern anging und ließ sich nicht einfach wie eine Glühbirne mit einem Schalter ausknipsen.

»Den Gestank kriegst du tagelang nicht aus der Nase. Auch nicht nach dem Duschen und einem halben Liter Chanel.«

Chanel, die Nummer hatte Götz vergessen, war Karins Lieblingsparfum. Und wegen dieser eindeutigen Schilderung bezweifelte Götz, dass ganz normale FBI-Agenten wie Denise Petitechaperon während ihrer Ausbildung in verwesendem Fleisch oder dessen Folgeprodukten herumwühlen mussten. Demzufolge wusste sie wahrscheinlich auch nichts oder zu wenig über Schmeiß- und andere Fliegen, oder über Käfer und deren Kinderaufzucht.

Für Karin hingegen war das ein Kinderspiel. Die Frage war nur, wie konnte er sie zu diesem Kinderspiel einladen. In den letzten zwei Monaten hatte er nichts von ihr gehört und sie hatte auch nichts von sich hören lassen. Karin war ziemlich beschäftigt. Er auch. Sie privat und er mit der Ausstellung.

Zögernd wählte er das Adressverzeichnis seines Handys. Die Diensttelefone wollte er nicht benutzen. Da wurden alle Gespräche aufgezeichnet und er hatte kein Interesse daran, dass Frau Dr. Winterkorn oder irgendjemand anders einen Mitschnitt zu hören bekam.

»Hallo Götz.«

Das klang nicht sehr freundlich.

»Hallo Karin. Störe ich dich gerade?«

»Kommt drauf an.«

Wenn Karin so einsilbig war, dann deutete das meist auf schlechte Laune hin.

»Ich wollte fragen, ob du nicht Lust hast die Cranach-Ausstellung anzusehen. Letzte Gelegenheit sozusagen.«

»Ich habe keine Einladung bekommen«, gab sich Karin scheinheilig, aber deutlich verschnupft.

»Deswegen rufe ich an. Persönlich.«

»Das fällt dir jetzt ein? Nach drei Wochen. Am letzten Abend. Warum nicht zur Eröffnung? Jeder Depp in Bayern war da eingeladen.«

Leider hatte Karin Recht. Zur Eröffnung hatten alle, die in Stadt, Landkreis und Region als prominent galten, eine Einladung erhalten. Nicht von ihm, sondern vom Veranstalter. Der Veranstalter war keine Einzelperson, sondern ein Gremium von mehr als zehn Leuten. Die „Promi-Liste" hatte er zwar gesehen, aber nicht auf Vollständigkeit oder gar auf Fehlbesetzungen kontrolliert. Das gehörte weder zu seinen Aufgaben, noch hätte er da die geringste Befugnis gehabt. Er war nur für die Sicherheit verantwortlich. Nicht die der Promis, sondern dessen, was die sich anschauen durften. Aber an solchen realistischen Kleinigkeiten war Karin nicht interessiert. Zumindest dann nicht, wenn es sich um Kleinigkeiten handelte, die sich mit lebenden Personen beschäftigten. Sie eingeschlossen.

Im Umgang mit Toten war Karin äußerst objektiv, bei Lebenden schon weniger, und bei Prominenten überhaupt nicht. Vor allem dann nicht, wenn die Prominenz glaubte, ohne sie auskommen zu können. Verständlich, denn neben ihrem Beruf als Gerichtsmedizinerin, saß Frau Dr. Bärlauch in Bayreuth in allen Ausschüssen und Gremien, die sich irgendwie, und sei es auch nur ganz entfernt, mit Richard Wagner beschäftigten. Und Musik war auch Kunst. In dieser Rolle als „Wagnerfunktionärin" machte sie noch nicht einmal vor der Betreuung des Nachwuchses halt.

Vor wenigen Wochen hatte Götz sie am, oder präziser beschrieben, im Arm eines Mannes gesehen. Auf einem Zeitungsfoto.

»Ein neuer Stern am Wagnerhimmel in Bayreuth«, lautete die Bildunterschrift. Damit war nicht Frau Dr. Karin Bärlauch gemeint, sondern der Mann an ihrer Seite. Tonio Meisterschmied, der seinen Arm besitzergreifend auf Karins Schulter platziert hatte. Anscheinend mit ihrem Einverständnis, denn sie lächelte ebenso strahlend in die Kamera wie er. Tonio Meisterschmied, das hörte sich ganz nach einem Pseudonym an, dachte Götz. Aber wenn der Typ seine Arien so überzeugend sang, wie er auf dem Bild wirkte, musste er Erfolg haben. Auf der Bühne und bei den Frauen. Bei Karin, als hundertprozentigem Wagnerfan, sowieso.

Götz selbst sah sich eher als das Gegenteil. In ziemlich allem. Nicht nur was Wagner anging. Und deshalb hatte er bis heute keine Erklärung dafür, was Karin damals an ihm gefunden hatte. Außer den wenigen beruflichen Überschneidungen. Die ebenfalls gering waren, denn als Leichenlieferant war er auch nicht gerade erfolgreich gewesen. Stückzahlenmäßig. Eine, um genau zu sein. Aber immerhin hatte dieses Opfer einer Selbsttötung für sie beide ausgereicht, um drei Jahre lang wechselseitig zwischen Kronach und Bayreuth hin und her zu pendeln.

An beeindruckenden Äußerlichkeiten seinerseits dürfte das nicht gelegen haben. In Highheels überragte ihn Karin ziemlich genau um die jeweilige Höhe ihrer Absätze. Das „zu ihm Aufschauen" ihrerseits hätte Hilfsmittel seinerseits erfordert. Aber „auf Augenhöhe" war ja auch keine schlechte Basis für eine Beziehung.

Tonios wikingerblonde Haartolle harmonierte auch eher mit Karins Walkürenmähne. Nicht nur farblich, sondern auch hinsichtlich der Wuchsdichte. Und sein Dreitagebart war garantiert nicht so anschmiegsam gewesen wie die rosig glänzenden Wangen des Wagnertenors. Deren Konsistenz konnte er allerdings nur vermuten. Und figürlich? Wie schnitt er da ab? Das bestimmten die Sichtweise und der Höflichkeitsgrad des Betrachters. Noch halbwegs schlank, trotz der Speckröllchen auf der Hüfte, würden die ihm Wohlgesonnenen sagen, eher schmächtig im Vergleich zu dem Meisterschmied die anderen.

Optisch passte Tonio einfach perfekt zu Karin Bärlauch, wenn man den Bauchumfang und das Gewicht des Tenors nicht direkt in die Waagschale warf. Dazu kam die gemeinsame Neigung in Richtung Wagner.

»Was für ein schönes Paar«, würden die meisten sagen. Aber es gab noch mehr Gemeinsamkeiten. Die der Zukunfts- und Karriereorientierung. Dem Nachwuchsstar standen nicht nur die Bayreuther Bühnenbretter offen, sondern die der ganzen Welt. Zumindest auf den Teilen des Erdballs, die Wagner mochten. Und Karin war nicht nur in Bayreuth als Gerichtsmedizinerin etabliert, sondern hatte sich inzwischen internationales Renommee erworben. Neben Vorträgen über forensische Medizin auf internationalen Kongressen düste sie zweimal im Jahr nach Houston. Nicht für die NASA, auch nicht für Wagner, sondern als Gastdozentin an der FBI Academy. Anscheinend hatte sie bei ihrem Aufenthalt als Auszubildende einen bleibenden Eindruck hinterlassen und war anschließend nahtlos auf die Seite der forensischen Ausbilder gewechselt.

Daneben nahm sich Götz' Karriereplanung ausgesprochen übersichtlich aus. Der klassische „Land-, Feld- und Wiesenermittler" in der Provinz mit Aussicht auf die Stelle eines Inspektionsleiters. Kurz vor der Pensionierung, denn Hans Kräutlein war nur wenige Jahre älter als er. So betrachtet, war seine Affäre mit Frau Dr. Karin Bärlauch eines der unergründlichen Geheimnisse der Natur gewesen. Nur erklärbar mit der angeblichen „Anziehung der Gegensätze", für deren Kräfte es jedoch keinerlei wissenschaftlichen Beleg gab. Höchstens, wenn man den physikalischen Begriff der Masse als Grundlage von Anziehungskräften sehr großzügig interpretierte. Einfach mit vielen Gegensätzen. Wieviel Kilogramm ein Gegensatz allerdings wog, war ebenfalls noch unerforscht.

»Ich dachte, du willst dir vielleicht die Ausstellung zusammen mit deinem Freund ansehen. Sozusagen ganz privat und ungestört. Außerhalb der Öffnungszeiten, denn soweit ich weiß, hat er heute Abend keinen Auftritt.«

»Ach der.«

Das klang eindeutig nicht nach Sternengefunkel.

Götz wusste nicht so recht, wie er darauf reagieren sollte. Keinesfalls so, dass das als Kritik an dem aufgehenden Stern verstanden werden konnte.

»Er wird doch als der kommende Mann der Wagnerbühnen gefeiert.«

Karin lachte.

»Auf der Bühne ist er nicht schlecht. Auch wenn er überschätzt wird.«

»Ausbaufähig vielleicht?«

»Ach was. Von Wagner hast du sowieso keine Ahnung, Götz. Und ich sag dir mal was. Stimme allein reicht für einen guten Wagnertenor nicht aus. Da muss man schon mehr drauf haben. Und da hapert´s bei dem gewaltig. Da ist mehr Bauch als Format.«

»Vielleicht braucht er noch eine gewisse Entwicklungszeit?«

»Red keinen Stuss, Götz. Das Einzige, was sich bei den meisten Männern im Laufe der Zeit entwickelt, ist der Bauchumfang, und das wäre bei Tonio fatal. Das Gehirn entwickelt sich bei der männlichen Spezies im Erwachsenenalter eher weniger. Da ist die Wachstumsrate begrenzt. Und wenn die Nase länger ist als der Schwanz, dann ist auch dort das Potenzial begrenzt.«

Götz schwieg. An Tonios Nase war ihm nichts aufgefallen. Doch bei Enthüllungen dieser Art war grundsätzlich Vorsicht geboten. Insbesondere dann, wenn sie von einer Frau kamen. Meist waren es eher die Männer, die sich Gedanken, Hoffnungen oder Fehleinschätzungen über die Dimensionen eines bestimmten Organs hingaben.

»Also mein Lieber, jetzt rück schon damit raus, was du wirklich von mir willst. Ich kenne dich doch.«

»Ich habe hier eine Leiche.«

»Großartig Götz. Du machst dich. Schick sie mir rüber. Wir sind auf so etwas spezialisiert, falls du das vergessen haben solltest.«

Götz zögerte. Eine Expresssendung würde morgen in Bayreuth ankommen und anschließend müsste er Karin den Inhalt und die Umstände des kleinen Paketes am Telefon erklären. Und morgen könnte es bereits zu spät sein. Da wäre bereits alles in Auflösung begriffen. Das Sicherheitspersonal, die Ausstellung und damit auch die Angehörigen seines oder seiner Toten. Er konnte nicht einmal das Geschlecht der Leiche feststellen, obwohl das in diesem speziellen Fall vielleicht völlig bedeutungslos war. Am schwersten wog jedoch das Risiko einer Blamage, denn mehr als eine dunkle Ahnung hatte er nicht. Selbst wenn Karin den Inhalt der Sendung nicht herumposaunte, es gab immer und überall undichte Stellen. Die würden die Sache dann vielleicht so beschreiben:

»Fünf Millimeter großer Käfer versetzt Kronacher Polizeikommissar in Panik.«

Er schluckte. Das würde dann auch in Frau Dr. Winterkorns Bericht nach „Oben" stehen.

»Dürfte ich dich vielleicht um einen ganz großen, persönlichen Gefallen bitten?«

»Du, immer.«

Götz schwieg verblüfft.

15.

»Guten Abend. Ich habe einen Gast mitgebracht«, begrüßte Götz die Mitglieder des Strategischen Ausschusses. Das ging allerdings im Stimmengewirr beinahe unter.

Der Schlenkerla Abschiedsumtrunk war in vollem Gange. Eindeutig eine Siegesfeier und Frau Dr. Winterkorns Antrag zur Aufhebung des Alkoholverbotes in einer dienstlichen Veranstaltung, noch dazu in dienstlichen Räumlichkeiten, war anscheinend aus dem bayerischen Innenministerium positiv beschieden worden.

»Je später der Abend, desto schöner die Gäste«, rief ihnen Hauptkommissar Herbert Brod zu.

»Es ist genug für alle da. Ächts Schlengerla aus Bamberch«, tönte sein Kollege Peter Habermehl, griff in den Kasten und streckte Karin eine Bierflasche entgegen.

Die grinste, winkte dankend ab und stellte sich in Positur. Man merkte, das war sie gewohnt.

»Darf ich mal kurz um ihre Aufmerksamkeit bitten, meine Damen und Herren?«

Mühelos durchdrang sie das Stimmengewirr. Besser hätte es der Wagnertenor auch nicht gekonnt.

»Ich darf mich kurz vorstellen. Mein Name ist Karin Bärlauch, und ich bin vom Gerichtsmedizinischen Institut in Bayreuth.«

»Gibds edwa an Doden, Frau Bärlauch?«, fragte Hans Kräutlein in die plötzlich eingetretene Stille. In seiner Aufregung vergaß er sogar den Doktor in der Anrede.

»Ja und nein, Herr Kräutlein«, antworte Karin.

»Was denn nun? Gibt es eine Leiche? Und wenn ja, seit wann und wo? Vor allem aber, warum weiß ich als leitende Koordinatorin nichts davon?« echauffierte sich Frau Dr. Winterkorn.

»Vielleicht weil Sie nicht am Tatort waren?«, antwortete Karin.

»Tatort? Welchem Tatort?«

»In der Cranach-Ausstellung.«

Frau Dr. Winterkorn kniff die Augen zusammen.

»Soweit ich weiß, ist das Telefon bereits erfunden und ich bin immer und jederzeit erreichbar.«

Sie wies auf die drei Smartphones, die griffbereit vor ihr lagen, halbkreisförmig ein Glas einrahmten, das mit bernsteinfarbener Flüssigkeit gefüllt war. Sie war die Einzige, die ein Glas benutzte, wie Götz feststellte, alle andern tranken das Schlenkerla aus der Flasche.

Anklagend wies Frau Dr. Winterkon auf Karin Bärlauch.

»Sie sind doch schließlich auch nicht zufällig dort hingekommen, sondern wurden gerufen. Von wem eigentlich?«

»Von mir«, antwortet Götz.

»Dachte ich es mir doch, Herr Flößer. Das ist eine Kompetenzüberschreitung sondergleichen. Sie wissen ganz genau, dass Sie bei jedem, und ich betone, wirklich bei jedem besonderen Vorfall zuerst mich informieren müssen. Ich sage dann, wo es langgeht. Sie folgen meinen Anweisungen und leiern nicht eigenmächtig irgendwelche Aktionen an. Schon gar nicht, wenn es sich um ein Tötungsdelikt handelt. Das wird Folgen haben, das können Sie mir glauben, Herr Oberkommissar.«

»Schdobb!«

Der Befehl kam so laut und so deutlich, dass alle, sogar Frau Winterkorn, erstarrten und sich umdrehten.

»Ich möchd erschd amol wissen worums gehd. Und dann kümmern wir uns um die Kombedenzfragen. Und damid jeder glar siehd, die Leidung aller Sicherheidsfragn hier in Gronach hob immer noch ich und oben auf der Fesdung der Herr Flößer.«

Hans Kräutlein war aufgestanden und drängte sich nach vorn.

Frau Dr. Winterkorn sah ihn perplex an.

»Herr Flößer und Frau Dr. Bärlauch wern uns jedd über den Sachverhald informiern und dann, wenn mer Bescheid wissen, dann glärn mer den Resd.«

Götz verkniff sich ein Lächeln. So resolut hatte er seinen Chef schon lange nicht mehr erlebt und die wenigen Augenblicke von dessen Machtübernahme hatten genügt, um die bierselige Stimmung zu vertreiben.

»Brauchn Sa an Anschluss für ihrn Labdob um uns wos zu zeign?«, fragte Hans Kräutlein die Gerichtsmedizinerin und deutete auf ihren tragbaren Computer, den sie unter dem Arm geklemmt hielt. Die nickte.

Hans Kräutlein winkte Frau Hängerla herbei.

»Wo is denn des Anschlusskabl für den Biemer?«

Frau Hängerla lieferte den Beweis, dass die Aussage: „Frauen verstehen nichts von Technik" eine Erfindung der Männerwelt darstellte. In weniger als einer Minute war Karin Bärlauchs Laptop mit dem Beamer an der Decke verbunden, die Projektionsfläche heruntergefahren und alle starrten gebannt auf den erscheinenden Text.

»WINDOWS 10 und die Polizeiinspektion Kronach heißen Sie willkommen.«

Seltsamerweise lachte keiner. Nicht einmal die beiden Bamberger.

»Jedzd müssn sa bloß noch ihrn Ordner aufmachn und dann die Dexdseidn oder Bilder mid der Maus ogliggn, die Sa uns zeign wolln, Frau Dogder«, flüsterte Frau Hängerla Karin Bärlauch zu.

Die nickte und öffnete das erste Bild.

»Unsere Leiche!«

Ein Stöhnen ging durch die Reihen der Anwesenden. Selbst Hans Kräutlein konnte ein lautstarkes Ausatmen nicht unterdrücken. Götz machte sich nicht die Mühe, die unterschiedlichen Emotionsinhalte von den der Leinwand zugewandten Gesichtern abzulesen. Entgeisterung würde wahrscheinlich den meisten gerecht werden. Frau Dr. Winterkorn sprach es laut aus.

»Bin ich denn hier von lauter Verrückten umgeben?«

»Verrückt ist kein anerkannter Terminus technicus. Den finden Sie in keinem medizinischen Wörterbuch, falls Sie laienhaft auf meinen Geisteszustand anspielen sollten, Frau … äh, wie war doch gleich Ihr Name?«, wischte Karin den Einwand der Münchnerin beiseite und umkreiste mit dem Cursor den überlebensgroß dar-

163

gestellten Leichnam.

»John Doe oder Jane Doe, hätten unsere amerikanischen Kollegen noch vor einer Stunde gesagt.«

Auch jetzt lachte niemand. Denn allen anwesenden Polizeikräften war diese Bezeichnung bekannt. So wurden in Amerika fiktive oder unbekannte, männliche oder weibliche Personen benannt, deren Identität noch nicht festgestellt war oder aus Gründen der Geheimhaltung nicht genannt werden sollte.

Ein deutschsprachiges Äquivalent gab es nicht. Zumindest nicht im polizeilich-kriminalistischen Jargon. Da hatte sich Max Mustermann nicht durchgesetzt und eine Frau Mustermann war auch noch nicht etabliert.

»Inzwischen wissen wir aber mehr. Wir haben es hier mit einer Jane zu tun.«

»Wie ham sa denn des fesdgstelld?«, fragte Andreas Blöcher. Unvorsichtig, dachte Götz. Aber entschuldbar, denn der Polizeihauptmeister hatte noch nie persönlichen Kontakt mit Karin Bärlauch und ihren, wenn sie wollte, scharfzüngigen Formulierungen gehabt.

»Nun …« Karin lächelte Andreas Blöcher liebenswürdig an und holte gleichzeitig zu einem ihrer klassischen Killerargumente aus.

»… wie man das halt so macht, um den Unterschied zwischen Männlein und Weiblein festzustellen. Man schaut sich die äußeren Geschlechtsmerkmale an. Und die dürften ja hinlänglich bekannt sein. In groben Zügen wenigstens?«

Andreas wurde rot, wollte aber noch nicht klein beigeben.

»Aach bei an Käfer? Ich hob noch nie an weiblichen Käfer mid Diddn gsehn.«

»Völlig richtig. Titten, wie Sie die weibliche Brust so schön benennen, findet man in unterschiedlicher Ausformung und unterschiedlicher Zahl natürlich nur bei Säugetieren. Die fehlen bei den Insekten, aber männliche Käfer haben einen Penis. Um den zu sehen braucht man allerdings ein Vergrößerungsglas. Bei manchen

Männchen der Spezies Homo Sapiens übrigens auch.«

Bei dem einsetzenden Gelächter verzog Karin keine Miene, sondern hob nur den Arm.

»Jetzt im Ernst und um die Sache etwas deutlicher zu machen. Jane, unser Exemplar, das sie hier sehen, gehört zur Art Anobium punctatum aus der Familie Ptinidae. Deren Überfamilie sind die Bostrichidae, die zur Unterordnung der Polyphaga gehören. Die wiederum zählen zur Ordnung Coleoptera aus der Klasse der Insecta.«

Karin trug diese komplizierten Familienverhältnisse, die Namen der engen und entfernteren Verwandten Jane Does, vor, ohne ein einziges Mal ins Stocken zu geraten. Götz war richtig stolz auf sie, besonders deshalb, weil ihm ohne ihre Erklärung während der Untersuchung nur das letzte Wort bekannt gewesen wäre.

Insecta in Insekten zu übersetzen war keine Kunst. Und dass mit Coleoptera Käfer gemeint waren, konnte ein Blinder zwar nicht sehen, aber vielleicht ertasten. Aber der Rest ihrer Aufzählung von der Familie, der Überfamilie, über die Unterordnung bis hin zur Ordnung, das war Wissenschaft, die ihm imponierte. Bei einem menschlichen Toten würde sich niemand die Mühe machen, einen solchen „Stammbaum" zu entwickeln. Vom Homo sapiens der Neuzeit, zurück zum Neandertaler der Voreiszeit, falls die miteinander verwandt gewesen sein sollten. Und Carl von Linné, der Erfinder dieser Klassifizierung, wäre neben Karin vor Neid erblasst. Hierarchische Verwandtschaftsstrukturen über so viele Ebenen hinweg, das wäre selbst ihm zu viel gewesen, denn über zwei oder drei war er nicht hinausgekommen.

Die Gesichter von Karins Zuhörern drückten jedoch, trotz dieser detaillierten Schilderung der Identität der Toten, nur eines aus: Ratlosigkeit.

Bis auf das von Denise Petitechaperon. Doch auch deren geflüsterte Bemerkung in Richtung Andreas Blöcher war nicht wissenschaftlicher Natur. Höchstens für einen Sprachwissenschaftler.

»Jetzt weiß ich, warum meine jungen Kollegen, wenn sie aus

Houston von der FBI Academy zurückkommen, von der German Bitch sou impressed sind.«

Karin war der sprachliche Bedeutungswandel, den die „bitch", bei der jüngeren amerikanischen Generation erfahren hatte, anscheinend bekannt. Aus der Hündin, dem Miststück, oder dem Luder, war inzwischen fast eine Art Kompliment geworden. Vielleicht ein zweideutiges, um die Bewunderung für eine sehr selbstbewusste Frau nicht allzu hoch zu hängen. Aber immerhin deutlich anders als der Ursprung. Außerdem hätte sich Götz nicht gewundert, wenn Karins Selbstbewusstsein auch durch „das Luder" nicht angekratzt worden wäre. Sie grinste, obwohl sie die geflüsterte Bemerkung gehört haben musste. Frau Dr. Winterkorn hingegen verzog angewidert das Gesicht. Aber Karins Art ihr über den Mund zu fahren, hatte sie anscheinend nicht vergessen und das wog mehr als politische Korrektheit, der sie sonst mit aller Entschiedenheit nachging. Sie schwieg. Vielleicht dachte sie über einen Racheakt nach.

»So meine Damen und Herren, damit das Ganze nicht zu theoretisch bleibt: Anobium punctatum, das ist der „Gemeine Nagekäfer". Trotz dieses gefährlich klingenden Namens ist der selbst erst mal harmlos, auch gar nicht gemein im Sinne von hinterhältig, sondern nur gewöhnlich, also die Normalausgabe. Er oder sie selbst nagt nicht. Aber ...«

Karin hob wieder die Hand. Oberlehrerinnenmäßig, aber wirkungsvoll.

»Unser Exemplar Jane stand, wie ich festgestellt habe, kurz vor der Eiablage. Und wenn Herr Flößer sie nicht erschlagen hätte, wäre sie vielleicht noch heute Nacht sehr fleißig geworden. Sie hätte ihre Nachkommenschaft, mehrere hundert übrigens, in Holzritzen und Spalten ausgesetzt. Überall in der Ausstellung. Aus den Eiern hätten sich in den nächsten Tagen, Wochen oder Monaten Larven entwickelt. Und diese Kinderchen des Gemeinen Nagekäfers werden umgangssprachlich Holzwürmer genannt. Wahre Plagegeister, wenn man aus Holz ist. Was das für die Cranach-

166

Exponate bedeutet hätte, brauche ich Ihnen nicht zu sagen. Denn, wie mir Herr Flößer mitgeteilt hat, sind die meisten der hier ausgestellten Ölgemälde auf Holztafeln ausgeführt. Natürlich wären auch alle Balken und anderen Holzteile in den Ausstellungsräumen davon betroffen, wenn sie keine besondere Imprägnierung erhalten haben.«

Einen Augenblick lang kämpfte Götz mit der Versuchung Karin zu korrigieren. Nicht die „meisten", sondern „alle" Bilder Cranachs, die hier ausgestellt waren, hatten Holzbretter als Untergrund. Aber dieser Einwand hätte die Dramatik des Augenblicks gestört.

Dennoch fühlte er sich rehabilitiert. Befreit vom Vorwurf des Oberlehrers der Nation, der ein Holzbrett vorm Kopf hatte. Aber das ging hier niemanden etwas an.

Auf jeden Fall gewannen seine Forschungsergebnisse zum Thema Holz durch Jane Doe eine ungeahnte Bedeutung. Auch wenn die Art des Holzes keine Bedeutung hatte. Jane, oder genauer gesagt deren Nachkömmlinge, waren keine Kostverächter. Buche, Eiche, Fichte, Tanne, frisch oder Jahrhunderte alt, das war ihnen relativ egal. Um Varietäten kümmerten sie sich auch nicht. Sie mochten Rotbuche genauso gerne wie Weißbuche. Laub- oder Nadelholz stopften sie sich unterschiedslos in den Magen. Angeblich zogen sie Splintholz dem Kernholz vor, aber da niemand wusste, ob Cranach wie die modernen Möbelbauer eine Vorliebe für Kernholz gehabt hatte, spielte auch das keine Rolle. Für die Holzwürmer war die Hauptsache, es gab etwas zu futtern. Holz. Damit war der „undercoat", für den sich anfänglich nur ein pensionierter Professor aus Kyoto interessiert hatte, zum Maßstab des Gefährdungspotentials aller Cranach-Werke geworden. Götz' anfänglich nur intuitive Bewertung erwies sich nun als richtig. Die Priorität Nummer eins war das Holz gewesen. Das hatte ihn zuerst interessiert, wenn auch aus anderen Gründen als die Käfer. Deren Interesse galt ausschließlich der Nachkommenschaft. Das Sekundärergebnis Farbe war zwar irgendwie schön, löste aber bei

Anobium punctatum keinerlei zusätzlichen Reizimpuls aus. Die Farbe der Wiege ihrer Kinder war für sie bedeutungslos. Vielleicht waren Janes auch farbenblind. Vollständig oder teilweise. Die berühmt-berüchtigte Rotgrünblindheit, mit deren Folgen im Straßenverkehr sich auch die Polizei auseinandersetzen musste, betraf ohnehin fast ausschließlich Männer. Und ob diese Fehlsichtigkeit auch bei Käfern auftrat, war Götz nicht bekannt.

Viel wichtiger für alle Beteiligten war, dass Jane keine Einzeltäterin war.

»Ich möchte den Erkenntnissen von Frau Dr. Bärlauch noch etwas Entscheidendes hinzufügen. Jane Doe war leider nicht allein in der Ausstellung. Wir haben, gemeinsam mit einigen Kollegen der Bereitschaftspolizei, alle Räume durchsucht und sind fündig geworden. Innerhalb kurzer Zeit haben wir noch dreiundzwanzig weitere Exemplare eingefangen. Wie viele aber da oben noch herumschwirren, ist völlig offen. Alle Käfer, die Frau Dr. Bärlauch untersucht hat, sind weibliche Exemplare. Ausnahmslos. Einige wenige standen kurz vor der Eiablage, die meisten aber hatten diesen Vorgang bereits abgeschlossen.«

»Und was bedeutet das jetzt genau, weil Sie das so betonen?«, fragte einer der Bamberger Kommissare.

»Zweierlei. Erstens, alle Exponate könnten mit Eiern des Nagekäfers befallen sein und sind damit potenziell Holzwurm-infiziert. Und zweitens, diese einseitige Geschlechterverteilung sagt uns, dass die Nagekäfer nicht durch ein Versehen oder zufällig in die Ausstellung gelangt sind. Bei insgesamt dreiundzwanzig Exemplaren müssten nach den Gesetzen der Wahrscheinlichkeit mindestens ein paar Männchen dabei gewesen sein. Die Entwicklung der Käfer verläuft kongruent. Männchen und Weibchen erreichen zum gleichen Zeitpunkt die Geschlechtsreife. Da wir nur Weibchen gefunden haben und sich alle kurz vor oder in der Eiablage befinden, kann das nur eines bedeuten. Sie wurden geschlechtermäßig sortiert und dann dort ausgesetzt. Vorsätzlich und mit dem eindeutigen Ziel, einige oder alle Cranach-Exponate zu schädigen oder vollständig zu zerstören. Das Tragische daran: Es hätte Monate gedauert, bis dieser Holzwurmbefall entdeckt worden wäre.«

»In an Grimi oder an Dadord im Fernsehn käm jedzd garandierd die Froch: Wer machd denn so was?«, unterbrach Andreas Blöcher die lähmende Stille, die sich nach Götz' Ausführungen ausgebreitet hatte. Anscheinend stellten sich alle Anwesenden vor, wie ein Lucas Cranach-Gemälde nach dem anderen von den Larven des Anobium punctatum durchbohrt wurde.

Holzmehl rieselt aus den Öffnungen des „undercoat". Erst wenige Körnchen, dann immer mehr. Neue Bohrlöcher tun sich auf. Aus dem Rieseln wird ein Strom. Fast meinte Götz das gierige Knabbern und Kauen kleiner Kiefer zu hören. Unaufhaltsam fressen sich die Käferkinder durch Bretter oder Holztafeln. Stabiles Holz verwandelt sich in ein poröses Gebilde. Viel Hohlraum und nur wenig tragende Substanz. Noch hält die aufgetragene Farbschicht das Ganze zusammen. Von der bemalten Seite aus scheint das Gemälde noch unversehrt. Doch eine geringe Berührung, eine minimale Erschütterung, selbst der Lufthauch aus der Öffnung einer Klimaanlage, kann das Zerstörungswerk vollenden. In Sekundenbruchteilen löst sich das befallene Bild auf. Zurück bleibt ein kleines Häufchen braunen Staubes, durchsetzt mit Farbsplittern. Aber vielleicht verschwinden auch die, werden von den Holzwürmern sozusagen als Nachtisch verzehrt. Lucas Cranachs Werk stirbt, verschwindet beinahe rückstandslos. Zurück bleibt, hart aber eindeutig ausgedrückt, Holzwurmschciße.

»Auf jeden Fall wissmer jedzd, wos mid der Drohung KILL-CRANACH gemeind wor«, fasste Hans Kräutlein das Schreckensszenario zusammen.

16.

»Die Jagd auf den Plakatattentäter beginnt jetzt«, sagte zwar niemand, aber Götz hoffte, dass es jeder dachte und fügte

»Endlich!«, hinzu.

»Ein vielversprechender Anfang« kommentierte Frau Dr. Winterkorn das neue Kapitel in der Vorgehensweise um die Sicherheit von Lucas Cranachs künstlerischer Hinterlassenschaft.

»Wos für a dumms Gelaber. Mir wissen kaum mehr wie vor vier Wochn. Außer, dass unser Blagadaddendäder a Holzwurmfedischisd is.«

Zum Glück blieb Andreas Blöchers Anmerkung ungehört. Zumindest von der Münchner Koordinatorin, denn sonst wäre vielleicht der Kampf um Kompetenzen und Führung neu entbrannt. Und noch war Hans Kräutleins Anspruch auf die Rolle „Herr aller in Kronach stationierten Reußen", sprich Polizisten, unsicher.

»Wos schlagn Sa denn vor, Frau Dogdor?«, fragte der und ließ seinen Blick unbestimmt zwischen den Doctores unterschiedlicher Fachgebiete hin und her wandern. Anscheinend wollte er es sich mit keiner der beiden verderben.

Eine Antwort bekam er nur von der Gerichtsmedizinerin.

»Also ich liefere bloß Fakten. Wie Sie die interpretieren und was Sie daraus machen, das ist Ihr Ding«, antwortete die in ungewohnter Bescheidenheit.

»Eines scheint mir jedoch sicher. Wie Herr Flößer bereits sagte, zufällig sind die Käfer nicht in die Ausstellung geraten. Das verrät uns das Fehlen von Käfermännchen. Aber noch etwas können wir da herauslesen. Derjenige, der die Käfer dort ausgesetzt hat, wollte auf Nummer Sicher gehen. Er oder sie hat nur weibliche Käfer ausgewählt, deren Eiablage innerhalb der Ausstellungszeit erfolgte. Auch wenn ich das nicht mit hundertprozentiger Sicherheit sagen kann, spricht alles dafür, dass dies eher in den ersten beiden Wochen der Ausstellung geschehen ist und nicht erst in den letzten Tagen. Genauer kann ich den Zeitrahmen noch nicht festlegen. Der Mann oder die Frau muss sich also mit Insekten auskennen. Also, wie und wann sie sich fortpflanzen, wie lange die Entwicklungszeit der Eier dauert, und natürlich wie man Männlein und Weiblein voneinander unterscheidet. Alles nicht übermäßig schwer, aber auch nicht so einfach, dass jedermann auf der Straße als Täter in Frage käme. Wer also kennt sich gut mit Holzschädlingen aus?«

»A sehr guda Froch, des grenzd den Däderbereich scho gewaldich ei«, meinte Hans Kräutlein.

»Förster, Waldarbeiter, Sägewerkbesitzer, Zimmerer, Schreiner, Möbelbauer, Antiquitätenhändler und Restaurateure.«

Götz war von Peter Habermehls Aufzählung beeindruckt. Sie schien ihm nicht nur umfassend, sondern auch chronologisch richtig dem Weg des Holzes, von den Anfängen der Aufzucht, über die Verarbeitung, bis hin zur Nutzung in verschiedenen Bereichen, folgend.

Logisch, wenn man als Ermittler im Rauschgiftdezernat arbeitete.

Auch dort musste man der Spur von Haschisch, Heroin, Kokain oder moderner Designerdrogen nachgehen. Vom Konsumenten, über die Handelsstrukturen der Kleindealer und Großhändler, bis in die Anbauländer oder das Labor, in dem sie synthetisiert wurden. Das konnte die Küche einer Wohnung, irgendein Kleinbetrieb mitten in Bamberg sein, bei dem es nicht auffiel, wenn er die notwendigen Grundchemikalien einkaufte, oder aber eine Anbaugegend, tausende Kilometer entfernt, in Mexiko oder Afghanistan.

Aber die Aufzählung machte auch deutlich, die Auswahl des Personenkreises, dem der Täter wahrscheinlich angehörte, war relativ groß. Zumindest in Oberfranken. Noch immer spielte die Holzverarbeitung und die damit verbundenen Gewerbe und Betriebe eine messbare Rolle im Landkreis Kronach.

Außerdem galt für Drogen, wenn sie entdeckt wurden, eine andere, ganz einfache Regel. Aufheben, solange sie als Beweismaterial notwendig waren, und dann vernichten.

Kaum die richtige Vorgehensweise für die Cranach-Exponate.

Momentan jedoch schien der gesamte strategische Führungskreis von einem plötzlichen Anfall von Jagdfieber gepackt zu sein, der die bis dato allein bestimmende Sicherheitsfrage mit einem Mal völlig ausklammerte. Emotional konnte Götz das gut verstehen. Taktiker ohne Bodenhaftung neigten leicht zu einhundertachtzig Grad Schwenkmanövern und nannten das dann eine strategische Wende. Ganz schlicht und einfach deshalb, weil sie den Unterschied zwischen Strategie und Taktik nicht kannten. Doch gleich, ob man die Lehren von Sunzi, einem Fünfhundert vor Christus in China geborenen Militärstrategen und Philosophen, heranzog oder die von Clausewitz, der Achtzehnhunderteinunddreißig dem Kampf gegen die Cholerabakterien unterlegen war, im Ergebnis glichen sie einander. Clausewitz war vielleicht bekannter, weil er noch nicht so lange tot war. Zwar hatte der nie eine militärische Schlacht geschlagen, sondern sein ganzes Leben in der Kaserne am Schreibtisch und am Sandkasten zugebracht, galt aber immer noch als der Strategie- und Taktik-Lehrer schlechthin. Kurz und bündig sagte der als Buchautor berühmt gewordene General:

»Strategie ist langfristig und Taktik kurzfristig.«

Logischerweise müsste deshalb der strategische Führungskreis taktischer Führungskreis heißen. Schließlich ging es nur um kurzfristige Ziele.

Ziel Nummer eins: Gewährleistung der Sicherheit für die Cranach-Exponate. Daran hatten sie sich schon wochenlang abgearbeitet. Insbesondere er. Die Tätersuche war erst Ziel Nummer zwei. Möglichst ebenfalls taktisch, also kurzfristig. Strategisch war in dem Zusammenhang überhaupt nichts und das musste anscheinend einmal deutlich gesagt werden. Frau Winterkorn hatte sich nach dem Machtwechsel emotional und rational ausgeklinkt und Hans Kräutlein war noch damit beschäftigt, die zurückgewonnenen Zügel zu ordnen. Eine neue Phase der Gruppendynamik hatte begonnen.

»Ich glaube, zuerst müssen wir überlegen, was wir mit den Cranach-Bildern machen. Wir können sie schlecht an die Besitzer zurückschicken und so tun, als wüssten wir nichts von der Gefährdung durch Holzwürmer«, rief er den Anwesenden in Erinnerung.

172

»Eier, denn das könnte wichtig sein für die Art der Maßnahme«, ergänzte Karin Bärlauch.

»Absolud richdich. Des is unser neue Schdradegie«, pflichtete Hans Kräutlein bei.

Aus Gründen des Erhalts der neuen Machtverhältnisse verzichtet Götz auf eine Richtigstellung zwischen Strategie und Taktik. Vor allem aber aus Gründen der Strategie, denn schließlich musste er mit seinem Chef noch ein paar Jahre zusammenarbeiten. Also langfristig.

Hans Kräutlein besaß zwar im Gegensatz zu Frau Dr. Winterkorn nur ein Handy, aber die notwendige Autorität, um einen Kronacher Unternehmer auch abends um zehn aus seinem wohlverdienten Fernsehschlaf oder anderen unternehmerischen Tätigkeiten zu reißen. Seine Fähigkeit zur Gruppenkommunikation bewies er damit, dass er die Lautsprecherfunktion einschaltete.

»Eine erneute Begasung aller Räume der Cranach-Ausstellung?«, fragte sein Gesprächspartner.

»Ja.«

»Wann denn?« Das Rascheln umgeblätterter Seiten war zu hören.

»Also, in vierzehn Tagen könnten wir mit den Abdichtungsarbeiten beginnen. Das wäre unser frühester Termin.«

Kammerjäger waren anscheinend in Kronach gefragt und langfristig ausgebucht.

»Morgen. Morgen am Samsdach. Des wär unser spädesder Dermin«, erwiderte Hans Kräutlein befehlsgewohnt.

»A Nodfall«, fügte er noch hinzu.

»Unmöglich«, kam die Antwort.

»Eine Frage noch, bevor wir uns auf einen Termin einigen«, mischte sich Karin Bärlauch ein.

»Würden bei einer Begasung, ganz gleich womit, auch die Eier von Schädlingen abgetötet?«

Das Smartphone übertrug nachdenkliche Stille. Erst nach einer ganzen Weile ertönte aus dem Lautsprecher die Gegenfrage.

»Um welchen Schädling oder wessen Eier handelt es sich denn? Doch garantiert nicht die von Hühnern.«

»Holzwürmer! Aber des is schdreng verdraulich.«

Das „streng vertraulich" und die Holzwurmeier lösten eine erneute Denkpause aus und die folgende Aussage kam zögerlich.

»Nicht hundertprozentig, das können wir nicht garantieren. Gegen Holzwürmer, vor allem wenn es sich um einen großflächigen Bereich wie die Cranach-Ausstellung handelt, kämen zwei andere Verfahren zum Einsatz.«

»Und die wärn?«, fragte Hans Kräutlein ungeduldig.

»Erhitzen auf mindestens sechzig Grad im Kern des befallenen Holzes oder Bestrahlung durch hochfrequente Magnetwellen mit einem Magnetron. So was haben wir aber leider nicht. Müssten wir besorgen und das würde ein Weilchen dauern.«

»Wie lang?«

»Na mindestens zwei bis drei Wochen und dann könnten wir anfangen. Nach einem Probelauf natürlich.«

»Kosda vergessen«, beschied Hans Kräutlein und unterbrach die Verbindung.

Es war inzwischen zweiundzwanzig Uhr dreißig. Und Götz stellte sich vor, wie in jeder Minute, die verging, aus einem Holzwurmei eine Larve schlüpfte. Und wahrscheinlich war es bei Käferkindern nicht anders als bei menschlichen Babys. Die erste Regung, die sie nach dem anstrengenden Geburtsvorgang verspürten, war Hunger.

»Was passiert eigentlich mit den Eiern oder den Larven bei einer Wärmebehandlung oder durch die Magnetwellen?«, fragte Götz, obwohl diese Information keinen zeitlich akuten Stellenwert hatte. Drei Wochen Wartezeit, das war unakzeptabel, obwohl er keine Ahnung hatte, wieviel Gramm Holz ein Holzwurmbaby pro Tag vertilgte.

»Proteine, also die Grundbausteine menschlichen und tierischen Lebens, gerinnen oder verklumpen bereits bei Temperaturen ab fünfundfünfzig Grad. Das erreicht man durch eine einfache

Wärmebehandlung. Und ein Magnetron ist im Prinzip nichts anderes als eine Mikrowelle in der Küche. Die dort erzeugte kurzwellige Strahlung versetzt Wassermoleküle in Schwingungen und erzeugt Reibungshitze. Sprich, das Wasser fängt an zu kochen. Und da alle Lebewesen zu einem hohen Anteil aus Wasser bestehen, werden sie innerlich gekocht. Beim Erhitzen von Tiefkühlkost erwünscht, für Lebewesen ziemlich tödlich.«

»Also, das mit der Mikrowelle leuchtet mir ja ein. Innerlich gekocht, das überlebt keiner. Aber Außentemperaturen von fünfundfünfzig Grad? Das soll gefährlich sein? In manchen Wüstenregionen auf der Erde wird es wärmer und in einer Sauna allemal. Und üblicherweise stirbt dort niemand. Zumindest nicht deshalb, weil seine Proteine anfangen zu gerinnen.«

Karin grinste.

»Absolut richtig. In der Wüste oder in der Sauna kühlen wir uns selbst. Durch die Verdunstung von Schweiß. Oder, wenn man ein Hund ist, durch das Hecheln. Aber Hunde gehen auch selten in die Sauna. Bei menschlichen Saunabesuchern steigt die Körpertemperatur kaum an. Maximal um ein halbes Grad oder so, obwohl die Außentemperatur bis zu einhundert Grad betragen kann. Eier schwitzen aber nicht und hecheln tun sie auch nicht. Keine Flüssigkeit, die verdunstet, bedeutet keine Kühlung. Also verklumpen die Proteine miteinander und verlieren ihre Fähigkeit, Zellen und Organe, also ein Lebewesen zu bilden. Aus einem so behandelten Hühnerei würde auch kein Küken mehr schlüpfen. Oder in unserem Fall keine Holzwurmlarve. Gleiches gilt natürlich auch für alle weiteren Entwicklungsstufen bis hin zum fertig ausgebildeten Insekt.«

Sie zuckte bedauernd die Achseln.

»Ob uns das allerdings weiterhilft, weiß ich aber nicht.«

»Villeichd scho«, meldete sich Andreas Blöcher.

Alle sahen ihn an.

»Mei Nachbar in Friesen, der hod a Sächewerg.«

*

In den folgenden Minuten bewies Hans Kräutlein seine Befähigung zum Inspektionsleiter oder, wie es Frau Hängerla ausdrücken würde, als »absoluder Gronacher Ollraundmen«.

Erster Anruf:

»Ich kum heud Nachd endweder gorned oder erschd früh ham. Mir ham da an Nodfall.« Frau Kräutlein stellte keine Fragen.

Zweiter Anruf:

»A agude Nodsiduadion, sonsd däd ich dich ned daham störn, Edwin. Mir brauchn unbedingd a Auskunfd. Wos für a Demberadur häld a alds Ölgemäld aus, ohne kabudzugehn? A Konservador von an Museum bei euch in München müsd des doch wissen. Froch jezd ned, warum und wieso mir des wissen müssn, sondern du mer einfach den Gfalln. Der soll soford bei uns anrufn. Ja, mir sind die ganze Nachd erreichbar.« Zu Götz' großer Verblüffung wurde das bayerische Innenministerium in einem akuten Notfall wie diesem aktiv, ohne sich vorher durch eine parlamentarische Anfrage abzusichern. Das bewies Anruf Nummer vier, der bereits zehn Minuten später einging.

Vorher erfolgte das dritte Telefonat. Der Sägewerksbesitzer.

»Ja, wir ham Droggenkammern für Holz bei denen sich die Demberadur genau einstelln lässd. Und sechzich bis Fünfasechzich Grad, des is überhaubsd ka Problem ned. Wenn die Holzbredder ned zu dick sind, dann is die Kerndemberadur innerhalb vo zwa Stunden erreichd. Des überlebd ka Holzwurm, des könna Sa mer glaum. Des is für uns Rudine.«

Zwischenzeitlich erledigte Magnus Keil per Funk die Alarmierung aller hundert Bereitschaftspolizisten.

Die Nummer Vier erwies sich allerdings als überaus detailorientiert. Der Konservator einer Gemäldesammlung des Freistaates Bayern, vom Staatssekretär des Innenministeriums alarmiert.

»Also, mit einer solchen Frage bin ich während meiner dreißigjährigen Laufbahn noch nie konfrontiert worden. Schon gar nicht um eine solche Uhrzeit. Von wo rufen Sie an?«

»Aus Gronach. Abber des spield in dem Zusammenhang überhabsd ka Rolln. Sie müssn uns bloß sogn, ob alda Ölbilder su a Demberadur aushaldn oder ned.«

»Dafür kann ich meine Hand nicht ins Feuer legen.«

»Ich red ned von an Feuer, sondern von aner Droggnkammer für Holz und aner Demberadur vo höchsten fünfasechzich Grod.«

»Aber wozu? Die Holzgrundlage der alten Bilder ist doch trocken. Jahrhunderte lange Trocknung sozusagen.«

»Dorum gehds doch überhaubd ned. Des die drogn sind, des wiss mer selbsd. Die Frach is, häld die Farb des aus?«

Götz war von seinem Chef begeistert. Obwohl er nie mit Hans Kräutlein über seine Farbstudien an den Cranach-Gemälden gesprochen hatte, brachte der die Sache auf den Punkt. Und er vermied Panikmache. Holzwürmer waren für einen Konservator bestimmt weitaus schlimmer und bedrohlicher als der brutalste Serienmörder.

»Jede Farbe«, flüsterte er ihm zu, denn die Eine lag ihm ganz besonders am Herzen.

»Jeda Farb, die in an aldn Bild vorkommd«, gab Hans Kräutlein die Forderung weiter.

»Nun das müsste natürlich geprüft werden, Herr Kollege. In Form einer wissenschaftlichen Studie. Das stelle ich mir etwa folgendermaßen vor. Man würde ein zeitgenössisches Bild, ein sagen wir eher künstlerisch wertloses, nehmen. Eines in dem möglichst viele unterschiedliche Farb- und Pigmenttypen verwendet wurden. Und das würde man unterschiedlichen Klimabedingungen aussetzen und daran die Folgen hoher beziehungsweise niederer Temperaturen feststellen. Die Bildung von Rissen, eventuelle Veränderungen durch oxidative Prozesse und Verläufe unterschiedlicher Farbschichten untereinander. Ich hätte da einen Assistenten, der sich einer solchen Fragestellung im Rahmen seiner Doktorarbeit widmen könnte. Vielleicht unter dem Titel „Museale Kunst:

Erhaltung und Lagerung alter Meisterwerke unter dem Einfluss verschiedenartiger Temperatur- und Feuchtigkeitsgradienten". Oder so ähnlich wenigstens. Wenn wir uns beeilen, dann hätten Sie die Publikation der Doktorarbeit in längstens zwei Jahren auf dem Tisch. Also das wäre eine Idee, für die könnte ich mich sehr gut erwärmen. Da hätte ich ein gutes Gefühl. Ein sehr gutes sogar. In welcher Funktion genau sind Sie in Kronach tätig, Herr Kollege? Kräutlein? Kräutlein? Irgendwie kommt mir der Name bekannt vor. War ihr Herr Vater nicht …«

»Na eher ned. Mei Vadder wor genau wie ich bei der Bolizei«, unterbrach Hans Kräutlein den Konservator und das Gespräch.

»Vielleicht hammer jemand anners, der sich doderzu wos zu sogn draud und doderfür kanna zwa Johr brauchd«, fragte er.

Götz nickte.

17.

»Fünfundsechzig Grad Celsius als Obergrenze sind für ein altes Ölgemälde überhaupt kein Problem. Das müsste dir auch jeder Restaurator bestätigen, der etwas von seinem Fach versteht und der kein vertrockneter Theoretiker ist«, behauptete Yildiz. Und ohne eine Doktorarbeit zu planen, lieferte sie auch gleich eine nachvollziehbare Begründung.

»Gereinigtes Leinöl wie früher oder heutiger Leinölfirnis, als Grundlage von Ölfarben, brauchen zwar mehrere Monate wenn nicht gar ein Jahr, bis sie völlig durchgetrocknet sind, aber dann, nach dem Verdunsten aller flüchtigen ätherischen Öle, bleibt eine Farbschicht zurück, die ist fast so hart wie modernes Epoxidharz. Nur deutlich elastischer. Ein paar Stunden bei Temperaturen um die sechzig Grad hält jede Ölfarbe ohne Schaden aus. Schließlich haben solche Bilder schon mehrere Jahrhunderte überstanden und die längste Zeit davon ohne Klimaanlagen. Einige davon Jahrzehnte oder Jahrhunderte in irgendwelchen Lagermagazinen, auf

Dachböden oder in irgendwelchen obskuren Gemäuern mit miserablen Umgebungsbedingungen.«

Hans Kräutlein vertraute anscheinend auf Yildiz' Beurteilung ebenso wie Götz und ordnete deshalb die Sicherheitskräfte neu.

Magnus Keil und ein Großteil seiner Mannschaft würden die Cranach-Exponate in die Trockenkammern des Sägewerkes transportieren und dort die Wärmeexekution aller Jane Doe Nachkommen überwachen.

Man sah Magnus Keil richtig an, wie ihn die neu entstandene Aufgabe belebte. Nach einem kurzen Blick auf sein Chronometer bellte er bereits den ersten Alarmbefehl in sein Funkgerät. Endlich war etwas los in Oberfranken.

»Einsatzstufe Rot. Einsatzstufe Rot. Schwerer Dienstanzug und volle Ausrüstung. In dreißig Minuten ist Antreten. Um dreiundzwanzig null neun erwarte ich Vollzugsmeldung«, ordnete er an.

Götz meinte ein gequältes Stöhnen aus dem Lautsprecher des Sprechfunkgerätes zu vernehmen. Absolut nachvollziehbar, wie er fand. Aber Magnus Keils Anweisung war richtig.

Solange sie nichts über den oder die potentiellen Täter wussten, konnte es durchaus sein, dass ihre jetzige Vorgehensweise genau das war, was von ihnen erwartet wurde. Millionenwerte wurden ohne schützende Mauern durch Oberfranken gekarrt. In simplen, ungepanzerten Manschaftstransportwagen der Bereitschaftspolizei. Ein Überfall durch eine hochgerüstete Diebesbande, war eine denkbare Option. Denn irgendetwas musste ja hinter dem Anschlag stecken. Für die betroffenen Bereitschaftspolizisten hatte er dennoch Verständnis.

Aus einer polizeiinternen Publikation wusste er, der schwere Dienstanzug, bestehend aus: flammenabweisender Unterwäsche, ähnlich der, wie sie Formel Eins Piloten trugen, wasser- und öldichten Sicherheitsschuhen, welche nachweislich die Entwicklung von Schweißfüßen förderten und deshalb, wegen des erhöhten Risikos von Fußpilzinfektionen, regelmäßig innen mit einem Antimykotikum ausgesprüht werden mussten, Arm- und Beinprotektoren, die an Kunststoffnachbildungen mittelalterlicher Ritterrüstungen erinnerten und sich wahrscheinlich auch genauso anfühlten, dem vorgeschriebenen Genitalschutz, weil Demonstranten Polizeibeamte vorzugsweise zwischen die Beine traten, vielleicht um deren natürliche Vermehrungsfähigkeit zu stören, der Schutzweste mit Metallplattenverstärkung, moderne leichtere Kevlar-Westen waren dem bayerischen Staat zu teuer, verstärkten Handschuhen, die zwar die Bedienung des zur Ausrüstung gehörigen Schlagstocks erlaubten, nicht aber die Betätigung des Abzugs einer P7 oder MP5, vorausgesetzt man befand sich in Bayern, denn die verschiedenen Bundesländer glaubten an verschiedene Waffentypen und rüsteten ihre Polizei unterschiedlich aus, dem Helm mit Klappvisier, das sowohl bei niedrigen als auch bei hohen Temperaturen die Neigung zeigte durch Atemluft zu beschlagen, wog ziemlich genau zweiundzwanzig Kilo. Ob mit oder ohne den Helm wusste er nicht mehr.

Für einen durchtrainierten Neunzig-Kilo-Mann von Einsfünfundachzig war das vielleicht kein Problem. Aber die Einstellungsvoraussetzungen für männliche Bewerber der Bereitschaftspolizei lagen, wenn sich Götz richtig erinnerte, eher bei einhundertsiebzig Zentimetern Mindestkörpergröße. Ob es ein Mindestgewicht gab, wusste er nicht, nur dass eine Obergrenze existierte, die ihm aber ebenfalls entfallen war. Doch inzwischen waren fast zwanzig Prozent der Bereitschaftspolizisten weiblich. Und das durchschnittliche Lebendgewicht der Mädels in Magnus Keils Mannschaft schätzte Götz eher auf sechzig Kilo. Das bedeutete, deren zu bewegende Gesamtmasse erhöhte sich mit dem Anzug um mehr als dreiunddreißig Prozent.

Dazu kam noch das Gewicht der Pistole mit Ersatzmagazin am Gürtel und das der umgehängten Maschinenpistole inklusive Munitionsvorrat. Keinesfalls würde Magnus Keil seine Mannschaft ohne diese Insignien des Gewaltmonopols des Staates ausrücken lassen. Und, das fiel Götz noch ein, an jedem der Jungs und Mädels hing noch ein Pfefferspray zur Selbstverteidigung und an den

Truppführern ein Sprechfunkgerät. Summa summarum schleppte also ein Sechzig-Kilo-Mädel in mittlerer Führungsposition, der eines Truppführers zum Beispiel, fast fünfundzwanzig zusätzliche Kilo mit sich herum. Das glich schon fast dem Leistungsniveau, das einem Sherpa im Himalaya abverlangt wurde. Und die, obwohl berufsmäßige Gepäckträger, hatten vor einiger Zeit gestreikt, weil ihr Job zu schwer, zu gefährlich und zu schlecht bezahlt war.

Über den modischen Aspekt des Polizeirobot-Anzuges mochte man geteilter Meinung sein. Aber Götz war sicher, hätten die jungen Leute die Wahl gehabt, wäre ihnen wahrscheinlich ein Bekleidungszuschuss für ein schickes Designer-Outfit lieber gewesen. Ein Armani-Anzug oder -Kostüm vielleicht. Für zweitausend Euro. Soviel kostete nämlich, laut dieser Polizeipublikation, die Einsatzmontur ohne Bewaffnung, ohne Zusatzausrüstung und ohne den Helm.

Dabei waren die Schutzklamotten keineswegs individualisiert, geschweige denn maßgeschneidert. Mit dem Titel »Unisex Fashion« wurde die Tatsache der möglichst kostengünstigen Serienfertigung beschönigt, die keinerlei Rücksicht auf die unterschiedliche Bauweise männlicher oder weiblicher Träger nahm. Was seitens der Mädels zu einer eindeutigen und verständlichen Stellungnahme führte.

»Der Schutzanzug ist für die meisten von uns oben rum zu eng«, wurde eine Bereitschaftspolizistin zitiert. Anhand der Abbildung hatte Götz deren Oberweite, nach seinen neuesten Erkenntnissen, eindeutig auf moderates Lucas Cranach-Maß geschätzt. Was mochten da erst diejenigen sagen, deren Formen eher in die Rubens-Epoche passten? In Fragen der Gleichstellung von Mann und Frau gab es demzufolge noch eindeutigen Raum zur Verbesserung bei der Polizei.

Für die Vorgesetzten, die das Tragen des Schutzanzuges anordneten, existierten klare Handlungsanweisungen. Schließlich waren deren Untergebene gleichzeitig auch Schutzbefohlene des Staates. Und der nahm seine Verantwortung ernst. In Form von

181

Vorschriften.

»Das Tragen des Einsatzanzuges ist auf Grund seiner Bauweise und der notwendigen Schutzfunktionen mit besonderen körperlichen Belastungen für die Beamten/Beamtinnen verbunden. Selbst der Aufenthalt in einem Verfügungsraum mit geringer körperlicher Anstrengung ist mit starker Schweißabsonderung verbunden. Der Einsatzleiter hat deshalb strikt darauf zu achten, dass für die Einsatzkräfte ständig eine ausreichende Flüssigkeitszufuhr gewährleistet ist. Als Mindestwerte sollten ein bis zwei Liter Flüssigkeit (nichtalkoholisch) pro Person für einen circa drei- bis vierstündigen Einsatz berücksichtigt werden. Ein Teil der Flüssigkeit kann „vorrätig" eingenommen werden. Deshalb wird vor dem Einsatz „präventives Pullern" angeraten.«

Götz hatte beim Lesen des Berichtes versucht, sich das Realitätsbewusstsein dessen vorzustellen, der diese Handlungsanweisung verzapft hatte. Auch wenn seine Wortwahl nicht unbedingt fehlerhaft war. Pullern oder urinieren, das machte keinen großen Unterschied. Eher schon dessen Ausführung.

Bei einer Großdemonstration oder einem ähnlichen Ereignis, standen die Kollegen und Kolleginnen manchmal stundenlang in einem Verfügungsraum, bevor sie zum Einsatz kamen. Da hieß es, sich langweilen, die Zeit totschlagen und warten bis der Einsatzbefehl kam. Während dieses „Aufenthaltes im Verfügungsraum" hatten sie durchaus Gelegenheit zur „vorrätigen" Flüssigkeitsaufnahme. Da gab es an der Vorschrift nichts zu meckern. Dieser Verfügungsraum konnte ein Wald, in der Nähe von Castor befahrenen Eisenbahngeleisen sein, aber genauso gut die Nebenstraße einer deutschen Großstadt mit Demo-Neigung. Dann kam über Funk der Einsatzbefehl.

»Schnell noch mal präventiv pullern«, würde jetzt ein pflicht- und verantwortungsbewusster Einsatzleiter anordnen.

Im Wald und bei den Jungs mochte die Durchführung dieser Anweisung noch halbwegs funktionieren. Umständlich vielleicht, wegen des Genitalschutzes. Aber bei den Mädels?

Das wäre garantiert ein Spektakel, das zumindest für die Anwohner der Nebenstraße in der Großstadt unvergessen bleiben würde.

Aber Götz vertraute darauf, dass Magnus Keil mit all diesen Tücken eines Einsatzes mit höchster Sicherheitsstufe vertraut war, auch wenn dessen Anordnung hinsichtlich der Ausführungsbestimmung „präventiv pullern" lückenhaft war.

Absolut nicht lückenhaft waren Hans Kräutleins Anweisungen für den Rest des Personals. Und er bewies politisches Geschick. Unter der Leitung von Frau Dr. Winterkorn durften sich Götz, Andreas Blöcher und zehn Bereitschaftspolizisten auf lange Fernsehstunden freuen. Denise Petitechaperon, der ohnehin niemand etwas zu sagen hatte, sollte auf Vorschlag von Hans Kräutlein zwischen den beiden Arbeitsgruppen hin und her pendeln. Der Festung Rosenberg, dem Sägewerk in Friesen und der Polizeiinspektion. Deren Besprechungsraum war inzwischen mit einem halben Dutzend Monitoren und Abspielgeräten ausgestattet und erinnerte an die Regiezentrale eines Fernsehstudios.

»Unser Rügversicherung gechenüber der Versicherung. Wenn wirglich was bassierd, dann könna mer immer beweisn, des unser ameriganischa Sicherheidsexperdin die ganze Zeid am Ball wor«, begründete Hans Kräutlein den wechselseitigen Einsatz der FBI-Agentin.

Die zehn Bereitschaftspolizisten der Fahndungsgruppe freuten sich wirklich. Stundenlang vor einem Monitor zu sitzen, war entspannter als, von mehr als zwanzig Kilo Sicherheit ummantelt, Lucas-Cranach-Bilder durch ein nächtliches Oberfranken zu transportieren.

Wie Götz in einer einfachen Dreisatzrechnung errechnet hatte, stand der Ermittlungsgruppe die kriminalistische Analyse von eintausendzweihundert Stunden Videomaterial, gespeichert auf DVDs, bevor. Da bei der Grobsichtung das Filmmaterial mit doppelter Geschwindigkeit ablief, entstand daraus ein Arbeitspensum von fünfundzwanzig Tagen. Geteilt durch die Schichtstärke von zehn Beamten, reduzierte sich der Aufwand auf etwa zwei Komma fünf Tage.

Die Hoffnung, der Täter und seine Handlungen mögen dabei sichtbar werden, formulierte Frau Dr. Winterkorn in einer klaren Aufgabenverteilung.

»Wir beginnen von hinten, lassen die Nachtstunden aus, da vorerst nur die Besucher der Ausstellung auf mögliche verdächtige Verhaltensweisen überprüft werden. Die Vorsichtung übernehmen die Kräfte der operativen Ebene und alle Videosequenzen, in denen etwas passiert, was vom Normverhalten abweicht, werden mir persönlich vorgeführt.«

Das würde natürlich den Zeitbedarf von zweieinhalb Tagen verlängern, dachte Götz, nickte aber mit der gewünschten Ergebenheit. Zwei oder drei Tage mehr mit Frau Dr. Winterkorn würde er auch noch überstehen. Und, dass sie von hinten anfing, anstatt, wie Karin Bärlauch empfohlen hatte, das Zeitfenster von vorne zu öffnen, war ebenfalls das kleinere Übel gegenüber einer Auseinandersetzung über Kompetenzentscheidungen.

Er hatte aber die Arbeitswut, die analytischen Fähigkeiten seiner Kollegen von der Bereitschaftspolizei und das Glück völlig unterschätzt.

Ein Ergebnis lag bereits nach drei Stunden, am Sonntagmorgen um null zwei null neun nach internationaler Norm, die den Tag in vierundzwanzig Stunden teilte, auf dem Tisch. Genauer gesagt auf einem der Monitore.

Der Attentäter verhielt sich so auffällig unauffällig, dass es ein Wunder war, dass er nicht gleich während der Tat aufgefallen war.

Er trug ein dunkles Kapuzenshirt, vermutliche Größe: XL oder XXL, das die äußere Form des Trägers verschleierte. Die über den Kopf gezogene Kapuze verdeckte Haare und große Teile des Gesichtes. Den Rest erledigte eine Sonnenbrille, ebenfalls XL, wahrscheinlich mit verspiegelten Gläsern. In den halbdunklen Räumen, wo nur scharf abgegrenzte Lichtspots auf die Exponate gerichtet waren, musste das eine Teilblindheit des Attentäters erzeugt haben.

Das gleiche konnte man allerdings auch der Überwachungsmannschaft vorwerfen, die sich an diesem Tag offensichtlich ausschließlich auf die Alarmfunktion der Scanner im Eingangsbereich verlassen hatte.

Der Kapuzentäter betritt mit gesenktem Kopf den Raum. Götz' Lieblingsausstellungsraum, weil dort „Die Gerechtigkeit" hängt. Zum Zeitpunkt der Aufnahme ist er allerdings nicht anwesend. Schade. Ihm wäre die Kapuzengestalt bestimmt aufgefallen, umso mehr da sie im Durchgangsbereich stehen bleibt, ganz eindeutig um festzustellen, wo die Überwachungskamera hängt und dann in deren toten Winkel verschwindet. Nicht vollständig, aber von nun an sind die Kapuze und das, was sie verhüllt, nur noch von hinten aus der erhöhten Position der Kamera unter der Decke sichtbar. Schon clever, aber auffällig, denn von dort aus kann man kein einziges der ausgestellten Bilder richtig betrachten. Höchstens im spitzen Winkel, den Götz auf etwa dreißig Grad schätzt, oder aus großer Entfernung wie die Bilder an der gegenüberliegenden Wand. Ebenfalls geschätzt: aus zwölf Metern und vierzig. Und, da Lucas Cranach nicht zu den mit Punkten operierenden Impressionisten zählt, ein sinnloser Abstand. Zumindest aus der Sicht eines Kunstinteressenten. Guten Ausblick haben die Kamera und der Kapuzenträger jedoch auf den Durchgang und einen Teil eines anderen Ausstellungsraumes. Sogar auf die dort befindlichen Besucher und Überwachungskräfte. Darunter Denise Petitechaperon mit Andreas Blöcher an ihrer Seite.

Ebenso schnell wie mit ihrer Analyse waren die Bereitschaftspolizisten auch im Kreativbereich. Der Tatverdächtige erhielt sofort einen Namen. „Monk" – der Mönch mit der Kapuze.

»Ich will jetzt Einzelbilder sehen. Irgendwann macht er garantiert den Fehler und schaut in die Kamera«, ordnete Frau Winterkorn an.

Den Gefallen tat ihr „Monk" vorerst nicht.

Deutlich war allerdings zu erkennen, dass er an einem kleinen viereckigen Gegenstand herumfummelte.

Kantenlänge sechs mal zehn Zentimeter, schätzte Götz.

»Eine kleine Schachtel, in der sich die Anobi punctati befinden. Wir beobachten den Täter also praktisch in flagranti«, hauchte Frau Dr. Winterkorn. Ihre Stimme klang atemlos. Offenbar war das ihr erster operativer Einsatz.

Auch Götz, Andreas Blöcher und Denise Petitechaperon beobachteten mit Spannung das Geschehen, das sich in einzelnen Aufnahmen vor ihnen entwickelte. Bild für Bild, nur begleitet von dem monotonen Klicken der manuellen Steuerung des Wiedergabegerätes. Die Einzelbilder waren nicht hundertprozentig scharf. Die Freilassung der Käfer aus der Schachtel war wegen des niedrigen Auflösungsvermögens der Filmaufnahmen und der geringen Körpergröße der fliegenden Attentäter nicht deutlich erkennbar. Aber die meisten glaubten sogar das surrende Geräusch der Flügel zu hören, obwohl die Videokameras keine Funktion der Tonaufzeichnung besaßen.

Laut Zeiteinblendung beendete „Monk" nach zwei Minuten und zehn Sekunden seine verbrecherische Tätigkeit und huschte wie ein Schatten in den nächsten Raum. Noch viermal wurde er von unterschiedlichen Kameras erfasst, jedoch ohne weitere Aussetzmanöver. Aber das Volumen der Schachtel wurde einstimmig als ausreichend groß bezeichnet, um einhundert Käfer aufzunehmen. Mindestens! Frau Winterkorns Hoffnung erfüllte sich nicht. Auf keiner der Aufnahmen war „Monks" Gesicht oder auch nur ein Teilausschnitt dessen erkennbar.

»Sollen wir ihn nicht umtaufen? Monk ist gut, aber Shadow fände ich besser. So wie er sich bewegt und gezielt jeweils den toten Winkel der einzelnen Kameras ausnutzt. Sehr umsichtig, so als würde er deren genaue Position kennen. Vielleicht finden wir ihn in älteren Aufnahmen wieder. Sozusagen bei der Tatorterkundung. Ein nervenstarker Profi würde ich sagen, denn ein Amateur hätte wahrscheinlich vor dem Festungstor die Kapuze abgenommen, um nicht aufzufallen. Er aber bleibt völlig cool und vergisst auch die Kameras im Außenbereich nicht. Er nutzt als Deckung konsequent die anderen Besucher und wurde deshalb von den Kollegen im Außenbereich trotz der auffälligen Verkleidung nicht wahrgenommen.«, beschrieb Juliane Sorbet, die Schichtleiterin der operativen Fahndungsgruppe, den Abgang des Attentäters.

»Ich muss doch sehr bitten. Monk, Shadow, am Ende schlagen Sie noch Sympathiekundgebungen für diesen gewissenlosen Schurken vor«, unterband Frau Dr. Winterkorn weitere Kreativitätsausbrüche. Die Enttäuschung war ihr deutlich anzumerken. Offensichtlich hatte sie sich die operative Arbeit leichter vorgestellt. Zumindest eindeutiger.

Götz spürte wie ihn jemand am Ärmel zupfte. Er drehte sich um. Hinter ihm standen Andreas Blöcher und Denise Petitechaperon. Andreas starrte wie gebannt auf den Monitor, aber Denise gab ihm mit den Augen ein Zeichen. Götz nickte unmerklich.

»Ich muss mal aufs Klo«, sagte er.

18.

»Ich glaube, ich weiß wer das ist«, sagte Denise, nachdem sie den Besprechungsraum der Kronacher Polizeiinspektion verlassen hatten.

Götz hob die Augenbrauen.

»Zumindest habe ich sie schon einmal gesehen.«

»Sie?«

»Ja, ganz eindeutig. Bei uns in Amerika würde man sie als Stalkerin bezeichnen.«

»Eine Stalkerin?«

»Ja, das sind Menschen, die eine andere Person ständig beobachten, sie belästigen oder gar bedrohen und sich in deren Leben einmischen. Unerwünscht natürlich.«

»Ich weiß, was ein Stalker ist. Die gibt es bei uns auch. Und seit einigen Jahren auch einen Paragraphen im Strafgesetzbuch, der den Sachverhalt des Stalking beschreibt. Trotzdem, sowohl rechtlich als auch was die Sachlage angeht, oft keine ganz eindeutige Sache. Ich will da nichts verniedlichen, aber die meisten sogenannten Stalkingfälle, die ich bearbeitet habe, stellten sich eher als Einbildung, manchmal auch als Fantasieerlebnis des vermeintlichen Opfers heraus. In einem Fall sogar als bewusst konstruierte Falle, um jemanden vor Gericht zu bringen. Einen echten und eindeutigen Stalkingfall hatten wir bloß einmal.«

Jetzt war es Denise, die die Augenbrauen hob.

»Ist das nicht deine Einschätzung als Mann? Schließlich sind fast achtzig Prozent der Stalkingopfer Frauen. Zumindest bei uns.«

Götz seufzte.

»Bei uns auch, aber ...«, er brach ab. Alles was er jetzt vorbringen würde, würde mit einer besonderen Brille begutachtet und bewertet werden. Einer weiblichen. So war das nun mal. Ob zu Recht oder Unrecht, es gab Strafdelikte, bei deren Verfolgung männlichen Polizeibeamten einfach auf Grund ihres Geschlechtes mangelndes Verständnis, fehlende Feinfühligkeit oder schlicht und ergreifend die falsche Sichtweise unterstellt wurde. Bei Vergewaltigung sowieso. Weil da die Zahl der männlichen Täter gegen hundert Prozent ging. Ob eine klassische Vergewaltigung bei Erwachsenen mit weiblichem Täter überhaupt möglich war und wenn überhaupt angezeigt wurde, darüber stritten sich Fachleute aus Justiz, Strafverfolgung und verschiedenen Bereichen sozialer und psychologischer Fachrichtungen bis heute. Aber egal zu welchem Ergebnis sie kamen, Vergewaltigungsopfer in Kronach mussten sich männlicher polizeilicher Hilfe bedienen, denn außer Frau Hängerla gab es kein weibliches Personal. Zum Glück hatte er erst einen einzigen Fall einer Vergewaltigung bearbeiten müssen, den allerdings mit hundertprozentiger Aufklärungsquote.

Weniger eindeutig sah die Situation bei sexueller Belästigung aus. Vielleicht, so befürchtete er, schwappten da inzwischen auch amerikanische Verhältnisse auf den alten Kontinent über. In Amerika, so hatte er gelesen, gehörte es zur Ausbildung von leitenden Angestellten, nicht mit weiblichen Kolleginnen oder Mitarbeiterinnen in eine Aufzugskabine zu steigen. Andere Szenarien und Räumlichkeiten waren ebenfalls leicht vorstellbar, die Aufzugkabine diente nur als Beispiel. Wofür?

Ganz einfach! Gäbe es in der Kronacher Polizeiinspektion einen Aufzug und Denise Petitechaperon oder Frau Hängela oder eine der weiblichen Bereitschaftspolizistinnen würde dort einsteigen, und sie wäre allein, dann dürfte er sich nach dem amerikanischen Verhaltenskodex keinesfalls dazugesellen. Er würde warten bis die weibliche Person in dem gewünschten Stockwerk ausgestiegen war, der Aufzug zurückkam und hoffentlich leer war. Nicht zwingend ganz leer, sondern nur, was das weibliche Geschlecht anging. Männer wurden in dem Zusammenhang als unproblematisch eingeschätzt. Nicht ganz konsequent, denn im Falle der Homosexualität beider Fahrstuhlinteressenten wäre das gleiche Gefahrenpotential gegeben, und das betraf laut Statistik immerhin vier Komma eins Prozent der männlichen Bevölkerung. Aber es war einfacher, man betrachtete nur den „Fall“ der Heterosexualität, denn der war verwickelt genug. Wenn er Pech hatte, war der Aufzug schon wieder weiblich besetzt oder, was ja auch möglich war, der Aufzug war zwar leer, aber inzwischen hatte sich neben ihm erneut eine einzelne Frau eingefunden, die den Fahrstuhl benutzen wollte. Wieder würde er Höflichkeit markieren und der Dame die Kabine zur alleinigen Nutzung überlassen. Da konnten ganz schöne Wartezeiten und natürlich erhebliche, zusätzliche Energiekosten zusammenkommen, insbesondere dann, wenn das Haus hoch war. Vielleicht entstanden so auch die langen Arbeitszeiten, mit denen sich amerikanische Führungskräfte brüsteten und eher verächtlich auf europäische, tariflich geregelte Arbeitswut herabsahen.

Aber nicht Höflichkeit stand hinter der amerikanischen Empfehlung:

»Never share the elevator with a single woman.«

Damit war nicht gemeint, dass man den Aufzug nicht mit einer Single-Woman teilen sollte, sondern das betraf alle Frauen. Auch die verheirateten. Denn allen war nach dieser Darstellung eines gemein. Sie lauerten nur darauf, einen Fahrstuhl mit einem einzelnen Mann teilen zu dürfen. Möglichst einem in einer Führungsposition. Im Elevator geschah es dann. Die Belästigung. Angeblich sahen davon vierzig Prozent folgendermaßen aus. Das weibliche Opfer versah sich während der Fahrt mit dem Lift selbst mit den Spuren eines unerwünschten Annäherungsversuches. Dazu reichten ein paar abgerissene Knöpfe an der Bluse, in Unordnung gebrachtes Haar, verschmierter Lippenstift und, wenn nötig, ein paar Hilfeschreie. Die Empfehlungsliste für diesen amerikanischen, einseitig von Frauen ausgeübten Volkssport war lang. Der Autor hatte wirklich das Wort „Volkssport" benutzt. Vielleicht auch nur deshalb, weil er selbst männlich war. Soweit die Situation im Land der unbeschränkten Möglichkeiten.

In der Kronacher Polizeiinspektion gab es zum Glück keinen Aufzug und Götz musste sich demzufolge nur gegen den Vorwurf zur Wehr setzen, ein Mann zu sein, denn auch FBI-Agentinnen waren in erster Linie Frauen. Da blieb nur die Rettung zur reinen Faktenlage, auch wenn das als Beweis für mangelnde oder völlig fehlende Sensibilität eingestuft wurde.

»Wurdest du von der Frau in irgendeiner Weise bedroht oder belästigt? Mit Taten, Worten, Bildern oder Gesten?«

Götz benutzte bewusst diese formelhafte Aufzählung, denn sowohl eine Bedrohung als auch eine Belästigung konnte nach diesen vier als strafbar geltenden Formen erfolgen, beziehungsweise erfolgt sein.

Dabei hatte er Mühe sich vorzustellen, dass Denise eine davon über sich ergehen lassen würde ohne sofort selbst aktiv zu werden. Sie hatte sogar die Erlaubnis in Deutschland eine Schusswaffe zu tragen und nötigenfalls von ihr Gebrauch zu machen. Undenkbar für einen deutschen Polizeibeamten, der in Amerika aktiv werden wollte, sollte oder musste. Der war immer drauf angewiesen, von einem waffentragenden amerikanischen Kollegen beschützt zu werden.

Das amerikanische Gleichstellungsprinzip war mit dem Einverständnis der Bundesregierung in seinen Augen irgendwie suboptimal.

Denise schüttelte den Kopf.

»Nicht wirklich. Sie hat nur Fotos mit ihrem Mobile Phone gemacht.«

»Von dir?«

»Genau.«

»Wo?«

»Oben in eure Schwimmbad und da ist mir diese schwarze Shirt mit die Mütze aufgefallen, weil es ziemlich warm war.«

»Und wann?«

»Abends. Vor fünf Tagen das erste Mal, und vorgestern auch. Immer nach dem Training.«

»Das heißt, du hattest nur einen Badeanzug an?«

»Ja.«

Götz überlegte. Männer, die Frauen in Badekleidung fotografierten, waren nicht direkt unüblich oder extrem selten. Und wenn er sich diesen Badeanzug, gefüllt mit Denise Petitechaperon, vorstellte, hatte er dafür sogar ein gewisses Verständnis. Sie war garantiert ein Hingucker. Stalking war das noch nicht unbedingt. Das Fotografieren einer Einzelperson war zwar ein Verstoß gegen das Persönlichkeitsrecht, wenn man diese nicht nach ihrer Einwilligung fragte, wurde aber nur bei Veröffentlichung der Bilder und auf Anzeige des oder der Abgebildeten verfolgt. Zumindest in Deutschland.

Aber angeblich war der Fotograf eine Fotografin gewesen. Das änderte zwar nichts am Persönlichkeitsrecht, legte aber möglicherweise ein anderes Motiv zu Grunde. Möglicherweise, denn schließlich gab es auch Frauen, die auf Frauen standen, was zum Glück wiederum nicht strafbar war.

Irgendwie war die Sache wachsweich. Aber, und sei es nur um das Vorurteil mangelnder männliche Empathie zu bekämpfen, er musste der Sache nachgehen.

»Gab es vielleicht einen Zeugen, der das ebenfalls beobachtet und möglicherweise die Person erkannt hat?«

»Yes. Eine Zeuge gibt es, aber der hat nichts gesehen. Der war beschäftigt.«

»Und womit war der beschäftigt?«

»Mit mir«, gestand Denise und schlug die Augen nieder.

Götz unterdrückte ein Grinsen. Damit war auch klar, wer der Zeuge war und womit der sich beschäftigt hatte. Dazu brauchte er keine anatomisch genauen Detailangaben. Und er verstand auch, warum Denise ihn und nicht Frau Dr. Winterkorn informieren wollte. Hätte er in ihrer Lage auch nicht getan.

Mindestens zweimal, vielleicht öfter und unbemerkt, hatte eine Frau Denise beobachtet und fotografiert. Nicht mit deren Einverständnis, aber solange nichts veröffentlicht wurde, war der Vorgang zwar irgendwie verdächtig, aber nicht wirklich eindeutig.

Bei der Sichtung der Videoaufzeichnungen hatte seine Aufmerksamkeit allein dem Kapuzenmann oder, wie er jetzt annehmen konnte, der Kapuzenfrau gegolten. Und irgendwie tauchte da ein Verdacht auf. Unklar, noch nicht greifbar, latentes Wissen, nicht abrufbar, aber vorhanden. Eine Frage der Zeit also.

»Ist dir damals im Schwimmbad, außer dem schwarzen Kapuzenshirt, noch etwas aufgefallen?«

Denise schüttelte den Kopf.

»Nee! Absolut nix. Sie stand ja hinter dem Zaun und hat durch die Öffnung von die Draht fotografiert. Höchstens, dass ihr Gesicht ziemlich weiß war.«

Götz grinste.

»Naja, verglichen mit deiner Schokoladenfarbe, sind wir hier alle ziemlich weiß im Gesicht. Oder?«

»Jaaa, ich glaub schon«, bekannte Denise zögernd.

Götz kratzte sich am Kopf. Sollte er jetzt Andreas Blöcher befragen, ob dem noch etwas aufgefallen war? Er entschied sich dagegen.

Aus eigener Erfahrung wusste er, die männliche Wahrnehmungsfähigkeit schränkte sich im Falle der „Beschäftigung" ganz erheblich ein. Der natürliche Fokus richtete sich dann auf das Wesentliche. Ganz automatisch und naturbedingt. Und das Wesentliche stand, lag oder befand sich dann meist ziemlich in der Nähe. Extrem scharfsichtig wurden Objekte in Zentimeterentfernung wahrgenommen. Alles jedoch, was sich mehr als einhundert bis maximal einhundertzwanzig Zentimeter außerhalb dieser Interessenzone abspielte, wurde eher schattenhaft und verschwommen wahrgenommen. Ausgeblendet, damit die Konzentration nicht gestört wurde. Ob das hormonell oder reflektorisch gesteuert wurde, war ihm nicht bekannt.

Im Analogieschluss bedeutete dies allerdings: In diesen Situationen waren Männer als Zeugen von zweifelhaftem Wert. Darüber gab es genaue statistische Erhebungen. Die berücksichtigten sogar den Unterschied zwischen Brillenträgern und Normalsichtigen.

Zwar stellten auch Frauen, die in den Beschäftigungsvorgang einbezogen waren, nicht gerade Idealzeuginnen dar, aber er hatte sonst niemanden.

»Woran hast du eigentlich erkannt, dass es sich um eine Frau handelt? Auf den Videos war da nichts zu erkennen. Das XXL-Shirt hat ja die Körperumrisse völlig verschleiert und am Bewegungsmuster konnte zumindest ich nicht erkennen, ob es sich um einen Mann oder eine Frau handelt. Eigentlich konnte ich nur sehen, dass die Person normalgewichtig und wahrscheinlich noch recht jung war. Aber selbst das ist eine Vermutung, da sie sich so flink bewegt hat wie ein Wiesel.«

»Äh, wie ich sie bei die Schwimmbad gesehen habe, da ist sie auch gelaufen wie eine weasel.«

»Das heißt, sie wollte nicht von dir bemerkt werden?«

»Genau.«

»Und deshalb glaubst du, es wäre eine Frau gewesen? Nur deshalb, weil sie nicht erkannt werden wollte?«

»Nein, nicht nur.«

»Sondern?«

Denise zögerte und kräuselte die Stirn, was Götz als angestrengtes Nachdenken deutete.

»Da war noch etwas anderes. Etwas ganz eindeutiges. Ich weiß noch genau, dass ich gedacht habe, als sie weglief, das muss eine Frau sein. Ganz eindeutig.«

Götz schwieg, um ihren Erinnerungsprozess nicht zu stören.

»Sie hatte … sie hatte … äh, ich weiß nicht genau, wie ich sagen soll.«

»Probier's einfach.«

»Sie hatte eine hübsche, runde …«

»Gesicht vielleicht?«

»Nein, ihr Gesicht konnte ich gar nicht sehen. Erst wegen der Kapuze, und dann hat sie sich umgedreht und ist weggelaufen. Ich habe sie dann nur von hinten gesehen.«

»Du könntest dich also getäuscht haben?«

»Nein, auf keinen Fall. Jetzt weiß ich es wieder. Sie hatte einen runden, einen richtig schönen runden Ars. Das war es.«

»Klasse«, murmelte Götz, rieb sich das Kinn und verhinderte so, dass seine Kinnlade dem Gesetz der Schwerkraft folgte.

»Jetzt haben wir also zwei äußerst unverwechselbare Merkmale, die uns bei der Suche nach einer möglichen Täterin garantiert weiterhelfen. Wir suchen eine Frau, mit hübschem rundem Arsch, die sich so flink bewegt wie ein Wiesel. Wenn ihr vom FBI mit so einer Beschreibung etwas anfangen könnt, dann seid ihr der deutschen Polizei ganz eindeutig überlegen.«

Denise sah ihn unsicher an.

»Ist Ars sou unanständig?«

Götz schüttelte den Kopf.

Informationen und seien sie noch so fragwürdig, mussten sortiert, in die richtige Reihenfolge gebracht und dann durch logische Schlussfolgerungen ergänzt werden. Eine Art Puzzle, aber mit verschiedenen, denkbaren Varianten. Also variablen Teilen.

Erstes Puzzleteil: Ein hübscher Arsch? Gleich welch strenge Maßstäbe man anlegte, traf das auf einige hundert Kronacherinnen zu. Mindestens. Auf eine genaue Zahl wollte er sich nicht festlegen, außerdem kamen auch noch Besucherinnen der Ausstellung hinzu, die den Unsicherheitskoeffizienten erhöhten.

Zweites Puzzleteil: Flink wie ein Wiesel? Auch da ging die Zahl der Frauen, die sowohl schlank als auch beweglich waren, garantiert in den dreistelligen Bereich. Die Kombination „Wieselflink und hübscher Arsch" war leider kein wirksamer zahlenmäßiger Reduktionsfaktor.

Die dritte Information: Das dunkle Sweatshirt in Übergröße, besaßen wahrscheinlich viele Damen, die sich sportlich betätigten. Ein großer Teil derer erfüllte, zumindest mit einer gewissen statistischen Wahrscheinlichkeit, auch die Kriterien eins und zwei. Das XXL-Shirt war also mathematisch ebenfalls völlig unwirksam. Aber Profiling war nicht nur die Verwertung von Gegebenheiten. Ein Profiler musste auch die richtigen Fragen stellen. Die selbstverständlichen, blödsinnig erscheinenden zuerst. Die waren unverzichtbar, denn aus ihnen leiteten sich andere, nicht so offensichtliche ab.

»Warum hat die Frau in der Ausstellung ihr Gesicht versteckt?« Denise sah ihn an, als zweifle sie an seinem Verstand.

»Das ist doch ganz klar. Sie wusste von der Videoüberwachung oder sie hat die Kameras gesehen und ist ihnen ausgewichen, damit sie nicht erkannt wird.«

»So würde ich das auch sehen. Aber warum hat die Frau am Schwimmbad ihr Gesicht verhüllt? Dort gibt es keine Videokameras und dass du sie erkennst, musste sie auch nicht befürchten, denn außer zu Polizeikollegen hast du in Kronach keine Kontakte gehabt. Oder?«

Denise nickte. Dann begann sie zu lachen.

»Du bist gar nicht schlecht, Götz. Jetzt versteh ich, was du mir sagen willst. Es ging nicht um mich, sondern um jemand ganz anderen.«

»Vielleicht. Zumindest wäre das die Möglichkeit zwei.«

Leider löste Denise' Zustimmung zu seiner Motiv- und Täterableitung keinerlei Erleichterung aus. Im Gegenteil. Inzwischen hatte die latente Erinnerung ihr Wissen freigegeben.

Ein flinkes Wiesel mit hübschem rundem Arsch, das genau wusste, warum es den Kopf mit einer Kapuze verdecken musste.

Schlagartig hatte sich der Kreis, von einigen hundert bis tausend möglichen verdächtigen weiblichen Personen, auf genau eine einzige Person eingeschränkt. Und die musste er, entgegen all seinen Überzeugungen, Frau Dr. Winterkorn ausliefern. So hatte das sein Chef, Hans Kräutlein, entschieden, um es sich mit der Münchnerin nicht ganz zu verderben.

»Scheiß Strategie«, murmelte er und wusste im gleichen Moment, dass er irrte. Das war nur Taktik.

19.

»Das Hühnchen kaufe ich mir und koche es weich«, kündigte Frau Dr. Winterkorn an.

»Die Vernehmung werde ich persönlich führen. Ich muss nämlich keine kleinstädtischen Rücksichten nehmen.«

Damit drückte sie unmissverständlich aus, dass sie der Kronacher Polizei, insbesondere aber Götz Flößer, unterstellte, er würde aus kleinstädtischer Rücksichtnahme einen oder eine potentielle Täterin ungeschoren lassen. Das nahm ihr Götz übel.

Das Hühnchen, wie sie die potentielle, aus ihrer Sicht hochverdächtige Täterin nannte, war urplötzlich in die Mühlen eines hochkomplexen Systems geraten.

Was Götz schon immer gestört hatte, waren die Worte, mit denen die einzelnen Teilbetriebe des Rechtssystems oder des Rechtsbetriebes benannt wurden. Die Legislative, die gesetzgebende Gewalt, in Gestalt der Parlamentarier, die Gesetze zusammenbastelten. Großes handwerkliches Geschick bewiesen sie dabei nicht immer. Dann die Exekutive, die vollziehende Gewalt, zu der Verwaltung und Polizei, also auch er, gehorten. Ebenfalls mit einem gehörigen Maß an Irrtumsfähigkeit versehen. Sich selbst nahm er dabei gar nicht aus. Und am Ende der Gewaltenteilung war die Judikative angesiedelt. Zeitlich gesehen. Auch mit Menschen besetzt und wo Menschen waren, kam zwangsläufig das unbewusste oder bewusste Versagen ins Spiel.

Gegen das Teilen von Machtbefugnissen sprach in Götz' Augen überhaupt nichts. Im Gegenteil. Aber warum wollte oder musste der Staat schon in der Theorie Gewalt gegenüber seinen Bürgern anwenden. Und das Wort „Gewalt" war nicht zufällig, sondern mit Bedacht gewählt worden.

Im konkreten Fall bedeutete dies: die Bundesrepublik Deutschland durfte, musste, konnte oder wollte mit aller Gewalt auf drei Ebenen, gegen das Kronacher „Hühnchen" vorgehen. Das lud Leute wie Frau Dr. Winterkorn regelrecht zum „Weichkochen" ein. Das Hühnchen musste ja für die Judikative zum Verzehr vorbereitet werden.

Bei ihm rief diese Vorstellung Beschützerinstinkte wach. Aber nicht nur das.

»Das Weichkochen ist ungerecht und außerdem völlig unlogisch«, entschied er und suchte Unterstützung bei dem verantwortlichen Kronacher Staatsanwalt. Obwohl oder gerade weil der sich am Sonntagmorgen gestört fühlte, teilte er Götz' Bedenken gegen das „sogenannte eindeutige Beweismaterial". Frau Dr. Winterkorn hatte sich das herausgepickt, was ihr gefiel und den Rest als „kleinstädtische Rücksichtnahme" vom Tisch gewischt. Der Wunsch nach Erfolg hatte offenbar ihr „Logikzentrum" außer Kraft gesetzt.

Da im vorliegenden Fall keine Gefahr im Verzuge war, musste der Staatsanwalt darüber entscheiden, ob das Hühnchen als Tatverdächtige zu einer polizeilichen Einvernahme vorgeführt werden durfte.

Wenn ja, wäre das nicht gerade angenehm. Die Nachbarschaft, auf dem Weg zum sonntagmorgendlichen Kirchgang, bekam natürlich mit, wenn eine solche Einladung von uniformierten Kollegen überbracht wurde, die auch gleich dafür sorgten, dass man dieser Einladung in dem blausilbern gekennzeichneten Dienstwagen Folge leistete.

Funktional waren Staatsanwälte Zwitterwesen. Halb gehörten sie zur Exekutive, zur anderen Hälfte zur Judikative. Aber auch Zwitter trafen falsche und richtige Entscheidungen. Und nach Frau Dr. Winterkorns Meinung war auch der Kronacher Staatsanwalt von kleinstädtischen Rücksichtsnahmen geprägt. Nur so war ihrer Meinung nach sein »Nein« erklärbar.

Das Hühnchen, das sich der Gefahr, in der es schwebte, gar nicht bewusst war, durfte zu Hause bleiben. Der Kirchgang der Nachbarschaft war um eine Attraktion ärmer.

Dieses Kronacher »Nein« beeindruckte die Münchnerin jedoch überhaupt nicht. Im Gegenteil. Sie setzte ihre Hebel nach „Oben" in Bewegung.

Diese Hebelbewegungen konnte sich Götz allerdings nur zusammenreimen. Aber er hatte Erfahrung im Zusammenreimen. Schließlich war es ihm auch gelungen, dürre, spärliche Informationen in ein lebendiges Bild von Lucas Cranachs Leben zu verwandeln. Teilweise zumindest.

Der Hebel Nummer eins, den Frau Dr. Winterkorn bewegte, war wahrscheinlich ein Oberstaatsanwalt oder etwas Ähnliches in München, den sie gut kannte. Hebel Nummer zwei betätigte einen Filter. Der Münchner Oberstaatsanwalt erhielt nur die Informationen, die Frau Dr. Winterkorn für entscheidend hielt. Die reichten ihm, um Hebel Nummer drei in Bewegung zu setzen. Ein Telefonat mit dem widerspenstigen Kronacher Kollegen. Natürlich enthielt dieses Gespräch unter Kollegen keine dienstliche Anordnung, dazu war der Münchner gar nicht befugt, sondern lediglich einen wohlgesonnenen, freundschaftlichen Rat.

»Wissen's Herr Kollege, Sie wollen doch garantiert nicht auf ewig in so einem Nest wie Kronach versauern, bloß weil sich da ein Kleinstadtkriminaler nicht traut, schnell und zielgerichtet vorzugehen. Lassen's die Frau Dr. Winterkorn nur machen. Die hat Erfahrung. Vor allem aber hat sie Fortune und deswegen hat sie es schon in jungen Jahren zu etwas gebracht. Sie werden sehen, dass sie die Sache dann schnell im Sack haben. Eine Aufklärung in wenigen Stunden, eine saubere Anklage und das in einem so publikumswirksamen Fall wie dem, so etwas würde ich mir auch einmal wünschen. Das ist doch einfach ideal für Ihre persönliche Erfolgsbilanz. Sie versteh'n doch, was ich meine, Herr Kollege?«

Das von dem Münchner entworfene Szenario zur Verbesserung der „persönlichen Erfolgsbilanz" führte bei dem Kronacher Staatsanwalt zu einer Korrektur. Er legte den Hebel mit der Nummer vier in die gegenteilige Position. Von Nein auf Ja. Mit seiner Unterschrift und als FAX an Frau Dr. Winterkorn gerichtet.

Der Hebel Nummer vier hatte möglicherweise einen zweiten, wenn auch nicht entscheidenden Stromkreislauf aktiviert. Einen, der die formal-bürokratische Entscheidung und das Gewissen miteinander verband. Das war zwar nur Schwachstrom, aber zumindest fühlte sich der Staatsanwalt Götz gegenüber zu einer Erklärung genötigt.

»Die Leitung der Ermittlungen liegt doch bei Frau Dr. Winterkorn. Oder? Sie ist also die Entscheidungsträgerin, noch dazu mit dem Einverständnis Ihres Chefs, Herr Flößer.«

Widerwillig musste Götz zustimmen.

Zumindest erfuhr er auf diesem Wege, dass sich die Waagschale zu Ungunsten des Hühnchens senkte. Viel Zeit blieb ihm nicht, dagegen etwas zu unternehmen, denn der Hebel Nummer sechs, von Frau Dr. Winterkorn betätigt, setzte unmittelbar zwei uniformierte Kollegen, einen Dienstwagen und die Nachbarschaft, die sich auf dem Nachhauseweg von der Kirche befand, in Bewegung.

Götz' Anzahl von Hebeln nach oben waren beschränkt. Dieses Ungleichgewicht musste er durch taktisch richtige Maßnahmen ausgleichen.

Was hatte er der Erwartung auf eine „positive, persönliche Erfolgsbilanz" überhaupt entgegenzusetzen? Diese Hoffnung vereinte Frau Dr. Winterkorn bei ihrem ersten operativen Einsatz mit dem Kronacher Staatsanwalt, der sich nach dem Gespräch mit dem Münchner Kollegen möglicherweise in der Rolle des „Sauren Zipfels" sah. Leider nur eine regionale Bratwurstspezialität, aber kein erstrebenswertes Lebensziel.

Beide, sowohl Frau Dr. Winterkorn als leitende Ermittlerin als auch der Staatsanwalt, bearbeiteten im Rechtsbetrieb die Gerechtigkeit.

Von staatlicher Seite aus wurde dieser Fertigungsprozess bis hin zum Endprodukt Urteil nicht gewinnorientiert geführt. Allerdings wurden die Beteiligten nach ähnlichen, statistischen Größen beurteilt wie Angestellte in einem Privatunternehmen. Vorausgesetzt sie wollten Karriere machen. Dann war die positive, persönliche Erfolgsbilanz der Schlüssel.

Ein Staatsanwalt stieg nicht deshalb auf der Leiter des Erfolges nach oben, weil er Schuldige vor Gericht anklagte, sondern dafür, dass möglichst viele seiner Kunden verurteilt wurden. Am besten mit möglichst geringem betriebliche Aufwand. Viele erfolgreich erhobene Anklagen, möglichst wenig Prozesstage pro Anklage und möglichst viele Urteile im Sinne seiner Anklage pro Jahr. Das waren Faktoren persönlicher Leistungsfähigkeit, die sich messen oder, im Sinne der Justitia, wiegen ließen. Die Ablehnung einer Anklage war für einen Staatsanwalt ähnlich wie ein Revisionsverfahren für einen Richter. Der Kunde hatte eine Reklamation eingereicht, weil er das Produkt „Urteil" oder das Zwischenprodukt „Anklage" für fehlerhaft hielt. Bei einer Kaffeemaschine konnte das jeder. Oder fast jeder.

Bei der Reklamation gegen eine Anklage oder gar ein Urteil war der normale Kunde jedoch ziemlich hilflos.

Wer glaubte, das im Alleingang zu schaffen, hatte von Anfang an schlechte Karten. Das war weniger eine Frage von Schuld oder Unschuld, sondern vielmehr der Mangel an Kenntnis der unterschiedlichen Betriebsanleitungen, die da eingehalten werden mussten. Es reichte keineswegs aus, das Bürgerliche oder das Strafgesetzbuch zu kennen. Die spielten oft gar nicht die Hauptrolle bei einer Entscheidung. Die Regeln der Prozessordnung, in ähnlich umfangreichen Wälzern mit Auslegungen festgehalten, entschieden oft mehr über Sieg und Niederlage. Und deshalb gab es Freiberufler, die den Rechtsbetrieb, das Gesetz, die Prozessordnung, die darin verborgenen Fallstricke aber auch seine Lücken kannten.

Bei der Polizei waren diese Freiberufler nicht wirklich beliebt und oft auch nicht bei den Staatsanwälten und Richtern. Zumindest dann nicht, wenn sie ihr Handwerk richtig beherrschten. Und unter diesen freiberuflichen Gesetzeshandwerkern gab es richtige Stars.

Von denen hätte Götz jetzt gerne einen gekannt. Ausnahmsweise.

Karin Bärlauch kannte gleich mehrere.

»Wenn ich den frage und mit ein paar Karten für die nächsten Wagnerfestspiele winke, übernimmt er das hundertprozentig. Und zwar „pro bono"«, versprach sie. Bei Prozentangaben vertraute ihr Götz absolut und ihren Verbindungen nach Oben ebenfalls, denn als Gutachterin hatte Frau Dr. Bärlauch mehrfach mit solchen Stars zusammengearbeitet. Manchmal auch gegen sie, aber das war kein zwingender Hinderungsgrund für eine Zusammenarbeit. Die Freiberufler waren weitaus flexibler als die staatlichen Rechtsbetriebler.

So saß das Hühnchen zwar eingeschüchtert, aber tapfer schweigend Frau Dr. Winterkorn gegenüber. Außer den Angaben zur Person gab es nur Folgendes zu Protokoll:

»Ich sag überhaubst nix, solang mei Anwald ned do is.«

Das hatte ihm Götz im Vertrauen auf Karins Zusage eingeschärft. Der Staranwalt traf bereits am frühen Sonntagnachmittag ein. Welche Mittel der Überredungskunst Karin eingesetzt hatte, wollte Götz gar nicht wissen. Manchmal zählte einfach der Erfolg und dazu gehörte auch das „pro bono".

Dr. Bosshammer würde „für das Gute" arbeiten und dem Hühnchen keine Rechnung schicken. Und das, obwohl er im Gegensatz zu den Angestellten des Rechtsbetriebes nicht nur wirtschaftlich denken musste, sondern überaus gewinnorientiert.

Das bewies der nagelneue Porsche Panamera.

»Gestern Vormittag geliefert. Den musste ich unbedingt mal ausfahren«, begründete er seine Anwesenheit in Kronach, und zwinkerte Karin Bärlauch im Vorübergehen zu. Der sah man die durchwachte Nacht nicht an. Ein bisschen blass war sie, aber das lag wohl eher an ihrem normalen Arbeitsplatz, den Arbeitsräumen im Gerichtsmedizinischen Institut in Bayreuth.

Die ebenfalls übernächtigte Frau Dr. Winterkorn überraschte der Staranwalt Dr. Bosshammer durch sein unerwartetes Auftauchen, die Mandatsvollmacht, welche das Hühnchen ohne Zögern unterschrieben hatte und seine ebenfalls unerwartete Ankündigung.

»Meine Mandantin wird ein umfassendes Geständnis ablegen«, sagte er, nachdem er etwa zehn Minuten das Beweismaterial studiert, und genau fünf Minuten mit seiner Mandantin gesprochen hatte. Er verschenkte keine Zeit und war gut ausgeruht.

Frau Dr. Winterkorn lächelte erwartungsvoll und siegessicher.

Dr. Bosshammer ebenfalls. Das hätte die Münchnerin misstrauisch machen müssen. Vielleicht auch die Tatsache, dass Dr. Bosshammers Porsche ein Bayreuther Kennzeichen trug.

»Ich hob doch bloß mid mein Handy fodografierd. Dreimol.

Zwamol obm am Crana Mare und amol in der Ausschdellung, obwohl ich gwusst hab, dass dord des fodografiern verboden is. Des is aber alles.«

Nach diesem umfassenden Geständnis senkte das Hühnchen schuldbewusst den Kopf.

»Ich wor emodsional a weng angschlagen. Ich wold hald wissen, wos Sache is, und wie des weidergehn soll. Es is doch nix unrechdes, wenn mer Zugunfdsängsde hod und sich Sorgen machd, oder?«, fügte sie noch unter Tränen hinzu.

Dr. Bosshammer hob beschwichtigend die Hand.

»Aber meine Liebe, dazu müssen sie nichts sagen. Ihre Gefühle sind zwar wichtig für Sie, aber für die Ermittlungen und den gegen Sie erhoben Tatvorwurf völlig ohne Belang.«

Er wandte sich an Frau Dr. Winterkorn.

»Das Einzige, wogegen meine Mandantin verstoßen hat, ist das Fotografierverbot in der Cranach-Ausstellung. Das wäre eine kleine Ordnungswidrigkeit. Zwanzig Euro. Die zahlen wir sofort.« Er zückte demonstrativ seine Brieftasche und blätterte zwischen den Geldscheinen, was Frau Dr. Winterkorn sichtlich irritierte.

»Damit wäre auch ein Bußgeldbescheid und dessen Vollstreckung hinfällig. Und mehr haben Sie nicht in der Hand.«

Er legte zwanzig Euro auf den Tisch.

»Würden Sie mir den Betrag bitte quittieren, oder sind Sie dazu nicht befugt?«

Frau Dr. Winterkorn presste die Lippen zusammen.

Götz fiel auf, wie variabel Dr. Bosshammer seine Stimme einsetzte. Weich wie Samt, beinahe zärtlich streichelnd, wenn er zu seiner Mandantin sprach, doch im Bruchteil einer Sekunde verwandelte sich der Samt in einen rauen Scheuerlappen, durchsetzt mit ätzenden Putzmitteln, der Frau Dr. Winterkorns Argumente vom Tisch wischte.

Diese versuchte Haltung zu bewahren.

»Nur fotografiert? Können Sie das beweisen?«, fuhr sie das Hühnchen an und versuchte den Bayreuther Anwalt zu ignorieren. Ließ der aber nicht zu.

»Meine Mandantin muss überhaupt nichts beweisen Frau Dr. Winterkorn. Die Beweislast liegt ganz allein bei Ihnen. Und diese obskure Geschichte mit den freigelassenen Käfern, die Sie meiner Mandantin unterstellen, ist so abenteuerlich, dass ich mich nur wundern kann, dass die Staatsanwaltschaft da mitgespielt hat. Was für ein Zipfel war das denn? Auf dem Video ist doch überhaupt nichts zu sehen. Nicht einmal andeutungsweise. Alles nur Unterstellungen Ihrerseits. Und vielleicht brauchen Sie einfach nur eine Brille, um ein Handy von einer Schachtel unterscheiden zu können, in der es von eingebildeten Käfern nur so wimmelt. Aber …«

Er legte eine Kunstpause ein und tat so, als müsse er überlegen, und fuhr dann in gönnerhaftem Ton fort.

»Um das Verfahren abzukürzen, wird meine Mandantin Ihnen entgegenkommen und mit Ihnen zusammenarbeiten. Darf ich besagtes Handy noch einmal haben?«

Er reichte das Handy des Hühnchens an Frau Dr. Winterkorn weiter.

Die nahm es widerwillig entgegen und starrte auf den Bildschirm.

»Aber ...«

»Nichts aber. Meine Mandantin hat in jeder Form mit Ihnen kooperiert und damit jeden Verdachtsmoment, wenn es überhaupt je einen gegeben haben sollte, ausgeräumt. Oder haben Sie mir irgendetwas vorenthalten, was Sie zu einem späteren Zeitpunkt aus dem Hut zaubern wollen.«

Frau Dr. Winterkorn schüttelte den Kopf. Ihr Gesichtsausdruck wirkte verbissen. Anscheinend hatte sie es noch nie mit einem Staranwalt wie Dr. Bosshammer zu tun gehabt. Da hatte der einen Vorsprung. Er wusste wie man mit Polizeibeamten umspringen konnte und durfte.

»Haben Sie sich eigentlich schon einmal überlegt, warum Ihr Täter im Vorfeld, also lange vor Beginn der Ausstellung, seine Tat angekündigt hat? Wäre ja keine ganz uninteressante Fragestellung. Und außerdem ein weiteres Entlastungsmoment für meine Mandantin, weil sie für den fraglichen Zeitraum, als die Plakate beschmiert wurden, ein hieb- und stichfestes Alibi hat. Noch dazu in Person eines Ihrer Beamten, des Herrn Blöcher. Oder verdächtigen Sie den auch? Oder einen noch unbekannten Helfershelfer, der im Auftrag beider, oder eines der beiden, diesen Schriftzug KILLCRANACH angebracht haben soll? Sie sollten sich mal mit der logischen zeitlichen Koinzidenz der Vorgänge beschäftigen, Frau Dr. Winterkorn.«

Götz unterdrückte ein Grinsen. Karin hatte Dr. Bosshammer perfekt gebrieft. Er hatte beinahe wörtlich Götz' Einwände wiederholt.

»Wir gehen jetzt«, sagte Dr. Bosshammer. Das war keine Frage, sondern eine Feststellung.

Frau Dr. Winterkorn nickte. Auf Götz wirkte sie äußerst niedergeschlagen, doch sein Mitleid hielt sich in Grenzen.

Das Hühnchen stolzierte erhobenen Hauptes an Frau Dr. Winterkorn vorbei, ohne sie eines weiteren Blickes zu würdigen. Das bunte Gefieder, fuchsrot mit schillernden Neonpigmenten, wirkte zwar ein wenig zerrupft, aber nichtsdestoweniger dekorativ.

Dr. Bosshammer folgte ihr. Im Vorübergehen nickte er Götz freundlich zu, dann heftete sich sein Blick auf das Beweismaterial. Den Beitrag, den das FBI geliefert hatte. Den hübschen runden Hintern. Vielleicht überlegte er, wie der sich in das Polster des Porsche Panamera schmiegen würde.

In der Türkei, dachte Götz, bekäme ich wahrscheinlich von nun an lebenslang Gratisleberkässemmeln. In Deutschland erfüllte das allerdings den Straftatbestand der passiven Bestechung.

20.

»Um ehrlich zu sein, nach meiner Meinung stehen wir ganz am Punkt Null«, sagte Götz und sah sich um.

Es war Montag, kurz vor siebzehn Uhr und er war hundemüde. Die durchwachte Nacht vom Samstag auf Sonntag steckte ihm noch immer in den Knochen.

Hans Kräutlein, Frau Hängerla, Denise Petitechaperon und Juliane Sorbet nickten. Sogar Frau Dr. Winterkorn, die wahrscheinlich den restlichen Sonntag damit verbracht hatte ihre Wunden zu lecken. Wahrscheinlich war sie genauso müde wie er und obendrein zutiefst verletzt. Emotional, wie Götz vermutete.

Das Riesenaufgebot an Sicherheitskräften war stark geschrumpft. Nachdem alle Ausstellungstücke die Wärmebehandlung schadensfrei überstanden hatten und sich inzwischen zu Lande oder Luft auf der Heimreise befanden, hatte Hans Kräutlein, in Übereinstimmung mit dem bayerischen Innenministerium, in

Kronach fast wieder Normalität hergestellt. Innerhalb eines Tages.

Von der Hundertschaft Bereitschaftspolizei waren nur ein Trupp von zehn Jungs und Mädels unter dem Kommando von Juliane Sorbet zurückgeblieben. Die beiden Bamberger Kommissare waren entweder wieder im Drogendezernat in Bamberg oder sie hatten den verdienten Urlaub angetreten, und Andreas Blöcher tat wieder Normaldienst, um weitere „persönliche Verstrickungen, die zu Fehlinterpretationen bei der Tätersuche einladen könnten", zu vermeiden.

Er empfand das als Strafversetzung und schmollte. Gerecht fand Götz die Entscheidung Hans Kräutleins auch nicht, aber das war ein minderer Fall der Ungerechtigkeit, den ein gestandener Polizeibeamter aushalten musste und deshalb hielt er aus strategischen Gründen den Mund.

Hans Kräutlein, Frau Hängerla und er gehörten zum Kronacher Inventar, sie mussten und wollten sich zwangsläufig mit dem Attentäter beschäftigen, auch wenn dessen Anschlag misslungen war.

Die Münchnerin hatte entweder aus eigener Machtbefugnis oder ebenfalls mit dem Innenministerium abgestimmt entschieden, sie werde das „Schlachtfeld Kronach" erst dann verlassen, wenn der Attentäter gefasst war. Allein das ließ Götz hoffen, die Festnahme möge in allernächster Zukunft erfolgen. Doch der Antwort auf die Frage: „Wen wollen wir festnehmen?" hatten sie sich keinen Schritt genähert.

Ob Denise bei den weiteren Aufklärungen eine Hilfe war oder sich ausschließlich ihrem Vorbereitungstraining auf die amerikanischen Polizeischwimmmeisterschaften widmen würde, war eine Entscheidung des amerikanischen FBI und des Kronacher Bademeisters, der ihr Unterkunft in seinem Dreamliner gewährte. Papierkrieg würde es sicher noch jede Menge geben, aber dieses Schlachtfeld, hoffte er, würde sein Chef bearbeiten.

Er hatte eigentlich nur einen Wunsch. Nach Hause gehen, mit Yildiz skypen und schlafen.

Nur mühsam gelang es ihm, den Stand der Ermittlungen zusammenzufassen. Viel war es ohnehin nicht.

»Wir wissen weder, ob derjenige, der die Käfer ausgesetzt hat, identisch mit unserem Attentatsankündiger ist, noch ob es sich um zwei oder mehrere Personen handelt. Ebenso tappen wir im Dunkel, was das Motiv des Anschlages angeht. Habe ich noch was vergessen, was wir nicht wissen?«

Nichtwissen war zwar kein wünschenswerter Zustand, aber in der polizeilichen Routine leider oft der Fall und deshalb kein wirklicher Grund zur Frustration.

»Ich schlage vor, wir versuchen uns dem Täter über mögliche Motive zu nähern. Vielleicht müssen wir uns dabei auch noch einmal mit Lucas Cranach beschäftigen, denn namentlich wird der ja als Ziel genannt, auch wenn sich das auf den ersten Blick absurd anhört. Aber manchmal sind halt Motive weit in der Vergangenheit verborgen. Gibt's jemanden, der sich das zutraut?«

Überraschenderweise hob Denise den Finger.

Götz sah unauffällig zu Frau Dr. Winterkorn. Wie würde die auf seinen Vorschlag und die Tatsache reagieren, dass er, und nicht sie, die taktische Richtung ihrer weiteren Ermittlungen festlegte? Sie hatte die Augen geschlossen. Schlief sie oder dachte sie nach?

»O.k., wenn du Lust hast, warum nicht? Schließlich hat das FBI Mittel und Wege, von denen wir nur träumen können.«

Das meinte er keineswegs ironisch. Er war inzwischen an einem Punkt angelangt, wo ihm Lucas Cranach und der ganze Kunstkram schnurzpiepegal waren. Seine Lust, in irgendwelchen Büchern, digitalisiert oder gedruckt, herumzuwühlen, war auf dem Nullpunkt angelangt und irgendeinen messbaren Anteil an der Aufklärungsarbeit konnte die Amerikanerin ruhig übernehmen.

Er würde sich um das Standardprogramm kümmern. Aber erst morgen.

In beinahe einhundert Prozent aller Fälle ließ sich das Grundmotiv eines Verbrechens den Bereichen Gewinnsucht, Sexualität, Liebe, Hass oder Rache zuordnen. Manchmal war es auch eine Mischung aus mehreren. Hochexplosive Motivcocktails sozusagen.

Bankräuber wollten üblicherweise Geld. Das war die Normal-version des Motivs. Der Cocktail, bei dem Rachegefühle gegenüber der Bank oder ihren Angestellten die Hauptzutaten ausmachten und das Geld nur so nebenher mitgenommen wurde, war eher selten. Aber Bankräuber waren ohnehin eine aussterbende Spezies, seit die Geldinstitute mehr und mehr dazu übergingen, ihr Bargeld Automaten anzuvertrauen, die sich selbst dem Personal gegenüber weigerten, Bares in größerer Menge herauszurücken.

Beziehungstaten stellten so gut wie immer eine Gemengelage dar, in der sich Liebe, Hass, Rache und manchmal auch Sex so miteinander mischten, dass sowohl Täter als auch Opfer eher auf Vermutungen, denn auf Tatsachen reagierten. Falsch meistens.

Triebtäter, so hoffte er, konnten sie in ihrem jetzigen Fall ganz ausschließen und hoffentlich auch Exoten mit religiösen Wahnvor-stellungen. Obwohl die gerade Hochkonjunktur hatten. Denn um internationalen Terrorismus, der meist religiös begründet wurde, handelte es sich seiner Meinung nach auch nicht. Damit waren achtundneunzig bis neunundneunzig Prozent der möglichen Er-mittlungsfelder ausgeschlossen.

Zwar wusste Götz nicht, wie sein Chef die Weiterführung der Ermittlungen beurteilte, aber anscheinend war auch Hans Kräut-lein nicht mehr ganz taufrisch.

»Ich glab, für heud machmer Schluss. Morgen is ach noch a Dach und wir wissen ja jedzd, wer wos machd«, ordnete er an. Niemand wiedersprach.

*

Der Straße hinauf zur Festung Rosenberg folgte Götz völlig automatisch.

Drei Wochen lang war er diesen Weg täglich mindestens einmal gegangen. Er folgte also nur der Gewohnheit und nicht der Logik oder der Müdigkeit, die ihn zum Kreuzberg und seiner Wohnung hätten führen müssen.

Er schritt durch das Festungstor, durchquerte den Innenhof und schloss die Tür zu den Ausstellungsräumen auf. Alles war ungewohnt leer. Keine Besucher, und die Handwerker, die für den Rückbau verantwortlich waren, hatten bereits Feierabend gemacht.

Die Ausstellungsräume lagen im Dämmerlicht. Die Wände wirkten trotz ihres kargen Weiß düster. Die Luft war stickig. Jemand hatte die Klimaanlage ausgeschaltet. Auf dem Teppichboden lag ein Häufchen Holzspäne. Kein Holzmehl, das die Larven des Anobium punctatum hinterlassen hatten, sondern eindeutig Hinterlassenschaften der Mitarbeiter des Logistikunternehmens, die jedes einzelne Bild in einer Holzkiste für den Transport gesichert hatten. Genau angepasst an das jeweilige Format. Da musste wahrscheinlich schon mal eine Leiste gesägt werden.

Ansonsten sah alles verblüffend sauber aus, wenn man bedachte, dass hier ein Dutzend Leute mehr als hundert Bilder für ihren Heimweg verpackt hatten. Keine Papierreste, keine leeren Kaffeebecher, Zigarettenkippen sowieso nicht, denn überall herrschte strenges Rauchverbot. Auch jetzt noch. Die Verpackungsfirma konnte man empfehlen, dachte Götz. Sie hatte die Räume besenrein hinterlassen. Genauso wie er sein Büro. Fast überkam ihn Wehmut, obwohl er den tageslichtlosen Raum eher gehasst, denn als Rückzugsort empfunden hatte.

Selbst die beiden Telefone, die er so gut wie nie benutzt hatte, waren bereits abgeklemmt und entfernt worden.

Bald würden auch der Schreibtisch, die Sitzgelegenheit für Besucher, die nur ein einziges Mal von einem japanischen Professor benutzt worden war, und sein Drehstuhl verschwunden sein. Was wohl der Japaner zu Hause erzählen würde. Wie mochte der sein Abenteuer in Deutschland ausschmücken. Schließlich passierte es wahrscheinlich nur einem von mehreren Millionen Besuchern, dass er in einer Gemäldeausstellung urplötzlich in den Lauf einer Pistole blickte. Die Wahrscheinlichkeit war ähnlich gering wie ein Hauptgewinn im Lotto. Nur nicht so schön.

Zum x-ten Mal zog Götz die Schubladen des Schreibtischs auf. Alle waren leer. Vermutlich litt er inzwischen unter einer leichten Form des Kontrollzwangs.

Er gab sich einen Ruck und verließ den Raum.

Wollte ihn verlassen, als er in den Augenwinkeln einen Fremdkörper wahrnahm. Oben auf dem Sims. In zwei Metern Höhe. An der Wand hinter seinem Drehstuhl. Bunt und klein. In seinem Büro hatte es nie etwas Buntes gegeben. Er streckte die Hand aus.

Eine kleine Blechdose. Seltsamerweise geöffnet. Gefüllt mit hellbraunen Tabakröllchen. Handgerollt wie er mit Kennerblick feststellte. Ein einziges fehlte. Derjenige, der es herausgenommen hatte, musste vergessen haben die Dose zu schließen. Was für eine Verschwendung von Aroma. Er hob die Dose an die Nase und selbst hier in der dumpfen abgestandenen Luft, war der leicht süßliche Vanilleduft des hellen Tabaks deutlich wahrnehmbar. Er klappte den Deckel zu. Eine dunkelhaarige Schönheit sah verzückt den perfekt geformten Rauchringen nach, die sie mit gespitzten Lippen in die Luft blies.

„Conchita Minores“ stand in altertümlichen Lettern darunter. »Richtig schön nostalgisch, kitschig … und vermutlich teuer«, murmelte Götz. Das ungesund sparte er sich, weil das auf alle Tabakprodukte zutraf.

Die deutsche Zollbanderole verriet ihm, welchen Schatz er da in Händen hielt. Zwanzig „Conchita Minores“ sollten dem Genießer siebzig Euro wert sein. Wer konnte sich das leisten? Und wer hatte sie in seinem Büro liegen lassen? An einer so ungewöhnlichen, schlecht erreichbaren Stelle?

Seine Müdigkeit war wie fortgeblasen.

Einer der Verpackungskünstler vielleicht? Ein früherer Zeitpunkt kam nicht in Frage. Die Dose wäre ihm sonst aufgefallen. Oder vielleicht doch nicht. Bewusst nahm er den Rücksprung der Wand zum ersten Mal wahr. Aber sicher war er sich nicht. Ganz sicher glaubte er aber zu wissen, dass außer dem Japaner während der Ausstellung nie eine andere Person den Raum betreten hatte.

Und wenn der die Zigarillos vergessen hätte, dann doch eher auf seinem Schreibtisch. Obendrein war Professor Yohamoto nicht gerade ein Riese gewesen. Götz streckte den Arm nach oben. Er, mit einer Körpergröße von eins achtzig, konnte den Sims gerade so erreichen. Der Professor hätte sich auf die Zehenspitzen stellen, wahrscheinlich sogar auf einen Stuhl steigen müssen.

Aber warum sollte der die Zigarillos ausgerechnet dort oben platziert haben?

Auch die Reinigungskräfte hatten das Büro nur in seiner Anwesenheit betreten, da er es immer abschloss. Fast immer. Auf jeden Fall, wenn er die Ausstellung verlassen hatte.

Doch wenn man normale Stundenlöhne zu Grunde legte, waren weder Handwerker noch Reinigungskräfte die klassische Zielgruppe, die Zigarillos für drei Euro fünfzig das Stück rauchten.

Götz steckte die Dose ein und machte sich auf den Heimweg.

Mit Umweg. Er klapperte alle Geschäfte ab, die nicht nur Standardzigaretten, sondern auch eher ungewöhnliche, höherpreisige Tabakwaren und Zubehör verkauften. Viele waren es nicht und die Auskunft, die er erhielt, war eindeutig und inhaltlich ähnlich.

»Führen wir nicht, viel zu teuer, würde in Kronach kaum jemand kaufen.«

Erst am Ende seiner Recherche fiel ihm ein, dass er etwas Elementares außer Acht gelassen hatte. Ein Verstoß gegen die kriminalistische Basis, der selbst einem absoluten Anfänger nicht hätte passieren dürfen.

Fingerabdrücke.

Anscheinend hatte die Müdigkeit, obwohl inzwischen verflogen, etwas so einfaches wie den Gebrauch einer Plastiktüte verhindert.

In der Polizeiinspektion holte er das nach. Er hinterließ die eingetütete Dose mit einer schriftlichen Nachricht im Technikraum.

»Bitte auf Fingerabdrücke prüfen und abgleichen. Meine sind auf jeden Fall drauf. Bitte um sofortige Nachricht. Danke, Götz

Flößer.«

Mit einem Ergebnis konnte er frühestens morgen am späten Vormittag rechnen.

Auf dem Weg zum Kreuzberg zündete er sich das Zigarillo an, das er der Dose entnommen hatte.

Schließlich musste das potentielle Beweismaterial auch sensorisch und qualitativ überprüft werden. Die Drogenfahnder machten das zwar nicht wie er im Selbstversuch, sondern durch einfache Labortests, aber auch sie mussten nachweisen, dass sie zum Beispiel Kokain und nicht Milchpulver oder Waschmittel gefunden hatten.

»Eindeutig Tabak. Hervorragende Qualität, die ich mir zwar nicht leisten kann, die aber drei Euro fünfzig wert ist«, stellte er fest.

21.

»Die Denise und ich hom uns ledzda Nachd a baar Stunden zamghockt und hom do wos über die Familie von dem Lugas Granach rausgfunna, des uns richdich vom Hogger ghaud hod.«

Mit dieser Ankündigung überfiel Frau Hängerla die Ermittlungsgruppe am nächsten Morgen in Hans Kräutleins Büro. Ihre Augen blitzten voller Vorfreude, obwohl sie nur wenige Stunden im Bett verbracht haben konnte. Nach dem Sturz vom Hocker, den sie aber schadenfrei überstanden hatte.

»Ein Hinweis auf den Täter?«, fragte Frau Dr. Winterkorn.

Frau Hängerlas Antwort überraschte selbst Götz. Erstens war sie mutig, zweitens inhaltlich unangreifbar.

»Ham Sie noch nie wos vo Meind Mabbing und annera Greadiv Techniggen ghört? Mir sin doch jedzd noch in der Sammelfase, wo mer alles zammdrogn wo irchendwos mid dem Addendad zu dun hom könnd. Die Bewerdung, obs wichdich is oder ned, die komd erschd ganz am End. Des müssden Sie in München doch a

212

kenna.«

Götz war begeistert und überrascht. Besser hätte selbst er die Anwendung von Kreativtechniken in der Polizeiarbeit nicht wiedergeben können. Am Anfang stand die Suche. Da kamen manchmal die irrwitzigsten Dinge zu Tage. Die sofort auszusondern, da sie anscheinend unwahrscheinlich, unlogisch oder nicht machbar erschienen, stellte in seinen Augen einen beinahe tödlichen Fehler dar. Erst wenn alles auf dem Tisch lag, begann das Sortieren. Ähnliche Gedanken und Ergebnisse wurden in Wolken oder Clustern zusammengeführt, und erst dann, wenn man ein gewisses Ordnungssystem geschaffen hatte, folgte die Bewertung. Mind Mapping oder Clusterbildung als kreative Sammel- und Sortiersysteme schienen zwar auf den ersten Blick umständlich, manchmal sogar kindisch, da sie auch irrationale Gedanken zuließen, aber was jedem halbwegs ausgebildeten Manager in der Industrie bei der Bewältigung komplexer Aufgaben sinnvoll erschien, konnte auch bei polizeilichen Ermittlungen nicht ganz falsch sein.

Das allerdings ausgerechnet aus Frau Hängerlas Mund zu hören, grenzte schon an ein Weltwunder. Genauso wie die Tatsache, dass sie freiwillig und ohne stundenlanges Lamento Überstunden gemacht und obendrein einen aktiven Beitrag zu den Ermittlungen geleistet hatte, was streng genommen gar nicht zu ihrem Aufgabenbereich gehörte. Schließlich war sie Verwaltungsangestellte und keine verbeamtete Ermittlerin. Üblicherweise beschränkte sich Frau Hängerlas Mitarbeit bei einem Fall auf Kritik. Meist an ihm. Ihr beiderseitiges Verhältnis war durch klare Positionen gekennzeichnet. Einer von ihnen war ANTI, der andere PATHIE. Daraus resultierte seiner Meinung nach eine einfache, aber beinahe unumstößliche Erkenntnis: In der zwischenmenschlichen Kommunikation war es oft nicht entscheidend, WAS gesagt wurde, sondern WER es sagte.

Und ganz offenbar ging das FBI bei der Aufklärung seiner Fälle nach ähnlichen Mustern vor wie er. Mit einem Unterschied. Denise Petitechaperon war es anscheinend mühelos gelungen, Frau

Hängerla Methoden und Denkweisen nahezubringen, die er seit Ewigkeiten predigte. Bisher erfolglos.

Allein das ließ seine Spannung auf die Ergebnisse steigen, die dem Sympathieverhältnis zwischen Neuses bei Kronach und Baton Rouge in Louisiana entstammten. Ob nun das Durchleuchten von Cranachs Familiengeschichte etwas Erhellendes zur Aufklärung beitragen würde oder nicht, war daneben fast sekundär. Für ihn ohnehin alte Kamellen. Glaubte er zumindest.

Obendrein war er nicht ganz bei der Sache. Das gestrige Telefonat mit Yildiz rumorte noch immer in seinem Hirn. Warum wollte Yildiz ganz plötzlich wissen, welche Voraussetzungen man in Deutschland für eine doppelte Staatsbürgerschaft erfüllen musste?

»Wie das bei uns aussieht, weiß ich genau. Du könntest jederzeit in der Türkei leben und arbeiten. Und mein Baba könnte dir sogar einen gleichwertigen, wenn nicht gar besseren Job im Staatsdienst vermitteln.«

Davon war bisher noch nie die Rede gewesen. Zumindest nicht ernsthaft. Obwohl Götz keine Zweifel daran hegte, dass Yildiz' Vater bei seinen Beziehungen locker das Kunststück fertig bringen würde, einen bayerischen Beamten in einen türkischen Staatsbediensteten zu verwandeln. Müsste er dann Türkisch lernen?

Ebenso wenig hatte er eine Antwort auf Yildiz' zweite Frage gehabt.

»Wie handhabt das deutsche Finanzamt die Doppelbesteuerung, wenn das eine Partnerland nicht der EU angehört?«

Dass die Finanzbehörde der wohl mächtigste Teil der Exekutivgewalt war, viel mächtiger und durchsetzungsstärker als jede Polizeiorganisation, hatte Yildiz nicht beeindruckt und beantwortete, wie er zugeben musste, ihre Frage auch nicht.

Was plante sie eigentlich?

»Warum musst du das wissen?«, hatte er gefragt.

»Einfach nur so«, hatte Yildiz geantwortet.

Völlig unglaubwürdig, hatte er gedacht, aber geschwiegen. Yildiz fragte nie, absolut niemals, irgendetwas „einfach nur so".

Er malte zwei Fragezeichen auf seinen Schreibblock. Eines für Doppelbesteuerung, das andere für doppelte Staatsbürgerschaft.

»Sie brauchn ned midzuschreibn, Herr Flößer, mir ham unsera Ergebnisse in an Händaud zammagfassd.«

»Großartig«, sagte Frau Dr. Winterkorn mit einer Betonung, die eher das Gegenteil ahnen ließ. Ob sich das auf das angekündigte „Handout" oder eher auf Lucas Cranachs Familiengeschichte bezog, blieb offen. Anscheinend hatte die Münchnerin die Schockstarre, in die sie der unrühmliche Ausgang von Ilka Möhrings Befragung versetzt hatte, noch immer nicht ganz überwunden. Eindeutiges Zeichen: keines ihrer Handys lag auf dem Tisch.

Frau Hängerla ließ sich nicht so leicht entmutigen.

»Also …«, begann sie.

»Der Lugas Granach hod ja an ganzen Sag voll Kinner ghobt. Fünf insgesamd, wenn mer kaans übersehn hom.«

So ändern sich die Zeiten, dachte Götz. Zu Cranachs Zeiten waren fünf Kinder sicher kein Sack voll gewesen. Aber heute, wo der Kindersegen in Deutschland bei einer statistischen Größe von eins Komma vier Kindern pro Familie aufhörte, eins Komma sechs Kinder als politisches Wunschziel genannt wurden und nur zwei Komma drei Kinder Deutschland vor dem Aussterben der Nation bewahren konnten, falls man Zuwanderung außer Acht ließ, galten halt andere Maßstäbe.

»Des erschde wor a Bub. Der Hans. A Moler, der späder in Idalien gstorbn is. Der zweide Sohn wor dcr Lugas, der dann späder als Lugas Granach der Jüngere berühmd geworn is. Abber richdich inderessand werds bei die Mala. Barbara, Anna und Ursula.«

Jetzt horchte Götz auf. Von Lucas Cranach dem Jüngeren, der als Maler in die Fußstapfen des Vaters getreten war, hatte er natürlich gehört. Aber weder die Existenz des früh verstorbenen Hans, ebenfalls Maler, noch die von drei Töchtern, war ihm bekannt gewesen. Das lag wohl einfach daran, dass die „Malas", damals nur in ihrer Funktion als zukünftige Ehefrau und Mutter oder bestenfalls als Malermodel und Muse erwähnt wurden.

Die weibliche Emanzipation musste noch ein paar Jahrhunderte warten.

»Die Barbara hod an Rechdsanwald gheiraded.«

Eher umgekehrt, vermutete Götz. Frauen heirateten damals nicht, sie wurden verheiratet, aber im Ergebnis war es vielleicht dasselbe.

»Des wor der Gristian Brück. Der wor Ganzler, is aber Fuchzahunderd und Simasechzich wechen Unfähichkeid hiegrichded worn.«

Auch da machte sich der Zeitenwandel bemerkbar. Heute wurden Kanzler, im Falle des Versagens, zum Glück nur abgewählt und nicht hingerichtet. Begrüßenswert für die Gegner der Todesstrafe. Allerdings stellte sich Götz immer wieder die Frage, warum Politiker, aber auch Spitzenmanager, für das „Aufhören wegen Unfähigkeit" oft besser bezahlt wurden als für das Weitermachen. Würde er wegen Versagens aus dem Polizeidienst ausscheiden müssen, würde ihm keineswegs die volle Pension zustehen.

»Die Barbara Granach und der Gristian hom a Dochder ghobd, die aach widder Barbara ghaasen hod«, fuhr Frau Hängerla fort und holte tief Luft.

»Die Sach is a wenig gombliziert, wall die Leud dauernd die gleichn Noma für ihra Kinner gnumma hom. A weng a Abwechslung däd des alles viel einfacher machen. Abber so isses hald. Ja un die Barbara, also die Dochder, die hod den Jacob Schröter gheiraded, der dann Bürchermasder vo Weimar geworn is. Die hom an Bum grichd, den sa nach sein Vadder Jacob gedaufd hom. Schbäder is der Rechdsanwald geworn und sei Fra, des wor die Anasdasia. Die Dochder von dena, die Elisabeth und der Rechdsanwald Johannes Seip hom aach widder an Sohn ghobd, den Johann David, der aach widder Rechdsanwald geworn is und die Elisabeth Catharina Steuber geehelichd hod.«

»Also ich blicke da nicht durch. Und vor allem weiß ich nicht, wo uns das hinführen soll«, murrte Frau Dr. Winterkorn und schüttelte den Kopf.

»Verwirrend ja, aber das waren die Szenarien, die wir während unseres Studiums zum Diplomverwaltungswirt durchspielen mussten, auch. Die Ausbildung zum Polizeikommissar ist doch nichts für schlichte Gemüter«, erhielt Frau Hängerla unerwartete Schützenhilfe von Juliane Sorbet, die deren Vortrag aufmerksam gefolgt war. Frau Dr. Winterkorn blieb zwar ruhig, aber der Blick, den sie der Bereitschaftspolizistin zuwarf, enthielt Zyankali in tödlicher Konzentration.

Frau Hängerla reagierte trotz dieser Unterstützung ungewöhnlich flexibel.

»No gud, dann mach mer hald in der Familiengschichde an großen Zeidsprung bis ins achzehnde Jahrhunnerd. Do kumma mer zu der Catharina Elisabeth Textor, der Ururururururengelin von dem Lugas Granach, die aach widder an Rechdsanwald gheirad had. Und zwar in Frangfurd. Und der Sohn von dena … waas aner wer des wor?«

Frau Hängerla sah sich forschend um. Alle außer Denise Petitechaperon schüttelten den Kopf.

»Sie ach ned, Herr Flößer?«, vergewisserte sich Frau Hängerla.

»Nein, keine Ahnung. Noch nicht einmal andeutungsweise«, bekannte Götz und durchforstete sein Gedächtnis nach einem berühmten Frankfurter, der im achtzehnten Jahrhundert gelebt hatte, doch es wollte ihm niemand einfallen.

»Des wunnerd mich jedzd abber, Herr Flößer, dass ausgerechned Sie, den zweiden suberbrühmden Kronacher ned kenna.«

Götz warf einen hilfesuchenden Blick zu Denise. Die musste wissen, um wen es sich handelte, denn schließlich war das, was Frau Hängerla da vortrug, das Ergebnis ihrer beider Recherche. Denise gab sich jedoch unbeteiligt und grinste nur vor sich hin. Anscheinend stand ihnen eine Überraschung bevor.

»Also …«, begann Frau Hängerla erneut, denn offensichtlich konnte oder wollte sie die Offenbarung ihres Geheimnisses nicht länger hinauszögern.

»Der Sohn von der Catarina Textor und ihrn Mo, des wor der

Johann Wolfgang von Goede. Der is zwar in Frangfurd geborn, abber abstammungsmässig is der ganz eindeudich a echder Gronacher. A absoluder Waahnsinn, ned wor!«

»Fantastisch«, das war alles was Götz dazu einfiel und es war noch nicht einmal gelogen. Zumindest nicht vollständig.

Dass der große deutsche Dichterfürst direkt mit Lucas Cranach verwandt war, fand er bemerkenswert, fast schon sensationell. Frau Hängerlas Schlussfolgerung, Goethe sei abstammungsmäßig ein Kronacher, der nur zufällig woanders geboren worden war, hielt er zwar für gewagt, aber es gab noch ganz andere, viel abenteuerlichere Konstruktionen über Abstammungsgeschichten. In manchen wurden sogar Götter als Vorfahren bemüht. Die Sache hatte nur einen Schönheitsfehler, in den akuten Fall ließ sich diese für ihn bahnbrechende Erkenntnis nicht einordnen.

Er hütete sich allerdings das auszusprechen. Erstens wäre das Wasser auf Frau Dr. Winterkorns Mühlen und deren linear einseitigen Denkungsweise und zweitens würde Kritik zum jetzigen Zeitpunkt Frau Hängerla vollkommen demotivieren. Motivation war ein kostbares Gut. Vor allem in Zeiten, da alles undurchsichtig und verworren erschien.

»Ich glaube, ich brauche jetzt erst einmal eine Pause um diese Tatsache zu verarbeiten«, sagte er. Dafür hatten alle Verständnis, ganz besonders Frau Hängerla, der man ansah, wie stolz sie darauf war, ihn dermaßen beeindruckt zu haben. Dass er in Wirklichkeit das Bedürfnis verspürte eine Zigarette zu rauchen, verschwieg er. Doppelbesteuerungsabkommen zwischen Deutschland und der Türkei, Verwandtschaft zwischen Lucas Cranach und Johann Wolfgang von Goethe, Voraussetzungen einer doppelten Staatsbürgerschaft, Holzwürmer und die Ankündigung eines Attentats ließen sich auch mit modernen, kreativen Managementmethoden wie Mind Mapping nicht so leicht ordnen. Zumindest nicht im Kopf.

Die Pause schien auch allen anderen willkommen zu sein, gleich welche Bedürfnisse sie befriedigen wollten.

Nur Hans Kräutlein, Nichtraucher und Koffein abstinent, Frau Hängerla und Denise Petitechaperon blieben im Büro des Inspektionsleiters zurück.

»Jedzd machd mich doch amol schlau«, forderte der Inspektionsleiter die beiden Damen auf.

»Ich wold ja nix sogn, solang die Münchnerin und die Kollechin von der Bereidschafdsbolizei derbei worn, abber wos hod denn der Goethe jedzd mid unsern Addendad und die Holzwürmer zu dun?«

»Absolutely nothing«, bekannte Denise freimütig. Hans Kräutlein sah sie verdutzt an. Die Aufklärung lieferte seine rechte Hand.

»Die Sach is doch ganz einfach, Schef. Erschdens hod des der Deniies und mir Spaß gemachd, des auszubuddeln und zweidens hommer dodermid die Münchnerin erschd a mol beschäfdichd. Sozusachen auf a Abstellgleis gschobn. Die dengd jedzd ganz verzweifeld dorüber nooch, wie des alles zammahängd. Des dauerd a weng, und in der Zeid könna mir in Ruh unser Arbeid machen. Oder wolln Sa nuch ammol so a Bleiden erlehm, wie des mid derer Fraa Möhring. Des wor ja a Schand. Aach für uns, wall mer des zugelossen hom. Und außerdem, wenn sich unser Herr Flößer ständich mid der Frau Dogder Winderkorn rumzaggern muss, dann kumd der doch gor ned derzu sich um den Fall zu kümmern. Unser Herr Flößer, der is doch wie a Hamsder. Der drägd Körnla für Körnla zam und am Schluss hod er genuch eigsammld, dass es für des Mehl von an Kuchen langd. Abber der Mo is a weng einseidich und wenn er ständich rumgscheuchd werd, dann find er kana Körnla. Kana Körnla bedeuded aach kann Kuchen für uns alla.«

Hans Kräutlein sah Frau Hängerla erstaunt an.

»Wenn mer Sie so redn hörd, dann könnd mer mana, Sie und unser Oberkommissar Flößer wärn die besdn Freund. Und …«, jetzt wirkte er fast ein wenig gekränkt, »… des hörd sich fasd so an, als wär er der Mo, der alles ko. Am End wär er sogar der bessere Inschbegdionsleider für Gronach?«

»Absolud ned Schef. So Leud wie unser Obergommissar, die

könna sich doch bloß richdich endfalden, wenn sa jemandn hom, der ina sochd wos langgehd. Stelln Sa sich bloß amol vor, der Herr Flößer häd des mid dem Lugas Granach und dem Goede rausgfunaa. Wos mana Sie häd der die nächsden Wochen gemachd? Wahrscheinlich häd er alles gelesen, wos der Goede jemals in sein Lem gschriebn hod. Und des is, glaab ich, a ganzer Haufn Zeuch. Rauskumma däd doderbei gor nix. A Perfegdionisd wie unser Herr Flößer, der brauchd ab und zu an Drid in den Orsch oder a Zuggerstügla. Und des machen mir. Sie und ich.«

»Versteh ich immer noch ned«, bekannte Hans Kräutlein kopfschüttelnd.

»Des is ogewanda Bsüchologie, Chef«, beteuerte Frau Hängerla.

»In der jezign Siduadion, däd a Orschdrid nix nüdzen. Do däd der Herr Flößer bloß boggich wern. Also hommer a Zuggerstüggla gebrauchd, um den Herrn Flößer aus sein Greadiveggla rauszuloggn. Des wor die Sach mid dem Goede. Do gibds jedzd nix mer für na zu holen. Also muss er sich um die ganz normole Bolizeiarbeid kümmern und dord seine Körnla suchn, damid mir alla an Kuchn grign.«

22.

Während Götz Flößer am geöffneten Fenster seines Büros stand, den Rauch seiner Zigarette nach draußen blies, studierte er das von Denise Petitechaperon und Frau Hängerla zusammengestellte Handout.

Er knüllte die leere Zigarettenpackung zusammen und steckte sie ein. Machte sich schlecht, wenn in einem öffentlichen Gebäude, in dem Rauchverbot herrschte, leere Zigarettenschachteln im Papierkorb auftauchten. Und Reinigungskräfte hatten manchmal den Hang dazu sich als Ermittler aufzuspielen. Noch dazu mit einer verblüffend hohen Aufklärungsrate.

Frau Hängerla hatte in ihrem Vortrag zwar mehrere Generationen übersprungen, aber wenn sie und Denise keinen großen Fehler gemacht hatten, war das Verwandtschaftsverhältnis zwischen Lucas Cranach und Johann Wolfgang von Goethe unbestreitbar. Er überlegte kurz, was gewesen wäre, wenn Goethe nicht in Frankfurt am Main, sondern in Kronach geboren worden wäre. Vielleicht wäre diese Anhäufung von Genialität in einer Kleinstadt gar nicht auszuhalten gewesen? Wie hätten die Kronacher darauf reagiert, wenn als Folge des Frühwerkes eines ihrer Bürger junge Leute reihenweise Suizidgedanken entwickelt und diese sogar in die Tat umgesetzt hätten?

Das waren nämlich die unmittelbaren Folgen von Goethes „Die Leiden des jungen Werthers".

Oder wenn sich dieser Mann im Alter von vierundsiebzig unsterblich in eine Siebzehnjährige verliebt hätte. In Kronach. Hätten das die Kronacher Bürger als einen schlimmen Stalkingfall betrachtet oder einfach nur als eine fehlorientierte Liebe. Die junge Dame hatte Goethes Liebeswerben nicht nachgegeben und sogar seinen offiziellen Heiratsantrag abgelehnt. Damit wurde sie unsterblich. Literarisch gesehen. Als Auslöserin für die „Marienbader Elegie".

Die Frankfurter hatten weniger Hemmungen gehabt. Ziemlich robust bezeichneten sie fortan ihren berühmten Sohn als „Goethe, die aale Sau". Stempelten ihn zum Lustmolch, der jungen Damen nachstellte, die seine Enkelinnen oder sogar Urenkelinnen hätten sein können. Frau Hängerla, die trotz ihrer siebenundreißig Jahre noch unverheiratet war, würde vielleicht ähnlich wie die Frankfurter reagieren.

Er seufzte und suchte auf den Aktenstapeln, die seinen Schreibtisch in eine wild zerklüftete Gebirgslandschaft verwandelt hatten, nach einer Nachricht. Von heute.

Da lag aber nichts.

»Um jeden Scheiß muss ich mich selbst kümmern«, brummte er und machte sich auf den Weg ins „Labor".

Labor war eindeutig übertrieben für einen Raum, der nur wenige Gegenstände enthielt, die diese Bezeichnung rechtfertigten. Für forensische Untersuchungen, ausgenommen die der einfachsten Art, war die Kronacher Inspektion nicht ausgerüstet. Und der Kollege, der die „Spurenermittlung" darstellte, fehlte auch.

Die Plastiktüte mit der Blechdose war unberührt. Seine Nachricht mit der Bitte um schnelle Bearbeitung ebenfalls.

»Mist«, murmelte Götz. Die fummelige Untersuchung eines Gegenstandes auf Fingerabdrücke gehörte nicht zu seinen Lieblingsbeschäftigungen. Aber wie jeder Polizeibeamte bei der Kripo beherrschte er die Grundzüge. Ähnlich dem Schießtraining, dem „Erste-Hilfe-Kurs", damit man die neuesten Erkenntnisse zur „stabilen Seitenlage" nicht verpasste, wurden auch die einfacheren Techniken der Spurensicherung in Lehrgängen immer wiederholt und aktualisiert.

Die Ausbeute, die er mit Hilfe von Einmalhandschuhen, Rußpulver, einem Glasfaserpinsel und Übertragungsfolie unter das Mikroskop brachte, war vielversprechend und versetzte ihn in gute Laune. Frohgemut digitalisierte er zwölf Fingerabdrücke hervorragender Qualität und speiste sie in das Computersystem zum Vergleich ein.

Die Anzahl der Übereinstimmungen mit bereits erfassten Abdruckmustern steigerte sein Wohlbefinden noch mehr.

Zwölf Treffer lieferte der Computer. Und das innerhalb von weniger als einer Minute. Perfekt.

Drei lupenreine Zeigefinger, fünf Daumenabdrücke bester Qualität, je zwei vollständige Mittelfinger und Ringfinger waren hervorragend getroffen. Das Fehlen des kleinen Fingers machte ihm keine Sorgen.

Solange, bis er die Zuordnung sah.

»Scheiße«, war alles was ihm dazu einfiel. Sieben der Abdrücke stammten von ihm, die restlichen von einer Frau namens Juliane Sorbet.

Fingerabdrücke von Polizeibeamten fand das System immer

besonders schnell, denn die waren in einer gesonderten Datei des Such- und Vergleichsystems gespeichert. Zwangsläufig, denn nicht immer ließ es sich vermeiden, dass ein Polizeibeamter einen Tatort mit seinen eigenen Fingerspuren kontaminierte.

Plötzlich kam ihm eine Erleuchtung. Was bedeutete dieses Ergebnis?

Der ursprüngliche Besitzer der Zigarillos musste die Blechdose innen wie außen mit größter Sorgfalt poliert haben, um jeden Hinweis auf die eigene Identität zu entfernen. Das war ihm gelungen, warf aber die Frage nach dem „Warum" auf.

Seine eigenen Abdrücke waren ein Beweis von Schusseligkeit oder Dummheit. War aber nun mal passiert.

Ganz anders waren die Fingerspuren von Juliane Sorbet, der Bereitschaftspolzistin, zu bewerten. Die stellten so etwas wie ein Fenster dar. Ein Zeitfenster.

Die Kollegen der Bereitschaftspolizei, die an den Scannern gearbeitet oder Leibesvisitationen durchgeführt hatten, trugen grundsätzlich Latexhandschuhe. Zumindest wenn sie der Vorschrift folgten. Nicht wegen möglicher Fingerabdrücke, die sie hinterlassen könnten, sondern aus Gründen des Selbstschutzes. Wer wusste schon, was die Leute so alles in Hosen-, Jacken-, Handtaschen oder direkt auf dem Leib mit sich herumtrugen.

Und nicht mit jedermann war Hautkontakt wünschenswert. Dazu kamen Spritzen und sogenannte Pens, die hoffentlich nur mit Blutverdünner oder Insulin gefüllt waren, vollgerotzte oder blutbefleckte Taschentücher, die einem die Wahl ließen, ob sie nur mit harmlosem Nasensekret oder Schnupfenerregern in Kontakt gekommen waren. Auch Kondome, deren Zustand Zweifel an ihrer Jungfräulichkeit und somit auch ihrer Wirksamkeit aufkommen ließ, und vieles andere mehr. In den Taschen der Besucher hatte es verblüffend viel Platz und eine große Variabilität von Gegenständen gegeben. Die Aufzählung, die Götz nur aus den Bemerkungen der Bereitschaftspolizisten kannte, hätte endlose Listen gefüllt, die man mit unterschiedlichen Titeln hätte versehen können. Normal, ekelerregend oder exotisch. Nicht immer war die Zuordnung zu einer der Überschriften eindeutig oder gar leicht.

Juliane Sorbet hatte er als sehr gewissenhafte Polizeibeamtin kennengelernt. Als Schichtleiterin hatte sie die Aktivitäten ihrer Kollegen und Kolleginnen an den Eingängen der Ausstellung nur überwacht. Vielleicht hatte sie das eine oder andere Mal im wörtlichen Sinne „eingegriffen" und vielleicht, weil ihr der Gegenstand harmlos erschienen war, hatte sie keine Handschuhe übergezogen. Denkbar, wahrscheinlich und nicht wirklich eine Pflichtverletzung.

Für uns ein Glück, dachte Götz, für den Raucher der „Conchita Minores" eher Pech.

Jetzt wusste er, wo er zu suchen hatte.

Nur die Frage WARUM und WOZU das Ganze, beantwortete dies nicht. Vielleicht war diese Zigarillogeschichte eine Suche mit ähnlicher Sinnhaftigkeit wie Goethes Verwandtschaft mit Lucas Cranach. Bloß weniger bedeutsam. Dafür aber verdächtig. Wegen des Fehlens von Fingerabdrücken. Etwas, was nicht da war, sagte oft mehr als etwas Anwesendes.

Er spürte das dringende Bedürfnis nach Nikotin.

Die leere Zigarettenpackung steckte in seiner Hosentasche. Der nächste Zigarettenautomat war mindesten zehn Minuten entfernt.

Begehrlich sah er auf die handgerollten Zigarillos, die er vor der Untersuchung aus der Verpackung genommen und beiseite gelegt hatte. Niemand, er ausgenommen, hatte sie gezählt. Ob achtzehn oder siebzehn machte für eine mögliche Beweisaufnahme keinen Unterschied.

Es gab jedoch einen Unterschied. Den stellte er erst jetzt fest. Optisch war der Eindruck zwischen hand- und maschinengerollt nicht so groß wie er anfänglich vermutet hatte. Aber mit der Hand gerollte Zigarillos hatten keinen Filter. Niemals. Und ein Filter sollte kein Loch haben. Das machte ihn unwirksam. Zumindest für den Raucher.

Er griff nach einem Skalpell und schnitt das Filterzigarillo der Länge nach auf. Vier Zentimeter Tabak, dann ein Hohlraum im Inneren, gefolgt von dem durchlöcherten Filter. Sonst nichts. Genauso sah es bei Nummer zwei aus. Nummer drei jedoch förderte etwas Zusätzliches zu Tage.

Noch eine Leiche. Und die war der Beweis. Die Jane Does hatten das Loch im Filter gebraucht. Wie hätte sie der Täter sonst in den von ihm geschaffenen Hohlraum plazieren können, aus dem sie später selbsttätig den Weg in die Freiheit finden mussten, um geeignete Brutplätze für ihre Nachkommenschaft zu finden?

Einer war das nicht gelungen. Sie lag tot in der Hülle. Kurz überlegte Götz, ob er sie einer Obduktion unterziehen lassen sollte, entschied sich aber erst einmal für die naheliegendste Theorie. Tod durch Nikotinvergiftung.

Etwas wie Bewunderung für den Attentäter stieg in ihm auf. Was für ein Aufwand. Und an einem Mangel an Kreativität hatte die Person auch nicht gelitten. Eher an überbordendem Perfektionismus.

Und das Motiv der Tat? Noch unklar, würde sich aber noch ergeben.

Er zündete sich eines der handgerollten Zigarillos an. Nach Abzug der vier Maschinengerollten waren es jetzt noch dreizehn, und Götz dachte über sein Suchtverhalten nach. Obwohl er die tödlichen Folgen der Nikotinvergiftung ganz klar und zweifelsfrei in Form einer Toten direkt vor Augen hatte, stand er hier und inhalierte, noch dazu mit Vergnügen und vermeintlichem körperlichem Wohlbefinden, den aromatischen Rauch.

»Der Mensch ist ein schon selten dummes Tier«, brummte er und ergänzte im Geiste »ich zumindest«. Aber so etwas sprach man besser nicht laut aus. War nicht karriereförderlich.

*

»Ich kann mich genau erinnern«, sagte Juliane Sorbet als er sie in einem vier Augen Gespräch zu ihren Fingerabdrücken auf der Blechdose befragte.

»Haben wir davon Videoaufzeichnungen?«

»Selbstverständlich.«

»Hervorragend. Kopieren Sie die bitte auf eine separate CD und liefern die bei Frau Dr. Winterkorn ab.«

»O.k.«, sagte Juliane gehorsam, konnte aber das fragende Runzeln ihrer Stirn nicht unterdrücken.

Auch mit der FBI-Agentin führte er ein Geheimgespräch, denn er erinnerte sich daran, was sie ihm über ihre Kronacher Wurzeln erzählt hatte.

»Der Zeitunterschied zwischen Baton Rouge und Kronach beträgt aber sieben Stunden. Dort ist es jetzt mitten in der Nacht.«

»Macht nix«, antwortete Denise.

»Wenn ich meinen Granddad anrufe, dann springt der auch morgens um drei aus dem Bett.«

Und „Granddad" ließ auch noch andere Leute zu nachtschlafender Zeit aus dem Bett springen. Ehemalige Mitarbeiter und Kollegen, die sich in der Branche auskannten.

Es war genau elf Uhr dreißig, als Götz seinem Chef Hans Kräutlein die Ergebnisse seiner Ermittlungen vortrug.

Vorher ließ er sich allerdings einen Urlaubsantrag unterschreiben.

»Das „Weichkochen" überlasse ich gern Frau Dr. Winterkorn, begründete er seine Entscheidung. Ich habe was Wichtiges zu erledigen. Das duldet keinen Aufschub.«

23.

Überpünktlich saß Götz am nächsten Morgen in der Abflughalle des Nürnberger Flughafens und studierte die Schlagzeilen des „Nürnberger Tag".

»Münchner Hauptkommissarin überführt Cranach-Attentäter.«

Darunter die Zusammenfassung für diejenigen, die in weniger als einer Minute wissen wollten, was Sache war.

»Frau Dr. Winterkorn verhindert den Super-GAU in der Kunstwelt.«

Grammatikalisch falsch, entschied Götz. GAU war die Abkürzung für größtmöglich anzunehmender Unfall. Super als Steigerungsform war völliger Blödsinn, aber publikumswirksam, wie er zugeben musste. Er las weiter.

»Nur wenige Stunden nachdem die weltweit viel beachtete Cranach-Ausstellung ihre Tore schließt, präsentiert die erfahrene LKA-Ermittlerin den Attentäter und rettet Cranachs Werk für die Nachwelt.«

Götz musste grinsen. Im Gegensatz zur Berichterstattung über den Lebensweg Lucas Cranachs hatten die Journalisten diesmal hervorragende Arbeit geleistet. Schnell und äußerst detailliert, wenn auch leicht übertrieben. Aber das war vielleicht Frau Dr. Winterkorns Darstellung geschuldet. Sie hatte das „Futter" mundgerecht serviert. Das Lamm weichgekocht. Sowohl für die Presse als auch für die Judikative.

Dr. Bosshammer, der Verteidiger des Beschuldigten, sah das ganz anders und wurde natürlich ebenfalls zitiert.

»Mein Mandant ist das Opfer einer Finanzintrige. Wir sind sicher, dass wir eine Einstellung des Verfahrens erzielen werden. Wegen Geringfügigkeit.«

Götz konnte sich gut vorstellen, was er damit meinte. Erst einmal würde Dr. Bosshammer alle Vorwürfe gegen seinen Mandanten zurückweisen. Zweitens würde er darlegen, dass die Kosten und der Aufwand eines möglichen Gerichtsverfahrens überhaupt nicht zu rechfertigen seien, da es sich um einen Fall von „minderer Sachbeschädigung ohne jegliche Personengefährdung" handele, die den ganzen Aufwand gar nicht wert sei.

Dass diese „mindere Sachbeschädigung" den bayerischen Staat drei Wochen Arbeitszeit von einhundert Bereitschaftspolizisten gekostet hatte, die Städte München und Bamberg drei Wochen lang auf verdiente polizeiliche Ermittler verzichten mussten, das amerikanische FBI eine ihrer attraktivsten Agentinnen entsandt und das

Kronacher THW eine ganze Zeltstadt errichtet hatte, würde den Bayreuther Staranwalt nicht im Geringsten anfechten.

Er war es gewohnt in großen Dimensionen zu denken und in den Fall KILLCRANACH hatte er sich ja bereits eingearbeitet.

Ganz anders würde er die Sachlage in einem zweiten, völlig losgelösten, zivilrechlichen Verfahren darstellen.

»Wir bereiten eine Klage gegen die Versicherungsgesellschaft vor. Die Forderungen unserer Schadenersatzklage beläuft sich auf mehrere Millionen. Man muss diesen amerikanischen Heuschrecken zeigen, dass sie hier in Deutschland nicht machen können, was sie wollen.«

Damit war klar, Dr. Bosshammer würde diesmal nicht „pro bono" arbeiten. Er hatte Cranach-Blut geleckt und ein sehr publikumswirksames Ablenkungsmanöver gestartet. Schuld waren die amerikanischen Heuschrecken. Die waren nirgendwo beliebt, auch nicht in Deutschland. Er verteidigte also nicht nur seinen Mandanten, das Opferlamm, das völlig zu Unrecht zur Schlachtbank geführt werden sollte, sondern ganz Deutschland gegen die kapitalistischen Auswüchse Amerikas.

Frau Dr. Winterkorn und der verantwortliche Staatsanwalt würden gegen Dr. Bosshammer einen schweren Stand haben, dachte Götz und konnte einen Anflug von Schadenfreude nicht unterdrücken. Das waren die strategischen Gründe, aus denen er Frau Dr. Winterkorn das letzte Kapitel überließ. Die taktischen, wegen denen er hier saß und auf seinen Flug nach Istanbul wartete, waren jedoch ungleich bedeutsamer. Daneben nahm sich der „Fall KILLCRANACH", den Frau Dr. Winterkorn an seiner statt als Ermittlerin und Zeugin vor Gericht vertreten würde, wirklich harmlos aus. Oder „minder", wie es Dr. Bosshammer behauptete. Falls es überhaupt zu einer Anklage kommen würde.

Das Beweismaterial, das er der Münchnerin chronologisch geordnet auf den Schreibtisch gelegt hatte, war eine saubere und ziemlich wasserdichte Indizienkette.

Aber halt nur ziemlich. Bei Indizien gab es immer Löcher, die mit Annahmen gefüllt werden mussten. Das hatte Dr. Bosshammer natürlich sofort erkannt und deshalb ein zusätzliches Riesenfass aufgemacht, in dem sein Mandant mitleidheischend gegen das Ertrinken kämpfte. Einflussnahme auf die öffentliche Meinung nannte man das und dem konnte sich die Judikative auch nicht entziehen, obwohl sie das immer behauptete.

Der Richter oder die Judikative würde sich nach Götz' Vorstellung zwei völlig verschiedenen Varianten des möglichen Tathergangs gegenübersehen.

Variante eins:

Basierend auf dem von Götz beigebrachten Beweismaterial war Hubert L. der Täter.

Im Anfangsstadium der Prozessvorbereitung durfte der Name des Beschuldigten aus Gründen des Persönlichkeitschutzes nicht genannt werden. Doch wer findig war, musste nicht lange suchen, um aus dem Kürzel Hubert L. den vollständigen Namen zu generieren.

Die Beweiskette war nicht lückenlos, aber eindeutig. Falls H. L. kein Geständnis ablegte, und das war kaum zu erwarten, blieb offen, ob H. L. den Schriftzug KILLCRANANACH an sechsundvierzig Plakaten angebracht hatte. Ein Motiv dafür hatte er, das war aber leider kein Beweis. Wenn überhaupt, würde das mögliche Motiv in der Variante zwei auftauchen und dort eher für Mitleid mit dem Angeklagten sorgen. Genau das war Dr. Bosshammers Absicht.

Eindeutig und beweisbar war Folgendes:

Beweismittel Nummer eins: eine Videoaufzeichnung. H. L. am Eingang der Ausstellung während des von Denise Petitechaperon vorgeschlagenen Testes der Sicherheitsmaßnahmen. In seinem Besitz befindet sich eine Blechschachtel, die als Behältnis von „Conchita Minores" identifiziert wird. Sogar deren Inhalt wird gezeigt. Zigarillos, die zum damaligen Zeitpunkt als unverdächtig eingestuft werden. Deshalb darf H. L. die Ausstellung betreten.

Auf dieses Beweismittel würde Dr. Bosshammer wahrscheinlich

mit einem gleichgültigen Achselzucken reagieren.

»Na und? Was beweist das denn? Zufall! Jeder kann „Conchita Minores" kaufen. Rauchen mag zwar gesundheitsschädlich sein, ist aber nicht verboten. Mehr sagt uns das nicht.«

Mit dem „uns" würde er versuchen den Richter in sein Boot zu ziehen.

Beweismittel Nummer zwei: In den gespeicherten Videoaufzeichnungen ist zu sehen, wie H. L. eine Tür öffnet, die mit „Privat" gekennzeichnet ist. Er betritt den Raum und verlässt ihn nach einer Minute und achtundvierzig Sekunden. Was er dort gemacht hat, ist nicht bekannt, da der Raum innen nicht von einer Kamera überwacht wird. Herr Oberkommissar Götz Flößer identifiziert den Raum als Interimspolizeibüro, in dem er nach Ablauf der Ausstellung die Blechschachtel fand.

Dr. Bosshammer:

»Mein Mandant erinnert sich nicht an dieses Detail. Er weiß nur noch, dass er auf der Suche nach einer Toilette gewesen ist. Sehr dringend, da er am Eingang lange aufgehalten wurde und sich dort sogar teilweise entkleiden musste. Und das Schild „Privat" kann keinesfalls als Hinweis auf Diensträume der Polizei gelten, deren Betreten verboten wäre. Also was soll's. Er hat auf der Suche nach einer Toilette eine falsche Tür aufgemacht. Das ist doch schon jedem von uns einmal passiert.«

Beweismittel Nummer drei a: Ein Foto das insgesamt siebzehn Zigarillos zeigt und von Herrn OK Götz als Inhalt der Blechschachtel bezeichnet wird. Anmerkung in der Akte: vorhanden sind lediglich sechzehn Zigarillos, über den Verbleib des siebzehnten ist nichts bekannt. Auf dem Bild ist zu erkennen, dass vier Zigarillos einen Filter haben und nicht mit dem Originalinhalt übereinstimmen. In dem Filter ist ein Loch. Diese Öffnung wurde nachträglich und künstlich angelegt, wie der Hersteller der Filterzigarillos versichert.

Beweismittel Nummer drei b: ein zweites Foto. Die vier Filterzigarillos sind aufgeschnitten. Sie enthalten einen Hohlraum. In einem der Hohlräume ist die mumifizierte Leiche eines Käfers zu erkennen. Der Käfer ist von der Gerichtsmedizinerin Frau Dr. Karin Bärlauch als weibliches Exemplar des Anobium punctatum bezeichnet worden, in Klammern: Muttertier des gefürchteten Holzwurmes, Todesursache: unbekannt. Das verstorbene Käferweibchen stand nach Aussage der Gutachterin kurz vor der Eiablage. In den anderen Hohlräumen findet sich Käferkot. Es ist daher als unzweifelhaft anzusehen, dass sich mehrere Käfer, genaue Zahl unbekannt, in den Hohlräumen befunden haben. Annahme: das Loch im Filter hat es den Käfern ermöglicht, den Hohlraum zu verlassen, sich in den Ausstellungsräumen auszubreiten und ihre Eier in Holzritzen abzulegen. Der Vorgang selbst wurde nicht beobachtet.

Dr. Bosshammer:

»Das wäre natürlich tragisch gewesen, wenn das nicht entdeckt worden wäre. Was für ein Verlust für die Kunstwelt.«

Seinen Lippen würde ein hörbarer Seufzer entfahren.

»Da gebührt Herrn OK Flößer allerhöchstes Lob. Aber wie Herr OK Flößer feststellte, waren weder an der Blechschachtel noch an den Zigarillos Spuren zu finden, die sich mit meinem Mandanten in Verbindung bringen lassen. Und wie die Videoaufnahmen beweisen, hat er zum fraglichen Zeitpunkt keine Handschuhe getragen, er hätte also Fingerspuren hinterlassen müssen. Und wie bereits gesagt, es ist überhaupt nichts passiert.«

Versuch des Staatsanwaltes oder Frau Dr. Winterkorns:

»Der Beschuldigte war gut vorbereitet und hat im Inneren des Behälters alle Spuren vor dem Betreten der Ausstellung entfernt. Die Fingerabdrücke außen auf der Metalloberfläche konnte er leicht mit einem Taschentuch entfernen.«

Dr. Bosshammer:

»Mit ließe, könnte, dürfte und so weiter, überzeugen Sie niemanden. Das sind Glaubensbekenntnisse aber keine Beweise. Noch nicht einmal sichere Indizien.«

Vielleicht würde der Richter dazu sogar mit dem Kopf nicken.

Beweismittel Nummer vier: Die bestätigte Aussage des US-Bürgers Laurence Petitechaperon, wohnhaft in Baton Rouge, Lousiana, Vereinigte Staaten von Amerika. Ehemaliger Abteilungsleiter bei der Versicherungsgesellschaft Mutual Art.

»Nach Aussagen meiner ehemaligen Mitarbeiter wurde die Mutual Art von einem anderen Versicherungskonzern übernommen. Bei dieser Übernahme handelte es sich um ein „unfriendly takeover". Das bedeutet, der Zusammenschluss erfolgte gegen den Willen des Vorstandes, der Aktionäre und der Policenhalter der Mutual Art. Viele Generalvertreter als Policenhalter dürften durch diese Übernahme großen finanziellen Schaden erlitten haben, wenn nicht gar insolvent geworden sein.«

Götz fand, dass die deutsche Übersetzung des Begriffs „unfriendly takeover" den Sachverhalt besser kennzeichnete. Die Mutual Art und damit ihre Generalvertretungen wie die von H. L. waren Opfer einer „feindlichen Übernahme" durch einen anderen Versicherungskonzern geworden. Da wurde immer mit harten Bandagen gekämpft. Da floss Blut. Meist das der Kleinen, und in diesem großen Spiel war die Versicherungsagentur von H. L. ein Kleiner. Auch wenn er Generalvertreter für Deutschland war oder bis zur feindlichen Übernahme durch die All Insurance gewesen war.

Damit kam Variante zwei ins Spiel. Die Bosshammer-Version.

Viel größer, viel komplexer, international, die großen Dinge der Finanzwelt berücksichtigend und nicht so kleinkariert wie die Götz-Flößer-Version.

Mit einer Ausnahme. Der des Motivs. Da stimmten sie überein, auch wenn Dr. Bosshammer das anders erklären würde.

»Ein Motiv haben viele. Ein Motiv ist noch lange keine Tat. Jeder von uns wollte schon mal irgendjemandem den Hals umdrehen. Aber tun, tun es die wenigsten.«

Und um eine Anklage komplett zu verhindern, würde Dr. Bosshammer wahrscheinlich folgendes ins Feld führen.

»Keines der vorgelegten Beweismittel trägt Spuren meines Mandanten. Für seine Beteiligung an der KILLCRANACH-Aktion fehlt ebenfalls jeder Beweis. Die Staatsanwaltschaft hat nichts anderes in der Hand als Vermutungen. Das gilt auch für das angebliche Motiv meines Mandanten. Wahr ist, dass mein Mandant durch die Übernahme aller Versicherungspolicen der Mutual Art durch die All Insurance seine mühsam aufgebaute Existenz verloren hat. Da hat eine Heuschrecke ein solides und ehrbares Unternehmen gefressen, um sich dessen Kundschaft anzueignen. Nach deutschem Recht illegal, aber in der amerikanischen Geschäftswelt oft geübte Realität. Eigentlich ein Fall für die Politik.«

Jetzt würde er sich mit süffisantem Lächeln an den Staatsanwalt oder Frau Dr. Winterkorn wenden.

»Sie können ja bei der „All Insurance" nachfragen, ob sie durch meinen Mandanten nach der Ankündigung von KILLCRA-NACH erpresst worden sind. Das ist es doch, was Sie vermuten. Ein angedrohter Versicherungsschaden, der mehrere hundert Millionen US-Dollar betragen könnte, hätte die feindliche Übernahme höchstwahrscheinlich verhindert und die Existenz meines Mandanten gerettet. Aber so ist es nun mal nicht und deshalb werden wir die All Insurance auch verklagen.«

Dr. Bosshammer musste sich sehr sicher sein, dass die All Insurance eine Erpressung, selbst wenn sie stattgefunden hatte, keinesfalls bestätigen würde.

Er würde sie als Götz'sches oder Winterkorn'sches Fantasieprodukt darstellen. Dr. Bosshammer wusste anscheinend über Versicherungen und deren Reaktionen ebenso gut Bescheid wie Yildiz. Sonst würde er nicht so detailliert auf das Motiv seines Mandanten eingehen. Natürlich indem er es leugnen würde.

»Eine Versicherung gibt so gut wie nie preis, dass sie erpresst wird. Schon gar nicht in einem solchen Fall, wenn es um eine milliardenschwere Übernahme geht. Die sind doch nicht blöd und machen eine Negativkampagne gegen die Sicherheit, die sie verkaufen. Ihre Kunden würden ihnen scharenweise davonlaufen. Eine Anfrage über eine mögliche Erpressung kannst du dir sparen«, hatte Yildiz behauptet und dabei gelacht.

»Das Gute daran, das ist die beste Garantie für meinen Job.«

Dem hatte Götz nichts entgegen zu setzen und außerdem beschäftigte ihn etwas ganz anderes. Viel Wichtigeres, was die Frage nach einer Gerichtsverhandlung gegen H. L. oder nicht, fast bedeutungslos erscheinen ließ.

Was sollte dieses seltsame und doch so eindrucksvolle Bild bedeuten, das ihm Yildiz geschickt hatte? Ohne jeden Kommentar. Einfach nur so. Wo doch Yildiz niemals etwas „nur so" tat.

»Flug TA 227 von Nürnberg nach Istanbul ist zur Abfertigung bereit«, ertönte es aus dem Lautsprecher.

Gehorsam machte er sich auf den Weg zu dem angegebenen Flugsteig.

*

»Wir bitten Sie, die Sitzgurte während des ganzen Fluges angelegt zu lassen. Bis zur Landung dürfen Sie elektronische Geräte in Betrieb nehmen. Während des Fluges servieren wir Ihnen ein Mittagessen. Türkisch Airlines wünscht Ihnen einen guten Flug nach Istanbul.«

Als Nichtvielflieger befolgte Götz die Anweisungen der Flugbegleiterin genau und startete erst jetzt sein Laptop. Das Bild, das ihm Yildiz gestern ohne jeglichen Kommentar geschickt hatte, war ihm ein Rätsel. Ein Foto, so viel war klar, aber von was? Das musste er vor Ort klären, denn auf seine Nachfrage hatte Yildiz nur gelacht und gesagt:

»Komm her und ich zeig es dir.«

»Haben Sie geschäftlich in der Türkei zu tun oder machen Sie Urlaub?«, sprach ihn seine Sitznachbarin an. Mitte sechzig, schätzte er. Schlank, agil, das Gesicht sonnengebräunt, feine Fältchen in den Augen- und Mundwinkeln. Keine griesgrämigen Krähenfüße, sondern Lachfältchen. Anscheinend neugierig, aber von der harmlosen Art. Die Augen hinter den randlosen Brillengläsern sahen ihn freundlich an.

Inzwischen hatte er das Programm gestartet und das rätselhafte Bild geöffnet.

»Nein privat. Ich besuche meine Frau, die lebt in Istanbul«, gab er bereitwillig Auskunft. In Kronach wusste nur Hans Kräutlein von seinem geänderten Familienstatus. Wegen der Zulage für verheiratete Beamte. Darum hatte sich der Inspektionsleiter persönlich gekümmert. Und das, ohne Frau Hängerla einzuweihen.

»Oh wie schön. Dann werden Sie sicher eine schöne Zeit in Istanbul verleben …«

Sie schwieg einen Moment und lächelte versonnen.

»Genau wie ich. Ich besuche meine Tochter, ihren Mann und meinen Enkel. Den sehe ich dann zum ersten Mal in natura. Bisher kenne ich ihn nur von Bildern.«

Sie schloss die Augen, als wolle sie sich das Gesicht ihres Enkelkindes in Erinnerung rufen.

»Das wird sicher aufregend«, murmelte Götz und starrte auf das geheimnisvolle Foto.

Der Hintergrund war rabenschwarz. Nein, schwarz wie der Weltraum. Nur dort, wo kein Lichtstrahl durch Materiepartikel reflektiert wurde, gab es diese absolute Dunkelheit. Und die hellen Pixelpunkte mit seltsamen Häufungen? Waren das Sternenwolken? Ferne Galaxien? Oder Teile der Milchstraße, die vor der vollständigen Leere so kontrastreich hervortraten? Eine Art Erinnerungsbild an ihr Kennenlernen vielleicht?

Ganz genau erinnerte er sich. An jedes Wort, jeden Lidschlag.

»Yildiz heißt auf Deutsch Stern«, hatte er gesagt.

»Eine blauweiß strahlende Sonne wie der Sirius. Weit entfernt und doch die Nächstgelegene zu unserem irdischen Sonnensystem. Ungefähr wie Istanbul und Kronach. So wie du und ich.«

»Du bist ja ein richtiger Romantiker, Götz«, hatte Yildiz lächelnd auf seinen Vergleich reagiert.

Und plötzlich kullerten Tränen aus ihren Augen.

»Ein Romantiker astronomischen Ausmaßes sogar.«

Ihr erster Kuss war süß und salzig zugleich.

»Herzlichen Glückwunsch!«, riss ihn die Dame aus seinen Träumereien.

»Wie bitte?«

»Oh, ich bitte um Entschuldigung für meine Neugierde. Die ist berufsbedingt. Ist das das erste Bild?«

»Bild von was?«

»Der Ausschnitt aus einer Ultraschallaufnahme. Zwölfte bis vierzehnte Woche, würde ich sagen.«

Sie tippte mit dem Finger auf den oberen Sternenhaufen.

»Der Kopf, darunter der Körper und hier …«, sie wies auf ein freischwebendes, isoliertes Sonnensystem, eine Minigalaxie außerhalb des Milchstraßenausschnitts.

»Ein Händchen.«

Sie lachte.

»Ich war Frauenärztin und kenne mich mit solchen Aufnahmen aus. Das Kind macht gerade die ersten Turnübungen im Bauch der Mutter. Deshalb sieht man nur die Hand mit den fünf Fingern, und nicht den ganzen Arm.«

»Oh«, sagte Götz.

* * *

Die Rosenberg-Pergamente
255 Seiten | Taschenbuch
Sutton Verlag
ISBN 978-3-95400-318-1
12,99 EUR

Streunende Füchse im Hof der Kronacher Festung verhelfen der örtlichen Polizei zu einer einmaligen Entdeckung: wertvolle Dokumente über Kronach aus der Zeit des Dreißigjährigen Krieges. Doch am Behälter finden sich Blutspuren, und die Pergamente stammen angeblich aus dem Topkapi-Palast des türkischen Sultans in Istanbul. So viel Aufregung im beschaulichen Alltag von Oberkommissar Götz Flößer, und dann soll er auch noch im Sonderauftrag des bayerischen Innenministeriums eine Abgesandte des türkischen Staates betreuen. Das kann ja heiter werden. Culture-Clash in Kronach. Doch Yildiz, die türkische Beamtin, wirft ihn völlig aus der Bahn, so wenig entspricht sie seinen Klischeevorstellungen. Er könnte sich vom Fleck weg verlieben, nur kann er trotzdem nicht übersehen, dass sie ihm einiges verheimlicht. Die gemeinsame Suche nach dem Geheimnis der Pergamente löst nicht nur eine neuzeitliche Straftat, sondern bringt Yildiz und Götz auf die Spur eines dramatischen, jahrhundertealten Verbrechens. Und sie müssen sich entscheiden, wem sie wirklich vertrauen können.

Die Kronacher Gans
32 Seiten | Taschenbuch
Verein 1000 Jahre Kronach e. V.
ISBN 978-3-00-033295-1
3,00 EUR

Lucas Cranach d. Ä., 1472 in Kronach geboren, hat sich nach seiner Geburtsstadt (Kronach damals = Cranach) benannt.

1532 malte er die „Venus" mit „kupferrotem Haar, milchweißer Haut und einem Katzenblick" (auf Buchenholz, Maße 37×25 cm), die im Städel Museum, Frankfurt am Main, zu sehen ist.

In der Fränkischen Galerie auf der Festung Rosenberg ob Kronach ist im Cranach-Saal eine „Venus mit Amor" neben anderen Cranach-Werken und solchen seiner Werkstatt ausgestellt.

Das „Schwedensturm-Bild", das den Autor zu der „Marketenderin aus dem Dreißigjährigen Krieg" inspirierte, stammt von Lorenz Kaim (1813–1885) und befindet sich im Historischen Rathaussaal der Stadt Kronach.